Violet Marsh

Finaliste à deux reprises du Golden Heart Award, Violet Marsh est une avocate qui trouve plus drôle d'inventer des dialogues percutants que de rédiger des contrats juridiques. Elle satisfait sa passion pour l'histoire en écrivant des romans d'époque avec des héroïnes au caractère indépendant et des héros assez intelligents pour tomber amoureux d'elles.

Ce que veut lady Charlotte

VIOLET
MARSH

Ce que veut lady Charlotte

Traduit de l'anglais (États-Unis)
par Anne Busnel

J'AI LU

Si vous souhaitez être informée en avant-première
de nos parutions et tout savoir sur vos autrices préférées,
retrouvez-nous ici :

www.jailu.com

Abonnez-vous à notre newsletter
et rejoignez-nous sur Facebook !

Titre original
LADY CHARLOTTE ALWAYS GETS HER MAN

Éditeur original
Forever
Hachette Book Group

Ce livre est dédié à Mme Spudy et à sa fille Beth.
Merci pour ces romans d'amour
dont vous m'avez nourrie toutes ces années
et qui m'ont aidée à devenir l'écrivaine
que je suis aujourd'hui.

1

— Cette robe sera parfaite pour le bal des fiançailles.

Une inquiétude sourde envahit lady Charlotte Lovett lorsqu'elle entendit sa mère prononcer ces mots.

Elles étaient chez la couturière, dans un salon d'essayage débordant de toilettes en soie, en satin et en dentelle délicate. Ce n'était guère le lieu où aborder des sujets importants. Mais Charlotte avait le pressentiment que cette remarque, à première vue anodine, constituait le plus funeste des augures.

— Qui va se marier ? s'enquit-elle, le cœur battant sous son corset, tout en priant pour que ses soupçons soient infondés.

— Toi.

La duchesse de Falcondale tourna autour de sa fille pour vérifier que la robe ne comportait pas de défauts. Avec une moue, elle tira sur le bustier, puis fit signe à la couturière.

— Regardez, le corsage ne met pas assez en valeur le décolleté de ma fille.

— Je... je suis fiancée ? bredouilla Charlotte, atterrée.

— Ne fais pas semblant d'être surprise, répliqua distraitement sa mère, qui s'efforçait d'ajuster le corsage. Tu devrais être mariée depuis belle lurette. Ton père et moi avons décidé qu'il était grand temps de passer outre tes caprices d'enfant gâtée. Nous avons déjà tout organisé.

Des caprices d'enfant gâtée ? Les soupirants qu'on lui avait présentés avaient toutes les caractéristiques de tyrans domestiques. Des tyrans riches et influents, certes, mais des tyrans quand même. Ce qui expliquait que Charlotte soit toujours célibataire à l'âge avancé de vingt-cinq ans.

Elle avait bien tenté quelques suggestions personnelles, mais son père n'avait rien voulu entendre. L'avis de sa fille était manifestement superfétatoire à ses yeux.

— Et puis-je savoir qui est mon futur mari ? articula-t-elle.

Gagnée par la nausée, elle ferma les yeux, comme si elle espérait ainsi faire disparaître non seulement son malaise, mais cette mascarade tout entière.

Oh pitié, faites que ce ne soit pas ce vieux croulant de lord Paltham, qui voulait savoir si j'avais les hanches assez larges pour porter de robustes bébés !

— Ce n'est pas vraiment l'endroit pour en discuter, Charlotte.

La duchesse désigna d'un imperceptible mouvement de tête la couturière, qui feignait de se concentrer sur son travail en arrangeant les plis de la jupe sur les amples paniers.

— Pourriez-vous nous accorder un instant d'intimité, madame Vernier ? pria Charlotte, qui n'entendait pas laisser sa mère s'en tirer aussi aisément.

— Bien sûr, mademoiselle, fit Mme Vernier en se retirant sur une petite révérence.

Dès que la porte fut refermée, Charlotte se détourna de la psyché pour regarder sa mère droit dans les yeux. La duchesse affichait un air de parfait détachement, et Charlotte comprit d'emblée qu'elle ne trouverait aucun soutien de son côté.

La colère monta en elle.

— Qui est mon fiancé ?

— William Talbot, vicomte de Hawley.

Charlotte se pétrifia d'horreur.

N'importe qui, même le grossier lord Paltham, aurait été préférable au monstrueux Hawley.

L'image de ses traits ciselés à l'expression arrogante flotta dans l'esprit de la jeune femme. La beauté du vicomte n'arrivait pas à faire oublier la lueur cruelle qui brillait dans ses yeux cristallins.

— Hawley fera de toi une duchesse quand son père, le duc de Lansberry, quittera ce monde, poursuivit la mère de Charlotte, comme s'il s'agissait là de l'argument suprême.

Il est vrai qu'aux yeux de ses parents, le rang primait toute autre considération, surtout depuis que le mariage de sa tante avait irrémédiablement entaché la famille.

— Ce sera au moins une conséquence heureuse de l'amitié de ton frère avec Matthew Talbot, enchaîna la duchesse. J'avoue que je n'ai jamais compris pourquoi Alexander s'était lié avec le benjamin de la fratrie plutôt qu'avec l'héritier du duché, mais enfin il faut se réjouir que cette relation ait étendu notre sphère d'influence jusqu'à Lansberry, ce qui aboutit aujourd'hui à ces fiançailles.

Médecin et biologiste, Matthew Talbot ne ressemblait en rien au reste de la famille. C'était sans doute pour cela que la duchesse affichait un tel mépris à son endroit, mais en cet instant, Charlotte était trop préoccupée pour s'en offusquer.

— Lord Hawley n'a pas encore trente ans et il a déjà été veuf deux fois en trois ans. Officiellement, il porte toujours le deuil de sa seconde épouse. S'il était une femme, il ne pourrait pas sortir en société, et encore moins envisager un remariage avant au moins six mois !

— En tant qu'héritier, le vicomte a le devoir de se remarier au plus vite pour avoir un fils. Je sais bien que le pauvre a perdu ses deux précédentes épouses dans de tragiques accidents, mais il n'y a aucune raison pour que tu connaisses le même destin, ma chérie. Il n'y a pas de malédiction sur la famille.

De fait, ce n'était ni la malchance ni le sort qui s'acharnaient sur Hawley. À en croire la rumeur, ses jeunes épouses avaient connu la mort dans des circonstances bien plus sinistres.

— Les gens qui croisent la route du vicomte ont tendance à tomber comme des mouches, maman.

La duchesse renifla ironiquement.

— Oh, voyons, ne sois donc pas si mélodramatique, ma chérie. Cela ne te va pas.

— Le jour où M. Monroe a battu lord Hawley aux cartes, on l'a retrouvé la gorge tranchée. L'assassin n'a pris que les gains et aucun autre objet de valeur.

— Cela s'est passé dans un des quartiers les plus sordides de Londres. Comment s'étonner ?

— Et quand la maîtresse de lord Hawley lui a préféré un autre homme, elle et son nouvel amant ont péri dans un incendie.

Charlotte avait agrippé le bras de sa mère, qui se dégagea posément.

— Tu ne devrais pas écouter les ragots. C'est vulgaire, surtout pour une jeune fille célibataire en passe de devenir une vieille fille. Enfin, tu crois vraiment que l'héritier d'un duc rôderait dans les ruelles sombres pour attaquer les gens et jouer les pyromanes ?

— Hawley n'a peut-être pas agi lui-même. J'ai entendu dire qu'il avait des fréquentations douteuses…

La duchesse leva sa main gantée dans un geste gracieux, mais son expression demeurait intraitable.

— Ça suffit, Charlotte. J'ai entendu assez de bêtises. Ton père et moi, nous nous sommes entretenus avec Lansberry avant qu'il s'en aille régler une affaire urgente sur son domaine en Écosse. Même si tous les détails n'ont pas été résolus, nous sommes tombés d'accord. Cependant, le duc souhaite que nous attendions son retour des Highlands, dans deux mois, pour faire l'annonce officielle. Cela nous donne le temps nécessaire pour préparer le bal des fiançailles. Ce sera fastueux ! On en parlera dans tous les salons pendant des décennies. Nos deux familles ont une réputation à tenir.

Deux mois. Deux petits mois.

C'était le temps dont disposait Charlotte pour échapper au mariage avec un homme qui avait déjà enterré deux femmes. Elle s'efforça de ne pas se laisser gagner par la panique.

Sa mère avait déjà reporté son attention sur la robe. Elle fronçait les sourcils, comme si cela avait pu soumettre le bustier récalcitrant à sa volonté.

— Ça ne va pas du tout, ce décolleté.

— Vous devriez peut-être consulter quelques gravures de mode avec Mme Vernier ?

— Ah, je suis heureuse de voir que tu reviens à la raison.

— Bien sûr, maman.

Charlotte se doutait bien que sa mère n'était pas dupe de cette docilité apparente. Elle savait aussi qu'il était inutile d'insister. Comme d'habitude, ses sentiments personnels n'entraient pas en ligne de compte.

Sa mère se dirigea vers la porte, avant de s'immobiliser sur le seuil.

— Tu ne viens pas avec moi ?

— Je... J'ai besoin d'un moment pour me ressaisir.

— Ne tarde pas trop. Une dame ne boude pas.

— Entendu, maman.

La duchesse s'éloigna d'un pas impérial, sans se donner la peine de refermer la porte. Charlotte traversa la pièce pour la clore doucement.

Puis elle s'adossa au battant et son regard se porta sur la double porte vitrée, à l'autre bout de la pièce. Il faisait bon en ce début de printemps, et les petites mains l'avaient laissée entrouverte afin que l'air circule. Le salon d'essayage, situé à l'arrière de la boutique, donnait sur une ruelle. Les rideaux étaient tirés pour protéger l'intimité des clientes et à cet instant, ils faseyaient doucement dans la brise, comme pour faire signe à Charlotte.

Galvanisée par la peur, la jeune femme sentit une incroyable bouffée d'énergie monter en elle. La porte-fenêtre était assez large pour lui permettre de passer avec sa large robe. Mue par le désir de fuir, Charlotte attrapa un long fichu sur une table et le noua sur sa tête pour dissimuler ses traits.

L'instant d'après, elle surgissait dans la ruelle.

Puis elle se mit à courir.

2

Au début, Charlotte courut au hasard, en s'éloignant d'instinct des larges avenues fréquentées par la bonne société.

Elle remarquait à peine la mine interloquée des passants qui croisaient cette jeune personne en robe de bal filant sur les pavés. Plusieurs fois, elle dut se mettre de profil pour éviter de bousculer quelqu'un avec ses larges paniers.

Elle ralentit seulement l'allure quand elle parvint dans un quartier plus ancien, manifestement bien moins chic. Il n'y avait plus nulle trace ici d'élégantes dames suivies de leur cafériste.

Un point de côté l'obligea enfin à s'arrêter. Comme elle s'appuyait à une façade en briquettes rouges, elle se rendit compte avec surprise qu'elle était arrivée du côté de Covent Garden.

Elle prit une rue adjacente en s'efforçant de dompter ses émotions pour mieux réfléchir.

Avoir fui la boutique de la couturière ne l'avançait guère. Elle possédait bien un petit pécule que lui avait laissé une grand-tante, mais cela ne suffirait pas pour vivre le reste de ses jours. Elle n'avait d'autre choix que de retourner chez ses parents.

Tout ce qu'elle avait réussi à faire, c'était à se perdre dans un quartier plutôt malfamé.

Elle s'obligea à respirer plus calmement pour se concentrer sur le problème le plus urgent : trouver son chemin dans le dédale de ruelles où elle s'était engagée.

Certes, elle était déjà venue à Covent Garden, mais seulement pour assister à une représentation au Théâtre royal. Ce quartier était davantage le fief de son frère que le sien.

Comme elle débouchait dans une rue plus large, elle chercha du regard un point de repère qu'Alexander aurait mentionné devant elle. Mais il n'y avait que des estaminets et des tavernes, peut-être même une maison close ou deux.

Un rire incongru lui monta dans la gorge. Pour la toute première fois de sa vie, elle était sur le point d'avoir des vapeurs. Dire qu'elle avait rêvé d'accompagner son frère dans cette partie de la ville ! Avec ses amies, elle fantasmait sur ces cafés où l'on pouvait boire une bière bien amère et discuter philosophie et politique avec des gens de toutes conditions sociales, sans être soumis aux règles de l'étiquette. Ces lieux animés n'avaient rien à voir avec le salon littéraire à l'atmosphère étouffante de sa mère.

Hélas, les cafés étaient interdits aux femmes, sauf aux rares qui en étaient propriétaires.

De nouveau, Charlotte scruta son environnement. Elle aperçut des groupes de jeunes muscadins qui se promenaient, la mine arrogante, ainsi que des ouvriers. Certains individus, quoique bien habillés, n'avaient pas l'allure de gentlemen. Ils avaient même l'air dangereux. S'agissait-il de bandits de grand chemin déguisés en dandys ? Ou peut-être de contrebandiers ?

C'était cet univers interlope que devait fréquenter lord Hawley quand se révélait sa véritable personnalité, loin des soirées mondaines, songea-t-elle avec un frisson de peur.

Soudain elle eut une idée.

Il existait bien un endroit où elle pourrait trouver refuge, au moins temporairement, avant de rentrer ensuite en fiacre : le Mouton Noir.

C'était le repaire de son frère jumeau, et l'une des propriétaires n'était autre que la cousine de Charlotte. Une cousine avec laquelle elle n'avait aucune relation, mais une cousine tout de même.

Alexander racontait des histoires fascinantes sur cet établissement qui avait toujours attiré Charlotte et attisé sa curiosité.

Sa cousine Hannah était une femme libre. Elle n'avait pas à se plier aux règles de la haute société. Elle régnait sur ce lieu où couvaient des idées d'une modernité incroyable, un peu comme dans le salon littéraire que tenaient jadis la grand-mère et la grand-tante de Charlotte.

Puis sa tante s'était enfuie avec un pirate et la famille l'avait reniée. Depuis, la duchesse de Falcondale avait banni toute notion avant-gardiste de son propre salon, mais... oh, comme cette époque avait dû être formidable !

Quelque temps plus tôt, Hannah – qui n'était autre que le fruit de l'union scandaleuse de sa tante – avait sollicité Alexander. Elle souhaitait agrandir son café et le local voisin était justement à louer, mais pour un montant trop cher. Malheureusement, bien que la somme ne soit pas considérable en soi, Alexander n'avait pas non plus les moyens de l'aider.

Une autre idée germa alors dans le cerveau de Charlotte.

Elle avait de l'argent. Son héritage ! Pourquoi ne pas s'en servir pour réaliser ce rêve, créer un lieu de rencontre où hommes et femmes de tous horizons pourraient se retrouver et discuter sans entraves ?

Un tel havre attirerait forcément une clientèle nombreuse. Il générerait des profits et lui permettrait à terme de ne plus dépendre de ses parents. Et puis, en côtoyant des gens aux relations parfois peu recommandables, elle en apprendrait peut-être plus sur les agissements criminels de Hawley.

L'excitation monta en elle et estompa son angoisse. Ses pas l'avaient peut-être menée dans la bonne direction, finalement.

Elle fit taire la petite voix intérieure qui la mettait en garde et lui dictait de ne pas s'embourber dans ces eaux fangeuses. Si elle voulait sa liberté, elle devait faire preuve d'audace.

Craignant que de plus amples réflexions ne l'arrêtent dans son élan, elle s'engagea dans la rue d'un pas décidé.

Elle avisa une bouquetière qui poussait son chariot – sans doute la personne la plus fréquentable dans les parages. Charlotte s'empressa de la rattraper.

— Pardon, mademoiselle… Pouvez-vous me dire où se trouve le Mouton Noir ?

La bouquetière parut stupéfaite de voir cette belle dame à l'accent distingué s'adresser à elle. Sans même songer à réclamer une piécette, elle pointa l'index devant elle.

— Continuez tout droit et tournez à gauche au quatrième carrefour, milady.

— Merci !

Charlotte aurait aimé lui donner un sou, malheureusement elle avait oublié son réticule chez la couturière. Elle salua poliment la jeune femme avant de prendre la direction indiquée.

Trois minutes plus tard, un peu haletante, elle arriva devant la façade du célèbre Mouton Noir.

À cette heure, l'établissement n'était pas encore ouvert au public. Charlotte pourrait discuter en tête à tête avec la propriétaire.

De sa main gantée, elle toqua à la lourde porte. Son cœur tambourinait dans sa poitrine.

Ce fut sa cousine qui vint lui ouvrir. Jusqu'alors, Charlotte l'avait seulement aperçue de loin, mais elle la reconnut sur-le-champ : c'était un peu comme si elle se retrouvait devant une glace. Hannah avait elle aussi les cheveux roux et le teint clair. Elle avait également des taches de son sur le nez, qu'elle ne se donnait pas la peine de dissimuler sous la poudre. Leurs mères respectives étaient jumelles : il n'était pas étonnant qu'elles se ressemblent, en dépit des chemins divergents qu'avaient pris leurs parents.

— Hello, Hannah Wick, dit gauchement Charlotte, la gorge étrangement nouée.

Elle était bien en peine de savoir comment s'adresser à cette parente à qui elle n'avait jamais parlé. Comme elle écartait les pans de son fichu, elle vit les yeux verts de Hannah s'écarquiller.

Mais la jeune femme se ressaisit rapidement. Elle avait du sang-froid, ce qui était assurément un atout quand on dirigeait un café à la clientèle parfois bagarreuse.

— Entrez immédiatement, ma cousine. Si vous traînez dans le quartier dans ces atours, vous allez vous faire attaquer par tous les malfrats de Covent Garden !

À son invite, Charlotte voulut franchir le seuil. Mais elle avait oublié ses paniers volumineux, qui se bloquèrent dans l'encadrement de la porte. La structure rigide résista, se gondola, puis reprit sa forme initiale en la projetant en arrière !

Elle heurta un groupe de dandys qui descendaient la rue en bavardant. Aussitôt, tel un troupeau de moutons, ils se mirent à bêler des protestations geignardes. L'un d'eux osa même la pousser du coude.

Charlotte n'avait pas l'habitude d'être traitée de la sorte par les messieurs, mais étant donné les circonstances, elle ne s'en formalisa pas outre mesure. Heureusement, personne ne l'avait reconnue, et ils poursuivirent leur chemin sans plus s'occuper d'elle.

Dieu merci, elle avait eu la présence d'esprit de mettre un fichu sur sa tête. Néanmoins, il ne fallait pas que ce genre de rencontre fortuite se reproduise.

Sous l'œil goguenard de Hannah, elle dut se placer de profil pour s'engager dans le passage. La soie de sa robe s'accrocha dans une écharde du chambranle et se déchira. Mais Charlotte s'en moquait. Elle avait beau aimer les jolies toilettes, elle n'avait aucun goût pour celle-ci.

— Miséricorde ! Qu'est-ce que c'est que cet accoutrement ? demanda une voix féminine.

Toujours coincée entre les deux murs en torchis, Charlotte ne pouvait pas voir celle qui venait de parler et qui se tenait au fond de la salle.

— C'est ma robe de fiançailles, expliqua-t-elle.

Prononcer ces mots ranima sa peur. Elle tira de plus belle sur le tissu fragile. En cet instant, elle aurait volontiers troqué sa toilette somptueuse contre la robe courte et fonctionnelle de sa cousine.

Enfin elle se libéra et laissa glisser son fichu sur ses épaules.

— Que faites-vous ici ? l'interrogea Hannah, l'air méfiant. Nos deux familles ne sont pas exactement en bons termes.

Charlotte avait l'habitude d'être jaugée de la sorte, en particulier par sa mère qui n'était jamais avare de critiques à son égard. Elle ne se troubla donc pas.

— Mon frère fréquente pourtant votre établissement, dit-elle en tâchant de lisser les plis chiffonnés de sa jupe.

— Les cafés n'acceptent pas les femmes. Et vous n'êtes pas venue boire une chopine de bière. Si vous vous êtes enfuie de l'église, je vous suggère de trouver un autre abri. N'espérez pas m'amadouer. Je vous rappelle que votre mère a coupé les ponts avec la mienne.

— Je ne me suis pas enfuie de l'église…

Pas précisément, du moins.

— … Je me suis enfuie… d'un salon d'essayage.

— Vous pinaillez, dit l'autre femme.

Charlotte tourna la tête et distingua une mince silhouette derrière les longues tables, vides à cette heure. Elle devina qu'il s'agissait de l'autre propriétaire des lieux, Mlle Sophia Wick, cousine de Hannah du côté paternel.

Elle portait une charlotte blanche et des vêtements ordinaires. Elle s'exprimait avec une pointe d'accent des Caraïbes et une lueur de défi brillait dans ses yeux dorés.

Manifestement, Charlotte n'était pas la bienvenue chez les cousines Wick. Leur hostilité la déstabilisa. En temps normal, elle était capable de faire face à toutes sortes de situations, mais cet univers ne lui était pas familier.

— Je suis venue vous faire une proposition commerciale, déclara-t-elle.

Elle aurait dû se sentir ridicule, pourtant ce n'était pas le cas. Au contraire, un regain d'espoir monta en elle et lui rendit son aplomb.

Les cousines Wick échangèrent un regard, puis… éclatèrent de rire !

Charlotte perdit un peu de son assurance, mais garda la tête haute.

Sophia se reprit la première.

— Vous voulez nous faire croire que la fille d'un duc souhaite commercer avec des filles de pirates ?

Charlotte eut un sourire chaleureux, celui qu'elle réservait d'ordinaire aux invités du salon littéraire.

— Vous n'êtes pas pour autant la fille d'un vieux boucanier, n'est-ce pas ? Il me semble que votre mère est une reine aux Caraïbes.

Sophia était la fille d'une princesse pirate qui avait du sang africain, hollandais et taïno dans les veines. Selon la légende, elle avait sauvé un gredin anglais qui avait été déporté au Nouveau Monde avec son frère. Et ils étaient tombés amoureux.

— En effet, acquiesça Sophia en redressant fièrement la tête. J'avoue que vous savez brosser les gens dans le sens du poil, ma belle, mais cela ne me convaincra pas d'écouter votre projet insensé.

— En fait, il s'agit de *votre* projet. D'après mon frère, vous souhaitez agrandir le Mouton Noir, n'est-ce pas ?

De nouveau, les cousines échangèrent un regard. Mais cette fois, elles ne s'esclaffèrent pas.

C'était encourageant.

— Votre frère a refusé de nous aider, objecta Hannah.

« Oui, parce que notre père lui verse une rente misérable », songea Charlotte. Toutefois elle se garda de le dire tout haut, par respect pour son frère. Même si le mépris du duc pour son héritier n'était un secret pour personne dans les milieux huppés – et probablement aussi dans les faubourgs de Londres.

— J'ai reçu un petit héritage il y a un an, expliqua-t-elle, priant pour que les deux cousines aient la patience de l'écouter jusqu'au bout. Selon mes estimations, la somme suffirait à payer le loyer pendant six mois, et j'espère qu'à ce moment-là, l'affaire marchera suffisamment pour générer des profits.

— Pourquoi vous abaisseriez-vous à faire du commerce ? Vous êtes une lady. Votre réputation serait ruinée si l'on découvrait que vous avez investi dans un café connu pour attirer les excentriques et les fripouilles.

Sophia s'était approchée. La lumière du jour éclairait maintenant sa peau café au lait. Elle était d'une beauté surprenante, altière, et il n'était pas difficile de l'imaginer à la tête d'un vaisseau, comme sa mère.

— Je perdrais peut-être mon statut dans certains cercles, mais je pense y gagner un certain renom dans d'autres.

Malgré son ton allègre, Charlotte était effrayée par l'énormité de ses propos. Si l'affaire s'ébruitait, son impeccable réputation serait irrémédiablement souillée. Mais peut-être était-ce le prix de la liberté ?

— C'est tout ce que vous avez trouvé pour faire l'intéressante ? railla Hannah, dont les yeux verts étincelaient. Qu'est-ce que c'est ? Une sorte de pari ? Pour vous donner des sensations fortes ?

— Non, rétorqua Charlotte en s'efforçant de garder son calme en dépit des émotions qui se bousculaient en elle. Je cherche un moyen d'acquérir mon indépendance. Mon héritage ne suffira pas à me faire vivre si je ne trouve pas une autre source de revenus.

Hannah ricana, et de fines mèches rousses voletèrent sous sa coiffe.

— Combien croyez-vous que nous gagnions ? Certainement pas de quoi entretenir votre train de vie ! Je vous conseille plutôt d'épouser un homme complaisant.

— Mes parents veulent m'imposer le mari de leur choix. Et je vous assure que la complaisance n'est pas la qualité première à leurs yeux. Bien au contraire.

— Pardon, mais j'ai du mal à compatir aux malheurs d'une aristocrate, répliqua sèchement Hannah.

— Votre mère appartenait pourtant à la noblesse.

Charlotte luttait contre la frustration et l'angoisse. Après tout, elle avait bien plus besoin des Wick que l'inverse. Elle aurait été bien incapable de gérer un café toute seule.

— Et je n'ai pas besoin de mener grand train, assura-t-elle.

Juste d'échapper à ma prison dorée.

Elle voulait plus que la sécurité financière. Ce projet était sa seule chance de révéler au grand jour les vices de Hawley et d'empêcher le mariage.

— *Idiote ! Idiote !*

Charlotte sursauta.

Un perroquet vert venait de surgir par la porte de la cuisine restée ouverte. En quelques battements d'ailes, il vint se poser sur l'épaule de Hannah et se mit à toiser Charlotte de son œil unique.

En temps normal, elle aurait éclaté de rire en entendant un volatile lui lancer des quolibets. Mais pas dans la situation présente. D'abord parce que le perroquet borgne était plutôt intimidant avec son gros bec pointé vers le plafond. Il semblait tout à fait capable de se venger si elle osait s'esclaffer. Et surtout… elle se demandait s'il n'avait pas raison de l'invectiver ainsi.

Son plan était au mieux hasardeux, au pire dangereux. Elle l'avait imaginé sur un coup de tête, poussée par le désespoir.

— Je crois que Pan a bien résumé la situation, déclara Sophia en croisant ses doigts fins. Une affaire qui se monterait sur de telles bases serait vouée à l'échec.

De nouveaux doutes assaillirent Charlotte. Mais, cramponnée à son optimisme, elle refusa de se laisser abattre. Son plan marcherait, il le fallait.

— Ma cousine a raison, intervint Hannah tout en caressant distraitement le perroquet. Je ne vois aucune raison de prendre un risque pareil.

Charlotte fit un pas en avant. Elle devait convaincre les deux cousines qu'il ne s'agissait pas d'un jeu, ni même d'une échappatoire. Après tout, sa proposition était honnête.

— Je vous promets que cela nous profitera à toutes. Ce n'est pas une lubie de ma part. Je ne vous propose pas seulement de vous aider à payer le loyer. J'ai une idée pour accroître votre clientèle.

— Vraiment ? Veuillez développer, je vous prie.

Sophia arquait ses sourcils noirs d'un air sceptique.

Charlotte prit une profonde inspiration et sentit son corset lui comprimer la poitrine.

— J'ai de nombreuses relations dans les salons littéraires. Ma mère en tient un et je l'aide dans ses obligations d'hôtesse.

— Je ne vois pas bien le rapport avec notre commerce, remarqua Hannah avec un petit rire. Certes, je sais que votre grand-mère et votre grand-tante prônaient certaines notions progressistes, mais celles-ci n'ont plus cours chez votre mère. Nous recevons ici des gens qui veulent échapper aux conventions et nourrissent des idées considérées comme radicales. Ce ne sont pas des philosophes distingués, mais des militants.

— Des femmes qui auraient l'audace de fréquenter un café mixte, serait-ce assez radical à vos yeux ?

— À quoi pensez-vous exactement ?

Le perroquet quitta l'épaule de Hannah pour se poser sur celle de Sophia. Une lueur menaçante dans son œil doré, il se mit à faire des rotations avec la tête.

Charlotte s'efforça d'ignorer ses simagrées pour se concentrer sur Sophia.

— Je pense à un café d'un genre nouveau. Les gens se battront pour y entrer.

— Vous voudriez privatiser le Mouton Noir pour y organiser des rendez-vous galants avec vos amis de la haute qui veulent s'encanailler ?

— Non. Je ne pensais pas à ce genre de réunions. Même si le Mouton Noir a l'habitude des secrets.

Les deux cousines échangèrent un regard. Elles étaient visiblement très proches. Charlotte n'en fut pas surprise. Alexander et elle étaient jumeaux, et ils communiquaient de la même manière, en silence.

Dans la pièce, la tension parut monter d'un cran, au grand dam de Pan qui s'envola dans un froissement de plumes et se mit à faire des cercles sous les poutres du plafond.

— À quels secrets faites-vous allusion ? demanda finalement Sophia d'un ton coupant.

À cet instant, Pan décida de se poser… sur le crâne de Charlotte. Il lui fallut toute sa maîtrise de parfaite lady pour retenir un cri. Elle sentit les pattes griffues du maudit psittacidé s'enfoncer dans son cuir chevelu. Puis, perché sur son front, il se pencha pour mettre sa tête entre ses deux yeux.

— Le code de bonne conduite du Mouton Noir stipule qu'on n'y aborde pas des sujets tels que la religion ou la politique, poursuivit Charlotte, qui essayait de ne pas loucher. Mais selon mon frère, la consigne n'est pas vraiment respectée.

— Les membres ne sont pas censés raconter ce qui se passe à l'intérieur des murs, murmura Hannah, les joues marbrées de rouge.

— *Racaille ! Félon ! Bandit !*

Pan s'était envolé vers le plafond. Il se posa sur une poutre, comme s'il s'attendait à voir une horde de dragons enfoncer la porte.

— Mon frère sait qu'il peut compter sur ma discrétion. Mais les activités clandestines reviennent souvent aux oreilles de ceux qui ont envie d'y participer. Mes amies et moi rêvons d'un lieu où nous pourrions avoir de vraies discussions, au lieu de subir les bavardages creux des salons distingués.

Sophia semblait plus réceptive à ce discours que sa cousine. Néanmoins, elle n'avait pas l'air totalement convaincue.

— Vous croyez vraiment que des élégantes aux cheveux poudrés accepteraient de côtoyer des gens du peuple ?

— Pas sur ces grandes tables, non. Je pensais à un endroit plus intime, propice à la détente.

Hannah ouvrit la bouche, sans doute pour protester. Sa cousine la fit taire d'un geste.

— Continuez, je vous prie, lady Charlotte.

— Nous aménagerons une porte dérobée entre cette salle et le nouveau local. Ce sera la seule entrée possible. Nous disposerons des sofas et des fauteuils, jolis et surtout confortables.

Charlotte parlait vite pour décrire la vision qui était en train de se cristalliser dans son imagination.

— Une sorte de boudoir ?

Hannah eut une grimace de dégoût.

— Non, quelque chose de plus douillet et informel. Une sorte de havre de paix où l'on a envie de s'attarder.

— Qui serait réservé à vos amies ? fit Sophia d'un ton soupçonneux. Nous ne voulons pas d'une clientèle triée sur le volet.

— Non, qui accueillerait des hommes et des femmes de différents milieux. L'idée est précisément de permettre des échanges d'égal à égal, sans protocole.

Plus Charlotte parlait, plus son envie se précisait. Oh, elle en avait tellement assez de la politesse de façade, des sourires hypocrites et des minauderies ! Elle voulait une parole libre, des polémiques enflammées ! Sans avoir à se soucier du qu'en-dira-t-on.

— Je crois que vous êtes en train d'idéaliser le concept du café à quatre sous, murmura Sophia.

Elle faisait allusion à ces échoppes où, contre une somme dérisoire, un homme pouvait boire du café, lire le journal et converser avec d'autres messieurs, y compris parfois des sommités dans diverses disciplines.

— Oui, je fantasme sans doute sur un idéal, mais quel mal y a-t-il à cela ? Les cafés ont chacun leur style, et nous proposerons une ambiance à nulle autre pareille. Vous pourrez augmenter les prix du café, et même inventer des recettes avec des saveurs originales. Ce sera un lieu pour faire plaisir autant au corps qu'à l'esprit.

Charlotte savait bien qu'elle avait l'air exaltée, mais elle n'arrivait pas à museler son enthousiasme. Son frère lui avait tellement parlé du Mouton Noir !

— Vous avez conscience que parmi nos clients, il y a des tire-goussets ? Des bouilleurs de cru ? Des bandits de grand chemin ? Des contrebandiers ?

— Le but est justement de mélanger les gens, non ?

Le cœur de Charlotte battait si fort qu'elle craignait que les deux cousines ne l'entendent. Dans sa poitrine, la bulle d'espoir prenait toute la place.

— Ainsi, vous êtes sérieuse…

Sophia ne posait pas une question. Elle faisait un constat.

Elle se tourna vers Hannah.

— Nous avons déjà envisagé d'apporter quelques changements au Mouton Noir. De proposer des rafraîchissements, par exemple. Lady Charlotte a raison. Ses suggestions reflètent ce que nous avions déjà en tête.

Hannah se frotta le front, puis elle lâcha un soupir.

— Il est vrai que nous voulons nous agrandir, admit-elle. Mais ce café est notre gagne-pain, pas une jolie babiole qu'il nous suffirait de remplacer si elle se cassait. Vous comprenez, Charlotte ?

— Je ne considérerai jamais votre établissement comme une babiole, vous avez ma parole.

— Et nous serions aux commandes, ajouta Sophia avec fermeté. Après tout, c'est notre domaine, pas le vôtre.

— Bien sûr. Même si j'aimerais pouvoir proposer mes idées.

— Il faut mettre tout cela par écrit. Dresser une sorte de charte, si vous voulez. Asseyons-nous, décréta Sophia en désignant une table au plateau rayé. Il me semble que nous en avons pour un bon moment.

Charlotte rassembla ses jupes. Son jupon était assez souple pour lui permettre de s'asseoir, mais les chaises étaient étroites et placées très près les unes des autres. Elle entreprit de les déplacer pour se faire de l'espace, mais ses paniers bousculèrent une chaise et en firent tomber une autre.

Elle s'attendait à ce que les cousines Wick se moquent d'elle. Ce ne fut pas le cas. Hannah s'approcha de la fenêtre et ferma le volet.

— Vous feriez mieux d'enlever cette robe ridicule, dit-elle. Nous ne sommes pas à la cour du roi, et nous ne faisons pas de chichis ici, comme vous vous en apercevrez vite.

Charlotte était tellement soulagée qu'elle en avait le vertige. Avec une hâte dont elle aurait dû avoir honte, elle se débarrassa de sa robe et de ses paniers pour ne garder que sa camisole, son corset et un seul jupon.

Elle pensait qu'elle se sentirait horriblement gênée, mais… il n'en fut rien. Au contraire, elle se sentait merveilleusement légère et libérée.

Sans un regard à sa robe abandonnée par terre, elle prit place sur une chaise et se prépara à parler d'avenir.

3

— Tu as bonne mine. C'est vulgaire. La pâleur est toujours en vogue à Londres.

Matthew Talbot réprima un sourire à cette remarque de son meilleur ami, Alexander Lovett, marquis de Heathford. C'était très agréable de se retrouver dans les rues de la capitale après un an passé à l'étranger.

D'ordinaire, Matthew aimait les longues traversées en mer, mais pour une raison inconnue, la dernière lui avait paru interminable.

Il n'appréciait pas particulièrement Londres, même si son pays natal et son brouillard légendaire ne lui déplaisaient pas totalement non plus. L'île regorgeait de suffisamment d'espèces de faune et de flore pour occuper un botaniste, surtout dans les Highlands où il avait passé son enfance.

Il ne se sentait pas vraiment chez lui, mais après tout, il en était ainsi partout, et surtout dans sa propre famille.

Son père, le duc de Lansberry, n'avait jamais compris que son fils préfère dessiner un faisan plutôt que tirer dessus. Quant à ses frères, surtout Hawley… Eh bien, mieux valait ne pas penser à lui par cette belle journée, alors qu'il était en compagnie de son meilleur ami, en route vers l'endroit qu'il préférait à Londres : le Mouton Noir.

— Cette bonne vieille Angleterre ne change pas, dit-il en attendant qu'Alexander le rattrape.

Ce dernier avançait vite sur les pavés, en dépit de son pied bot qui l'obligeait à utiliser une canne.

Matthew avait bien tenté de mettre ses talents de chirurgien au service de son ami, mais plusieurs charlatans s'y étaient essayés auparavant et avaient commis des dégâts irréparables.

Alexander boitait et son pied restait douloureux. Cela ne l'empêchait pas d'être un grand sportif. Il pratiquait l'équitation et le bowling. Lui et Matthew étaient amis depuis plus de vingt ans, depuis l'internat où leurs singularités respectives les avaient rapprochés.

— Il y a eu de grands bouleversements en ton absence, objecta Alexander. Un nouveau club de boxe a ouvert, une meute de brigands sévit à Londres, et la dernière pièce de M. Powys est aussi scandaleuse qu'hilarante. Et à notre arrivée au Mouton Noir, tu auras des nouvelles fraîches fort intéressantes.

— Il y aurait donc du changement là-bas ?

Cette information était plutôt de nature à inquiéter Matthew, qui considérait le café comme son port d'attache.

Le Mouton Noir était l'unique endroit où l'on pouvait discuter des théories de Hooke et Leeuwenhoek sur les cellules et l'immunisation, mais aussi des œuvres de Pope et Swift et des dernières réformes votées par le Parlement.

— Tu seras sans doute étonné, mais je suis sûr que tu finiras par applaudir, ajouta Alexander, énigmatique.

Même si Matthew avait maintenant l'habitude de donner des conférences à l'université devant un large public, il était toujours très mal à l'aise en société, surtout en présence d'inconnus. Tant qu'il restait cantonné au domaine des sciences, il se débrouillait tant bien que mal. Et plus les raisonnements étaient corsés, mieux il se sentait. Il aimait l'atmosphère spartiate du Mouton Noir, où aucune frivolité ne venait le distraire des débats.

— Les Wick ont-elles refait la décoration ?

Alexander s'arrêta et jeta un regard autour d'eux, comme pour s'assurer que personne ne les écoutait.

— En fait, elles ont ouvert une nouvelle salle. Une salle *secrète*, dit-il en baissant la voix.

Cette nouvelle n'avait rien de réjouissant. Matthew avait assez de ses propres activités clandestines. Inutile d'en ajouter.

— Une salle secrète ? Au Mouton Noir ?

— À t'entendre, on dirait que tu t'apprêtes à mettre le pied dans un nid de vipères ! se moqua Alexander.

— Je n'ai rien contre les serpents, les vrais. Ce sont des créatures incomprises.

— Au temps pour moi. Je me doute que tu aurais préféré que le café garde ses vieilles toiles d'araignées. Tu en aurais profité pour écrire un autre article sur les arachnides.

— *De la reproduction chez l'Amaurobius ferox* a reçu un très bon accueil.

Matthew avait répondu par réflexe, mais il n'avait pas à se justifier. Alexander l'avait toujours soutenu dans ses explorations scientifiques.

Ce dernier se rembrunit.

— Et ce ne sont pas les seules nouvelles, hélas.

Matthew lui jeta un regard surpris. Alexander préférait regarder le monde à travers un prisme d'optimisme et d'humour. Quand il devenait sérieux, ce n'était jamais anodin.

— Vraiment ?

— La deuxième femme de Hawley est morte il y a six mois dans un accident de voiture.

Bien que saisi d'horreur, Matthew demeura impassible.

— J'imagine qu'on a attribué ça à la malchance, comme quand sa première femme a été désarçonnée par son étalon ?

La vicomtesse s'était brisé la nuque au cours d'une promenade... alors qu'elle avait une peur bleue des chevaux et refusait de mettre un pied dans les écuries.

Pourtant, personne n'avait posé de questions à Hawley tandis qu'il sanglotait en public et se lamentait d'avoir perdu sa charmante et toute jeune épouse.

La mine sombre, Alexander hocha la tête.

— L'enquête a été bâclée, cette fois encore. Mais j'étais présent et j'ai pris des notes pour toi, en particulier lorsque le médecin qui a examiné le corps a témoigné.

— Je n'aurais pas dû repartir en voyage. J'aurais dû rester pour chercher des preuves de la culpabilité de Hawley...

Mais il avait d'autres responsabilités qu'il n'avait pu ignorer et qui l'avaient appelé dans le Nouveau Monde. S'il s'y était dérobé, d'autres en auraient pâti.

Alexander lui pressa l'épaule de sa main libre.

— Tu as passé un an à enquêter pour tenter de le confondre. Tu n'as rien à te reprocher.

— C'est mon frère. C'est à moi de l'arrêter.

— Tu y arriveras, mon ami. Et je t'y aiderai. Car imagine-toi que ton père et le mien sont en tractations pour marier Hawley à ma sœur. Et je ne le permettrai pas !

— Ta sœur ? Impossible !

Une sensation de malaise glaça Matthew dans tout son être. Non... Pas lady Charlotte ! Elle était si belle, si brillante, si généreuse... Leur père ne pouvait quand même pas envisager de l'unir à un tel scélérat ? Même si le duc ignorait de quoi était capable son fils aîné, le côté sombre du personnage n'avait pu lui échapper totalement. Après tout, il l'avait lui-même cultivé.

— Malheureusement si, gronda Alexander en frappant le trottoir de sa canne.

Puis son expression s'adoucit.

— Mais Lottie ne se laisse pas abattre, et elle s'est elle-même embarquée dans une grande aventure.

Lady Charlotte. Elle était en jupes courtes la première fois que Matthew l'avait vue, alors qu'il était âgé de douze ans.

Elle s'était jetée dans les bras de son jumeau avec une charmante exubérance. Puis elle l'avait pris par la main et, intarissable, lui avait raconté tout ce qui s'était passé pendant qu'il était au pensionnat, du bébé que le pasteur venait d'avoir et qui lui avait volé la vedette à la messe le dimanche précédent, jusqu'à son avis sur *Robinson Crusoé*, en passant par la famille de hérissons qui s'était établie dans leur jardin.

Quand lady Charlotte avait enfin remarqué la présence de Matthew, retranché dans un coin du hall, elle avait gardé son sourire radieux. Et lui, bien sûr, avait seulement réussi à esquisser un sourire grimaçant.

À présent, Matthew sentait ses instincts protecteurs se réveiller. Il n'était pas question que Hawley saccage l'existence de la fougueuse Charlotte, qui se souciait tant du bonheur des autres, et qui méritait d'être heureuse.

— Une grande aventure ? Que veux-tu dire ?

— Je t'en dirai plus quand nous serons installés au Mouton Noir. Dans la salle secrète, bien sûr, fit Alexander avec un clin d'œil.

Matthew ne s'étonna pas que son ami ait retrouvé sa bonne humeur. Il savait qu'Alexander cachait ses chagrins et ses inquiétudes sous des plaisanteries et des sourires.

Il ressentait cependant une certaine appréhension à l'idée que son café préféré ait subi des modifications. Il aurait voulu s'y installer pour déguster une bonne bière, comme avant, et dresser un plan d'attaque pour révéler la vraie nature de Hawley.

— Je te promets que les changements vont te plaire, dit Alexander qui s'était remis à marcher d'un pas vif en faisant cliqueter le bout de sa canne sur les pavés.

Matthew vit alors qu'ils n'étaient plus qu'à quelques mètres du Mouton Noir. Il s'empressa de rejoindre son ami et ils pénétrèrent dans l'établissement.

Matthew jeta un regard curieux autour de lui.

La salle était étonnamment calme. Les clients étaient moins nombreux qu'à l'accoutumée. Il y avait bien quelques habitués absorbés dans des discussions animées, mais l'énergie n'était pas la même. Tout semblait plus… terne, sans que Matthew sache si cette impression était due à l'ambiance ou à sa propre humeur, qui s'était assombrie depuis qu'Alexander lui avait annoncé les fiançailles imminentes de lady Charlotte.

Mlle Hannah Wick se porta à leur rencontre avec le sourire.

— Vous avez l'air en pleine forme, docteur Talbot ! J'espère que vous avez fait bon voyage. Lord Heathford vous a-t-il dit que nous proposions de nouvelles recettes de café ?

— Comment ? Cela aussi, ça a changé ?

Il fallait avouer que le breuvage servi auparavant n'était pas d'une grande saveur – bien que meilleur que celui proposé dans les estaminets voisins. Toutefois, il donnait un bon coup de fouet, et c'est cela qui comptait.

— Je ne lui ai pas encore tout dit, je préfère le laisser découvrir par lui-même, expliqua Alexander.

— Vous ne révélerez pas notre nouvelle recette, n'est-ce pas, docteur Talbot ? demanda encore Hannah en regardant Matthew droit dans les yeux.

Il comprit qu'il y avait un sens caché à cette question innocente. Décidément, il se tramait quelque chose ici. Il hocha la tête pour rassurer Hannah. Même s'il n'aimait guère les secrets, il savait rester discret. Sinon, il n'aurait pas survécu toutes ces années.

— Je me garderai bien de divulguer les ingrédients mystères, promit-il.

— Alors suivez-moi.

Hannah se dirigea vers le fond de la salle et ils lui emboîtèrent le pas. Elle ouvrit une porte et s'engagea dans un étroit couloir dans lequel les clients n'étaient d'ordinaire pas admis. Veillant à ce que la porte soit refermée, elle se tourna vers le mur et appuya sur un panneau du lambris.

Celui-ci pivota pour révéler une scène qui semblait tout droit sortie de la série picturale *La Carrière d'un libertin* de William Hogarth.

On avait manifestement privilégié le confort des clients. Il y avait là des divans bien rembourrés qui invitaient au farniente. Les murs, blancs à l'origine, étaient désormais bleu pâle. Des nuages avaient été peints sur le plafond, comme c'était à la mode sur le continent.

Les conversations bruissaient un peu partout, telles des fontaines dans un jardin à la française. Les voix flûtées des dames se mêlaient aux intonations plus graves des messieurs. Le spectacle des soieries et taffetas multicolores ajouté aux effluves floraux des parfums faisait penser à une serre, laquelle aurait rassemblé des espèces et variétés qui, dans la nature, n'auraient jamais poussé les unes à côté des autres.

Les narines agressées par toutes ces odeurs, Matthew se figea en apercevant lady Charlotte, assise au centre de la pièce.

Il aurait juré que sa chevelure flamboyante dispensait sa propre lumière. Cette vision inattendue lui coupa le souffle. Il n'avait pas revu la sœur d'Alexander depuis des années. Quand il avait pris la décision de gagner sa vie comme médecin et professeur, plutôt que de devenir pasteur ou officier, la haute société s'était détournée de lui. Les aristocrates n'avaient pas plus de considération pour les chirurgiens que pour les barbiers, et on s'était moqué de ce qui était vu comme une lubie de sa part.

De plus, on ne lui pardonnait pas d'avoir abandonné son titre, lord Matthew Talbot, pour se faire appeler désormais « docteur Talbot ».

Le rire cristallin de lady Charlotte fusa, et Matthew eut l'impression de le recevoir en pleine poitrine.

Fasciné, il fixa ses lèvres fardées, pulpeuses, mutines. Elle lui faisait déjà le même effet à l'époque où il passait ses vacances à Falcondale Hall, le domaine ancestral de ses parents. Là-bas, il trouvait un peu de répit, loin de la cruauté de ses frères et du mépris de son père. Et puis... il y avait Charlotte.

— Docteur Talbot ! s'exclama-t-elle en l'apercevant.

Sa voix avait changé depuis l'enfance. Il en resta étourdi, un peu comme une abeille désorientée par la fumée de l'apiculteur. Puis une énergie surprenante l'envahit.

Son cœur se mit à battre la chamade et sa gorge se serra, tandis que son cerveau luttait pour reprendre le contrôle de son corps assailli de sensations physiques.

— Milady..., parvint-il à articuler.

Comme il s'inclinait devant elle, une mèche s'échappa de son catogan et retomba sur sa joue. Il s'empressa de la glisser derrière son oreille.

Lady Charlotte était la perfection incarnée. Pas une boucle ne s'échappait de son élégante coiffure. Où était passée la sauvageonne qui naguère grimpait aux arbres et se sauvait par la fenêtre pour les rejoindre, lui et Alexander, quand ils partaient en escapade dans les bois ? À la place se tenait une beauté au teint de porcelaine à peine rosi de fard, et aux courbes délicieusement féminines.

Face à cet oiseau de paradis, Matthew avait l'impression d'être un dodo voué à l'extinction. Il s'était toujours habillé de manière pratique, en évitant les couleurs extravagantes prisées par l'aristocratie. Grand et mince, il devait souvent baisser la tête pour passer sous une porte, et ses frères s'étaient toujours moqués de sa silhouette dégingandée. Même s'il s'était étoffé depuis l'adolescence, il était resté longiligne et refusait pourtant de céder à la mode qui consistait à rembourrer ses bas de soie pour paraître plus musclé.

Bouffon. Le sobriquet dont l'affublaient ses frères dans leur enfance résonnait encore dans sa tête.

— Alexander m'a dit que vous rentriez tout juste d'un voyage aux colonies, dit Charlotte en tapotant le divan pour l'inviter à s'installer près d'elle.

Matthew eut l'impression que son cœur dégringolait dans sa poitrine. Il réussit à s'asseoir sans trébucher, pendant qu'Alexander prenait place dans un fauteuil.

— Cela fait une éternité que je ne vous ai pas vu, remarqua-t-elle encore, sans prendre ombrage de son mutisme.

Trois ans plus tôt, Alexander avait persuadé Matthew d'assister au célèbre salon littéraire que tenaient Charlotte et sa mère.

Matthew adorait lire, cependant il préférait les manuels aux romans. Il était capable de débattre des heures de sujets scientifiques, mais lorsqu'il fallait analyser une satire sociale, ou pire, faire une étude de caractère d'un personnage fictif, il perdait sa langue.

De la part d'un brillant universitaire, les gens présents s'étaient attendus à des remarques aussi pertinentes que spirituelles. Mais il n'avait proféré que des platitudes, en priant pour que quelqu'un d'autre prenne la parole.

Heureusement, lady Charlotte lui avait sauvé la mise en donnant son avis.

Décidé à ne pas se ridiculiser cette fois, il prépara une phrase aimable dans sa tête. Hélas, les mots qui sortirent de sa bouche n'étaient pas du tout ceux qu'il avait prévus.

— Que diantre faites-vous ici, milady ?

— Alexander ne vous a donc rien dit ? dit-elle, sans se froisser de cette brutale entrée en matière.

Elle jeta un regard surpris à son frère, qui haussa les épaules.

— Je voulais lui faire la surprise.

Charlotte leva les yeux au ciel, avant de se pencher vers Matthew, dont le cœur s'emballa une fois de plus. Il se mit même à faire des bonds dans sa poitrine lorsque le souffle tiède de la jeune femme lui chatouilla l'oreille.

— Les cousines Wick ont ouvert cette seconde salle à une clientèle mixte et depuis quelques semaines, je recrute des dames de mon entourage. Comme vous pouvez le constater, c'est un grand succès !

Matthew jeta un regard un peu ahuri autour de lui. L'endroit ressemblait à un de ces distingués salons soumis à ces codes qu'il n'avait jamais pu intégrer. Il avait consacré sa vie à comprendre les mécanismes physiques du corps humain et les règles qui régissaient mère Nature, mais l'âme humaine resterait toujours un mystère pour lui.

— Depuis, je viens régulièrement au Mouton Noir. Dans le plus grand secret, bien sûr, poursuivit Charlotte. Maman pense que je rends visite à mon amie Calliope. J'ai l'impression de sentir la présence de ma grand-mère et de ma grand-tante. C'est exactement ainsi que j'imagine leur salon littéraire. Je ne m'étonne plus que les messieurs passent tant de temps au café.

La bouche de Charlotte était si près de sa joue qu'il percevait la chaleur de son corps. Il réprima un frisson. Elle était bel et bien là. Ce n'était pas un fantasme, mais la réalité.

Ce lieu où il aimait se réfugier pour échapper aux pressions de la vie citadine était devenu à la fois son enfer et son paradis !

4

Matthew Talbot était exactement comme dans le souvenir de Charlotte. Et pourtant totalement différent.

Elle se rappelait un garçon réservé, qui avait bon caractère et ne se plaignait jamais que la sœur de son meilleur ami les suive partout sur le domaine. Mais, elle avait beau avoir passé des semaines en sa compagnie, elle ne savait pas grand-chose à son sujet, hormis le fait qu'il avait le don de se rendre invisible en société et qu'il avait passé une bonne partie de son enfance en Écosse.

Bien que Charlotte, sous la férule de sa nurse, de sa gouvernante et de sa mère, ait appris très jeune l'art de la conversation et ses subtilités, elle n'avait jamais réussi à sortir Matthew de son mutisme. À dire vrai, elle n'avait pas fait beaucoup d'efforts en ce sens. Elle était si heureuse d'avoir son frère chéri à la maison qu'elle était plutôt contente que leurs discussions ne soient pas parasitées par un étranger.

En cet instant, Matthew semblait vouloir se ratatiner sur le divan et disparaître entre deux coussins. Il fallait avouer qu'il avait le talent de se faire oublier malgré sa haute taille. Mais cette fois, Charlotte n'avait pas l'intention de l'ignorer.

Elle avait désespérément besoin de lui.

La salle secrète du Mouton Noir avait ouvert deux semaines plus tôt, et pour le moment Charlotte n'avait pas réussi à glaner le moindre renseignement sur le vicomte de Hawley. Les clients des classes populaires n'avaient pas encore osé investir « la tanière des dames », comme ils l'appelaient. De fait, l'enquête de Charlotte n'avait guère avancé. Et la menace de ses fiançailles imminentes planait au-dessus de sa tête, telle une épée de Damoclès.

Faute de mieux, elle avait questionné les dames qui avaient découvert l'existence du Mouton Noir par le bouche-à-oreille, en espérant qu'elles seraient plus bavardes au café que dans les salons huppés. Elle ne s'était pas trompée, mais pour l'instant elle n'avait récolté que des ragots sans importance.

La seule information utile concernait lady Greenvale, la sœur de la seconde épouse de Hawley, qui depuis la mort de sa sœur s'était mise à militer ouvertement pour le divorce. Charlotte avait très envie de la voir au Mouton Noir, où elles pourraient discuter sans retenue, mais elle ne pouvait pas lui envoyer une invitation écrite ! Aussi avait-elle demandé aux amies de la comtesse de lui parler de l'existence de cette salle clandestine.

Mais lady Greenvale n'avait toujours pas fait son apparition. Au demeurant, elle n'avait peut-être aucun indice permettant d'incriminer Hawley. Pour l'heure, Matthew Talbot restait donc le seul recours de Charlotte.

Alexander avait hélas refusé de questionner son ami à ce sujet. Il avait soutenu à Charlotte que si Matthew avait détenu la preuve que Hawley avait commis un meurtre, il l'aurait déjà dénoncé à la justice. Alexander avait formellement interdit à Charlotte de fouiner dans les affaires de Hawley. Il allait se renseigner de son côté, avait-il promis, sans lui donner de détails supplémentaires.

Mais Charlotte en avait plus qu'assez de se faire dicter sa conduite. Elle refusait d'attendre benoîtement qu'un miracle se produise. Chaque seconde la rapprochait du retour à Londres du duc de Lansberry et de la proclamation officielle des fiançailles.

Il était possible que Matthew ait connaissance d'un détail sans en mesurer la portée. Et il était aussi possible qu'il ne soit pas aussi honorable que le pensait Alexander et qu'il couvre Hawley. Après tout, c'était son frère, même si ce dernier l'avait traité de manière odieuse durant leur enfance. Les gens n'étaient pas toujours rationnels, ils avaient tendance à protéger instinctivement leur famille.

Alexander venait de s'éclipser pour aller chercher une tasse de café. Elle devait en profiter pour tirer Matthew de sa réserve. Il avait beau essayer de se fondre dans le décor, il n'y arrivait pas vraiment. Charlotte avait une conscience aiguë de sa présence. Dès qu'il avait pris place à côté d'elle, une onde de chaleur l'avait assaillie. Qui aurait cru que le gentil Matthew Talbot pourrait lui faire cet effet-là ? Et pourtant, elle éprouvait une sorte d'euphorie qui lui faisait oublier son angoisse.

— Cela vous va bien de voyager, dit-elle en essayant de répertorier les changements subtils qui s'étaient opérés en lui.

Il haussa ses épaules - qui s'étaient étonnamment élargies - et la considéra de ses yeux gris.

— Vous trouvez ?

Charlotte se tapota le menton de l'index tout en étudiant son visage. Son teint hâlé lui rappelait les après-midi oisifs passés à Falcondale Hall, quand les frimas du printemps cédaient la place à la douceur de l'été.

— Vous passez beaucoup de temps en plein air ?

— Oui.

Il déglutit, et elle vit les tendons de son cou remuer. Il n'était plus filiforme, sa musculature s'était développée là où jadis les os et les articulations pointaient sous la peau. Ses membres ne paraissaient plus aussi longs. Sans être robuste, il dégageait une impression de vigueur qui attisait la curiosité de Charlotte et lui donnait l'envie scandaleuse de voir ce qui se cachait sous sa veste, son gilet et sa chemise.

— Docteur Talbot !

Sophia venait d'entrer dans la pièce. Perché sur son épaule, Pan darda son œil brun-rouge sur Charlotte. Sophia arborait un large sourire. Elle se montrait accueillante envers tous les clients, mais cette fois une vraie chaleur humaine émanait d'elle.

— Mademoiselle Wick, c'est un plaisir de vous revoir. Comme toujours.

Matthew s'était levé. Il s'inclina en une courbette un peu empruntée ; pourtant, Charlotte eut l'impression qu'il se détendait. Chez un homme aussi introverti, c'était notable. Y avait-il plus que de la simple amitié entre eux ? Charlotte n'aurait su le dire.

— Cela me fait tellement plaisir de vous revoir ! Hannah et moi attendions avec impatience votre retour.

Le coin de la bouche de Matthew se retroussa, ce qui équivalait chez lui à un sourire.

— Le Mouton Noir m'a beaucoup manqué. C'est bon de retrouver des amis.

Des *amis*. Il avait prononcé ce mot avec naturel, sans glisser de sous-entendu. Charlotte fut soulagée. Sans doute parce qu'une relation amoureuse entre Sophia et Matthew aurait compliqué son plan. Et cependant… sa propre réaction semblait plus ambivalente que cela.

— Avez-vous ramené un compagnon pour Pan ? s'enquit Sophia.

En entendant son nom, le perroquet ébouriffa ses plumes, puis étira ses ailes d'un air offensé, comme s'il s'offusquait qu'on veuille lui imposer de la compagnie. Tout cela sans quitter Charlotte de son œil courroucé, comme s'il la tenait pour personnellement responsable de cette indignité.

— Non, je n'ai pas trouvé de perroquet. J'étais trop au nord des Amériques, expliqua Matthew.

— Dommage, soupira Sophia. J'espérais que vous croiseriez un marin qui voudrait bien vous vendre le sien. Pan broie du noir. Un ami lui ferait du bien.

Elle leva la main pour grattouiller la poitrine de l'oiseau, qui se laissa faire quelques secondes avant de claquer du bec en signe de protestation. Sophia n'insista pas et le perroquet lança un coup d'œil victorieux à Charlotte.

Tâchant d'ignorer cette boule de plumes irascible, cette dernière reporta son attention sur les conversations qui bourdonnaient dans la salle. Les cousines Wick avaient des accointances avec des pirates, et Matthew rentrait tout juste d'un long voyage. Était-il possible qu'il soit impliqué dans les affaires louches de son frère aîné ? De la contrebande, peut-être ?

Son cœur se mit à battre la chamade.

— Vous êtes un habitué des traversées transatlantiques, docteur Talbot, remarqua-t-elle d'un ton détaché.

— En effet, acquiesça-t-il, avec cette pointe d'accent écossais qu'il avait gardé depuis son enfance dans les Highlands et son passage à l'université d'Édimbourg.

— Le Dr Talbot est un véritable aventurier.

Sophia donna un petit coup de poing dans l'épaule de Matthew, d'un geste taquin qui n'avait rien d'aguicheur. Le jeune homme n'en rougit pas moins sous son hâle et la petite mèche qu'il avait ramenée derrière son oreille tout à l'heure retomba sur sa joue.

Cela le rendait curieusement attachant. Charlotte avait envie d'écarter cette petite mèche... ou de dénouer le catogan qui retenait ses cheveux bruns pour y faire glisser ses doigts. Puis elle dénouerait sa cravate et...

— Je ne dirais pas que je suis un aventurier. J'ai un peu voyagé, voilà tout.

— Plus que ne le font la plupart des gens, objecta Sophia en s'asseyant dans le fauteuil le plus proche.

Celle-ci se tourna vers Charlotte pour la prendre à témoin.

— Le Dr Talbot est trop modeste, pas vrai ? La plupart des gens aiment se vanter, mais ce n'est pas son genre.

Il est vrai que Matthew n'avait jamais aimé se mettre en avant, et pour la première fois Charlotte s'interrogea à ce propos. L'humilité faisait-elle partie de sa nature profonde ? Ou était-ce son vécu personnel qui le poussait à ne pas se faire remarquer ? À moins qu'il n'ait des raisons plus sinistres de ne pas attirer l'attention sur sa personne ?

La méfiance de Charlotte s'éveilla, tempérant son attirance naissante pour Matthew. Mais elle n'avait pas le temps d'analyser ces sentiments contradictoires. Elle devait partir à la recherche d'indices et employer tous les moyens à sa disposition.

— Pourquoi ces voyages récurrents dans des contrées lointaines ? s'enquit-elle en pivotant vers Matthew.

La tactique fonctionnait très bien dans un salon classique pour mettre son interlocuteur à l'aise ou le flatter. La proximité physique créait une complicité et déliait les langues.

— Eh bien… c'est mon mécène, M. Tavish Stewart, qui m'envoie là-bas, répondit Matthew, qui s'empressa de porter à ses lèvres la tasse que Sophia lui avait apportée.

Charlotte évoluait presque exclusivement entre deux cercles mondains : l'élite de la haute société et la communauté littéraire. Un univers somme toute restreint. Pourtant, le nom de M. Stewart ne lui était pas inconnu. Il s'agissait d'un Écossais assez mystérieux, qui avait fait fortune grâce à sa compagnie maritime. En général, les amis de sa mère ne s'abaissaient pas à parler des commerçants, aussi riches soient-ils. Mais dans le cas de l'énigmatique M. Stewart, la tentation était trop forte. Personne, même parmi les mieux renseignés, ne savait d'où il sortait. Il semblait avoir surgi de nulle part, telle Aphrodite née de l'écume des flots.

— Comment avez-vous fait sa connaissance ? demanda-t-elle en s'inclinant encore plus vers Matthew.

— C'était à Édimbourg, quand j'étais encore étudiant. M. Stewart avait lu un article que j'avais écrit pour la Société des Amis de la Faune, puis il a assisté à une de mes conférences sur les chats sauvages ; une espèce discrète, particulièrement difficile à observer. M. Stewart a été impressionné par mon travail et la qualité de mes dessins. Il m'a offert un poste de chirurgien à bord d'un de ses navires, ce qui me donnait en plus la possibilité d'étudier la vie sauvage à chaque escale.

Alexander avait effectivement dit à Charlotte que Matthew avait pris la mer, mais elle avait plus ou moins cru qu'il s'était enrôlé dans la Navy.

— Est-il habituel qu'un navire marchand engage un chirurgien ?

— M. Stewart est tout sauf un homme d'affaires ordinaire, objecta Sophia.

Charlotte réprima un petit frisson. Des images dansaient dans son esprit : des boucaniers brandissant des coutelas, des contrebandiers envahissant une grotte secrète, des corsaires se lançant à l'abordage d'un navire... Enfin, elle entrevoyait un lien possible avec des activités criminelles. L'excitation monta en elle, mais elle prit soin de n'en rien laisser paraître.

— Que voulez-vous dire, Sophia ?

— Rien que du positif.

La réponse avait un côté mystérieux. Les cousines Wick n'étaient pas du genre à se répandre en bavardages, Charlotte avait déjà pu le constater.

— Qu'est-ce qui est positif ? s'enquit Alexander, qui venait de les rejoindre avec une tasse de café.

— La manière dont M. Tavish Stewart mène son affaire.

— Laquelle ? demanda encore Alexander.

— Il a donc plusieurs sociétés ? s'étonna Charlotte, de plus en plus intriguée.

— Il possède aussi une imprimerie, mais c'est plus un divertissement qu'un véritable investissement, dit Matthew.

Il fronça légèrement les sourcils, comme pour mettre Sophia en garde. Son manège n'échappa pas à Charlotte, dont les soupçons se renforcèrent.

— Un divertissement qui lui rapporte quand même de jolis profits, ricana Alexander, avant de boire une gorgée de café. Sophia, toutes mes félicitations. Ce nouveau mélange est délicieux ! J'en boirais par pur plaisir, même s'il ne donnait pas un vrai coup de fouet.

— Merci, dit Sophia, ravie.

Charlotte pesta intérieurement contre son frère. D'ordinaire, elle aimait sa nature primesautière, mais cette digression était malvenue.

— Pourquoi cette imprimerie génère-t-elle de tels bénéfices ? insista-t-elle.

— M. Stewart publie des gravures détaillées du monde naturel qui sont très appréciées des classes moyennes. En posséder une est du dernier chic, répondit Sophia.

— Elles se vendent cher parce qu'elles sont compliquées à fabriquer, précisa Alexander avec enthousiasme.

— Certaines publications sont très appréciées des botanistes et des médecins dans les facultés, ajouta Matthew d'un ton plus posé.

— Et aussi des particuliers qui se constituent une bibliothèque privée afin de se faire passer pour de fins lettrés, ajouta Sophia avec un clin d'œil.

— Ces manuels scientifiques sont précieux pour les universités et le prix n'est pas si exorbitant, nuança Matthew d'une voix étonnamment ferme.

Le sujet semblait le faire sortir de sa réserve. Charlotte l'étudia avec une attention accrue. Les différentes facettes de sa personnalité éveillaient en elle une curiosité qui allait bien au-delà de son enquête. Pour la deuxième fois en moins d'une heure, elle eut envie de mettre à nu les différentes strates de Matthew… et cette fois, elle ne pensait pas seulement à ses vêtements.

Il lui faisait un peu songer à ces romans pastoraux, très simples au premier abord, qui recelaient finalement une multitude d'allégories et de symboles prêtant à une analyse poussée.

— Ce que mon ami oublie de vous dire, c'est qu'il a lui-même exécuté de nombreuses planches et qu'il a rédigé la plupart des articles, déclara Alexander, qui vida sa tasse avant de la poser sur la table. Vraiment délicieux, Sophia. Je crois que je vais aller chercher un autre café.

— Il faudra le payer. Nous ne servons plus ces boissons à volonté, lui rappela-t-elle.

— Ma bourse en est bien consciente, hélas, soupira-t-il en se levant. Personnellement, j'appelle cela du dépouillement pur et simple.

Sophia se leva également en riant.

— Vous devriez discuter avec un de nos clients, qui est un vrai bandit de grand chemin. Il vous apprendrait la différence.

Charlotte eut un petit frisson.

— C'est donc vrai ? Vous comptez des brigands parmi votre clientèle ?

Sophia répondit d'un sourire énigmatique. On ne savait jamais quand elle plaisantait ou pas.

— Vous êtes vous-même une fieffée coquine, mademoiselle Wick, plaisanta Alexander. Menacer de me priver de cette divine liqueur qui remplit d'énergie… c'est aussi criminel que de pointer un pistolet sur ma poitrine !

— Quel comédien vous faites, lord Heathford ! dit Sophia avec une feinte exaspération.

— Oh ! Vous me peinez !

Tous deux s'éloignèrent en direction de la salle principale, laissant Charlotte et Matthew seuls sur le divan. La posture de ce dernier se raidit aussitôt.

Charlotte se renversa contre le dossier en lui offrant le plus gracieux de ses sourires.

Il cilla.

Il était temps de commencer à mettre à nu les différentes strates du Dr Matthew Talbot.

5

Tout en gravissant le perron de la résidence des Lovett, Matthew se demandait par quel tour de force lady Charlotte avait pu le convaincre d'assister de nouveau au salon littéraire de sa mère.

Plus étonnant encore, il avait accepté d'animer une discussion sur sa première publication scientifique, qui avait pour titre *Le Ferus Cattus de Calédonie*.

Nerveux, il crispait les doigts sur le petit livret. Il avait les mains tellement moites qu'il craignait de délayer l'encre sur la couverture. Cet ouvrage n'avait pas été imprimé chez Tavish et était de piètre qualité.

Il leva un regard anxieux sur la façade agrémentée de colonnes doriques, avec l'impression d'être un agneau se dirigeant vers l'autel sacrificiel.

Les membres d'un salon littéraire ne s'intéressaient qu'aux méandres de l'esprit, et lui, Matthew, ne pouvait disserter que sur les fonctions basiques du corps humain.

Un grand majordome d'aspect solennel vint lui ouvrir la porte, prit sa carte de visite et lui souhaita la bienvenue avec politesse, mais sans chaleur particulière. Le domestique au maintien quasi royal allait parfaitement avec l'architecture palladienne des lieux et le plafond qui s'élevait à une hauteur vertigineuse. Le décor, trompeusement sobre, était fait pour impressionner.

Matthew avait plus l'habitude des grands halls d'université. Il se rendait aussi souvent chez son mécène, mais Tavish n'avait aucun goût pour l'esbroufe. L'atmosphère de la résidence des Lovett était aussi pesante que la livrée empesée du majordome.

La voix d'Alexander l'arracha à ses pensées.

— Rappelle-moi pourquoi je vais assister au salon de ma mère au lieu de profiter de cette belle journée, parfaite pour une course de phaétons ?

Appuyé sur sa canne à pommeau sculpté, son ami venait d'apparaître sous un passage voûté.

— Du diable si je le sais, marmonna Matthew.

— C'est pourtant toi qui as accepté l'invitation de Lottie.

Matthew le rejoignit et tous deux s'enfoncèrent dans les profondeurs de la maison.

Un brouhaha de voix distinguées s'échappait d'une pièce, au fond d'un couloir. Manifestement, Alexander avait tenu à attendre Matthew avant d'entrer dans l'arène présidée par sa mère, l'intimidante duchesse de Falcondale.

— Je ne sais toujours pas comment cela s'est produit, avoua Matthew. Je discutais avec ta sœur au Mouton Noir, et l'instant d'après je m'étais engagé à venir.

— Et tu m'as gentiment invité à me joindre à vous.

Alexander exhala un soupir outrancier, puis fit un clin d'œil pour signifier qu'il n'en tenait pas vraiment rigueur à son ami.

Cela n'empêcha pas Matthew de se sentir coupable. Il n'était pas le seul à avoir le sentiment d'être un étranger au sein de sa propre famille.

— Je te remercie pour ton soutien. Je sais bien que tu n'aimes pas trop ce genre de réunions.

Alexander haussa les épaules et vérifia le tomber de sa redingote avant de s'immobiliser sur le seuil du salon.

— Ce n'est pas si pénible quand c'est Lottie qui tient le rôle d'hôtesse, reconnut-il. Je n'ai pas à subir les foudres de ma mère quand le bruit de ma canne perturbe les conversations.

Avant que Matthew puisse répondre, Alexander pénétra dans la pièce, tel César envahissant la Gaule. Matthew lui emboîta aussitôt le pas, telle son ombre. Il préférait ne pas faire une entrée remarquée.

La pièce de forme semi-circulaire évoquait *L'École d'Athènes*, la fresque de Raphaël qui mettait en scène Aristote et Platon – ce qui était sûrement intentionnel de la part de la duchesse. Dans le renfoncement central, la baie vitrée arrondie accentuait l'illusion. On y accédait par une estrade baignée de lumière sur laquelle trônait la duchesse les jours où elle tenait salon.

Mais aujourd'hui, c'était lady Charlotte qui était assise sur la banquette.

Ébloui par cette vision, Matthew eut l'impression d'être brûlé de l'intérieur. Charlotte irradiait, telle la déesse du savoir dans sa robe en soie blanche inspirée des toges de l'Antiquité et dont les plis vaporeux retombaient avec grâce.

Elle était parfaite, comme l'exigeaient ses parents. Matthew n'ignorait pas ce que cette quête d'idéal avait coûté à Alexander et lui coûtait encore aujourd'hui. Mais il n'avait jamais pensé au tribut qu'avait dû payer lady Charlotte pour devenir cette radieuse divinité. Or, en la regardant, il remarquait certains détails qui trahissaient l'effort qu'elle s'imposait. Ses lèvres roses à peine pincées. Son front légèrement plissé. La plupart des gens ne s'en seraient pas aperçus, mais Matthew avait toujours été observateur… ce qui lui avait bien servi dans sa profession, mais lui avait également causé beaucoup d'ennuis.

Prenant une profonde inspiration, il s'approcha de l'estrade. Mais à peine avait-il gravi deux marches qu'une voix familière retentit, provoquant chez lui un frisson désagréable.

— Heureusement que tu t'es décidé à bouger, sinon je ne t'aurais pas vu. Il ne faudrait pas que je te marche dessus par inadvertance, n'est-ce pas, Bouffon ?

De vieilles émotions se réveillèrent. Mais cette fois Matthew ne se laissa pas déstabiliser. Il n'était plus ce garçon maigrichon et effrayé, il était un homme qui avait voyagé, exploré le monde, affronté des ours et des loups aux colonies pour mieux connaître leurs secrets.

— Bonjour, Hawley, dit-il en se retournant.

Le vicomte n'avait pas changé. En dépit de sa vie dissolue, il paraissait en forme. Il avait beau abuser du cognac et du laudanum, il était aussi un athlète accompli, surtout quand il s'agissait de monter sur un ring et d'user de ses poings. Et pour le moment, la syphilis semblait l'avoir épargné.

— J'ignorais que tu fréquentais les salons littéraires, remarqua encore Matthew en redressant les épaules.

Hawley ne s'attendait pas à ce qu'il fasse front. Il pensait pouvoir le piétiner, comme il l'avait toujours fait. Mais cette époque était révolue. Matthew était déterminé à protéger lady Charlotte, ainsi que toute personne à qui Hawley voudrait s'en prendre.

— Ce n'est pas mon habitude, en effet. Mais cela fait une éternité que je ne t'ai pas vu faire le pitre en société, rétorqua Hawley, une lueur ironique dans ses yeux gris.

— Malheureusement, j'ai laissé mon bonnet à clochettes à la maison, riposta Matthew, sans montrer que la pique puérile de son frère l'atteignait malgré tout.

— Avec ou sans bonnet, tu restes ma marionnette. Je sais très bien sur quels fils tirer pour te faire danser, petit frère.

— Es-tu venu dans l'unique but de m'insulter avec tes métaphores douteuses ? Ta vie doit être fort ennuyeuse. Je te plains.

Matthew le défiait délibérément. Il voulait savoir quelles étaient les intentions de son frère envers lady Charlotte. Souhaitait-il cette union ou se contentait-il d'obéir à leur père ? Si elle l'intéressait vraiment, elle était en grand danger.

Hawley eut un sourire déplaisant.

— Ne va pas t'imaginer que je me suis déplacé pour toi, Bouffon. C'est pour notre hôtesse que j'ai écourté ma grasse matinée.

Matthew préférait éviter tout conflit direct, pourtant il ne put s'empêcher de serrer les poings. Un sentiment de culpabilité familier montait en lui.

Il avait mis de la distance entre Hawley et lui, mais d'autres pâtissaient toujours de sa cruauté. Bien qu'il ait tout fait pour tenter de démasquer la nature psychopathe de son frère, ce monstre avait les moyens et la ruse nécessaires pour effacer toutes les preuves.

Remarquant ses poings serrés, Hawley laissa échapper un ricanement qui raviva de vieux souvenirs douloureux. Il avait ricané de même le jour où il avait arraché les ailes d'un papillon que Matthew était tranquillement en train d'observer. Et leur frère Henry l'avait maintenu pour l'obliger à regarder.

Hawley avait toujours été attiré par les jolies choses... pour mieux les détruire.

— J'imagine que Père n'a pas eu le temps de te mettre au courant de nos projets, reprit Hawley avec une jubilation évidente. Oh, mais... c'est vrai ! Il ne te parle pas. Il te trouve bizarre, il a même peur de toi. Quand il a un peu trop bu, il répète que tu es un changelin[1].

— Père n'est pas souvent sobre, et ses théories fantasques n'ont aucun fondement dans l'ordre naturel des choses.

— Je t'accorde que ses croyances sont farfelues. Père n'est pas un modèle de modernité ni un adepte de la rationalité cartésienne. Néanmoins, de temps en temps, il a de bonnes idées.

Entendre Hawley parler de « modernité » et de « rationalité cartésienne » aurait pu faire sourire Matthew s'il

---

1. Dans le folklore européen, le changelin est une créature que les fées et les elfes substituent à un enfant humain dans son berceau. *(Toutes les notes sont de la traductrice.)*

n'avait compris que son frère venait de faire allusion à son futur mariage.

Il en éprouva une bouffée de colère, presque de rage.

— Je n'en sais rien, étant donné que Père ne me tient pas au courant de ses projets, comme tu l'as si justement fait remarquer.

Il préférait feindre l'ignorance. Hawley n'avait pas besoin de connaître ses liens avec Charlotte.

— Père a organisé notre mariage, annonça Hawley. Le duc de Falcondale est ravi d'unir sa famille à celle d'un autre duc. Vu l'état de son fils, nul ne s'étonne qu'il reporte ses espoirs sur sa fille.

Matthew dut produire un immense effort pour ne pas traduire l'horreur qu'il ressentait à l'idée de voir Charlotte épouser sa brute de frère.

— Elle est encore plus belle que mes deux premières femmes. Elle me fera honneur, se rengorgea Hawley en bombant le torse.

Il se tourna vers l'estrade et son regard salace glissa sur la silhouette de la jeune femme. Matthew remarqua qu'elle paraissait encore plus tendue que tout à l'heure. Son regard vert ne quittait pas Hawley.

Elle lui faisait penser à ces panthères farouches qu'il avait observées dans la jungle américaine. Silencieuse, en alerte, elle semblait prête à attaquer ou fuir si la situation l'exigeait. Intelligente, elle avait conscience d'être devenue une proie.

— Je n'ai pas encore lu d'annonce officielle dans la presse, feignit de s'étonner Matthew avec une nonchalance qu'il était loin d'éprouver.

— Nous attendons que Père rentre d'Écosse, mais ce n'est qu'une formalité. Tout a déjà été réglé.

— La dame a-t-elle donné son consentement ?

Hawley ne daigna pas répondre.

— Tu t'étais bien gardé de me dire que la sœur du boiteux était si jolie. Je suppose que tu espérais la garder pour toi ? Comme si une telle femme pouvait s'intéresser à un type comme toi !

— Je ne me suis jamais imaginé ça.

C'était la stricte vérité, même si lady Charlotte avait paru très heureuse de le voir l'autre jour, au Mouton Noir.

Quoi qu'il en soit, s'il avait nourri l'espoir de la courtiser, il n'aurait jamais eu l'idée de le dire à son frère. Hawley avait toujours pris un malin plaisir à saccager tout ce qui était cher à son cœur.

Bien que Matthew n'ait nulle envie de prolonger cette conversation, elle lui offrait l'occasion inespérée de questionner son frère sur ses deux précédents mariages.

— Ne crois-tu pas qu'il est un peu tôt pour songer à te remarier ? Feu lady Hawley a été enterrée il y a à peine six mois.

Une lueur de méchanceté s'alluma fugitivement dans les yeux de Hawley. Elle disparut si vite que Matthew aurait pu ne pas l'identifier, s'il n'avait pas si souvent pâti de la cruauté de son aîné. L'instant d'après, son frère affichait une expression éplorée. Il réussit même à se faire monter les larmes aux yeux.

— Le sort s'est acharné sur moi. Mais j'ai des devoirs. Je dois avoir un héritier, dit-il, un trémolo dans la voix.

Plus jeune, il utilisait la même astuce quand il voulait échapper aux punitions de ses professeurs après s'être mal comporté.

— C'est effectivement une tragique coïncidence que tes deux épouses se soient brisé la nuque dans des circonstances aussi différentes, remarqua Matthew d'un ton neutre.

Hawley plissa les paupières et porta la main à sa poitrine.

— Tu sous-entends un acte criminel ? Alors que je suis brisé de chagrin ?

— Je n'ai rien fait de tel. J'ai juste dit que tu n'avais pas de chance. C'est toi qui parles de crime.

— Ne fais pas le malin, Bouffon. Tu n'as pas assez de tripes pour ça, dit Hawley en faisant un pas menaçant dans sa direction.

Il s'énervait. C'était le moment de le pousser dans ses retranchements. Peut-être lâcherait-il un indice sans s'en rendre compte ?

— En effet. Si j'étais vraiment courageux, je mentionnerais le fait que tes deux femmes avaient l'os hyoïde brisé, ce qui est typique d'une mort par strangulation. Je le sais, je suis souvent intervenu en tant que médecin légiste sur des enquêtes judiciaires.

Il dévisagea son frère, épiant la moindre de ses réactions. Même après toutes ces années, il lui était difficile de soutenir son regard sans frémir.

Hawley rougit et fit encore un pas en avant. L'espace d'un instant, Matthew crut qu'il allait le frapper, ici, devant tous ces gens. Mais son frère avait appris à se contenir en public. Il feignit juste d'ôter une poussière sur la veste de Matthew.

— Tu n'es qu'un minable médicastre, gronda-t-il à son oreille. Pour qui te prends-tu ? Tu ferais mieux de faire profil bas avant que je me charge de te clouer le bec.

Cette voix haineuse... De nouveau, les souvenirs affluèrent dans la mémoire de Matthew. Il les refoula de son mieux. Dans l'intérêt de Charlotte, il ne pouvait pas se permettre d'être faible.

Heureusement, Alexander s'approcha. Il serrait si fort le pommeau de sa canne que ses articulations étaient blanches.

— Que fais-tu ici, Hawley ?

— Tiens, le Bancal ! Je viens rendre visite à ton incomparable sœur, naturellement. Qui eût cru que la nature la ferait si belle et toi si difforme ?

— Tu emploies toujours ces sobriquets humiliants ? Décidément tu n'as pas changé.

— Toi non plus, ironisa le vicomte en regardant ostensiblement la canne.

— Oh si, bien plus que tu ne crois. Et tu ne tarderas pas à t'en apercevoir si jamais tu fais du mal à ma sœur.

— Tu as compris, n'est-ce pas, que c'est elle qui m'a invité aujourd'hui, et non la duchesse ? C'est bien la preuve qu'elle me considère comme son soupirant.

Alexander jeta un regard vers sa sœur et marmonna un juron. Hawley ricana, persuadé qu'il venait de marquer un point.

Il se trompait. Si Matthew était capable de décrypter les sentiments de Charlotte, son jumeau, dont elle était si proche, le pouvait tout autant. Alexander ne craignait sûrement pas que sa sœur succombe au charme de Hawley. Non, c'était autre chose qui l'inquiétait.

À cet instant, Matthew se rendit compte que la jeune femme se dirigeait vers eux. Ses yeux verts étincelaient. Elle avait décidé de passer à l'offensive.

— Pardon de vous interrompre, messieurs, mais j'ai besoin du Dr Talbot. Nous allons entamer la discussion sur son article.

De sa main gantée, elle frôla le bras de Matthew. Il aurait juré qu'aussitôt une sensation de chaleur traversait son muscle pour aller irradier sa colonne vertébrale. Comment un contact aussi léger pouvait-il déclencher une telle réaction ? Quels vaisseaux extraordinaires du corps humain convoyaient ces puissantes sensations ?

— J'ai été surpris en lisant l'invitation, remarqua Hawley. Allons-nous vraiment parler de chatons ?

— De chatons aux griffes fort acérées, milord, rétorqua Charlotte avec un sourire mutin.

Matthew devait se faire violence pour ne pas s'interposer entre eux. Mais il ne voulait pas que la situation dégénère s'il poussait Hawley trop loin.

— Je préfère les chatons dociles, dit Hawley d'une voix caressante. Et s'ils essaient de me griffer, je sais comment les faire ronronner.

— J'ignorais que vous connaissiez si bien les chats sauvages, milord.

Charlotte avait parlé d'un ton innocent, mais une femme aussi futée n'avait pas pu passer à côté du sous-entendu des propos de Hawley.

— Oh, je suis très doué pour mater toutes sortes de créatures, plastronna ce dernier.

Cette fois, il s'agissait d'une menace à peine voilée.

— Eh bien, je saurai à qui faire appel si une bête féroce s'échappe du zoo de la Tour de Londres pour se retrouver dans le jardin de mes parents. Maintenant veuillez m'excuser, mais je dois présenter le Dr Talbot à mes invités.

Charlotte pressa le bras de Matthew et, sans attendre, ils s'éloignèrent. Alexander partit de son côté et Hawley se retrouva planté là.

Le soulagement de Matthew fut de courte durée. Dès qu'il vit l'assemblée prendre place sur les chaises disposées devant l'estrade, le trac l'envahit.

Il n'avait pas affaire à de jeunes étudiants ou à des confrères de la Société des Amis de la Faune ou de la Ligue d'Hippocrate. Il s'agissait de l'élite de l'aristocratie, ainsi que des artistes et écrivains autorisés à graviter dans les cercles les plus sélects de la haute société.

Miséricorde, pourquoi avait-il accepté de venir ?

Ces gens ne portaient aucun intérêt à une bête qu'ils considéraient comme nuisible parce qu'elle tuait leurs faisans sur leurs terres !

Alexander s'était retranché au fond de la salle, le plus loin possible de la duchesse de Falcondale qui était au premier rang. Il adressa un sourire encourageant à Matthew. Ce dernier lui en fut reconnaissant. Mais cela ne suffit pas à apaiser son angoisse, qui lui comprimait la poitrine.

Il essaya de se calmer, voulut prendre une profonde inspiration… mais réussit seulement à produire un son qui ressemblait au grognement d'un phoque.

Lady Charlotte l'entraîna dans une petite niche latérale, à l'abri derrière une colonne dorique. Elle avait dû remarquer son agitation et voulait lui permettre de se ressaisir. Mais Matthew doutait de pouvoir y arriver. Il allait encore bafouiller et se tromper, comme lors de ses premières conférences...

Charlotte se pencha et, comme sa bouche rose approchait, le cœur de Matthew s'affola.

Puis elle tendit la main pour ramener derrière son oreille une mèche échappée de son catogan, avant de se redresser, un sourire aux lèvres.

Matthew se sentit à la fois déçu de la voir s'éloigner et galvanisé par une soudaine énergie.

— Vous aviez les cheveux dans les yeux, expliqua-t-elle.

— Oui, euh... cela arrive tout le temps, bredouilla-t-il. C'est ma faute. Je les coupe trop court et... ils ne tiennent pas attachés. Mais c'est plus pratique. Je... je n'aime pas passer trop de temps à me coiffer. Et puis c'est gênant quand on regarde dans le microscope. Et quand on côtoie des animaux, cela évite d'attraper des puces... enfin des poux...

Oh Seigneur, il venait de mentionner des poux devant lady Charlotte. Et il bafouillait ! Mortifié, Matthew sentit ses joues s'embraser.

Lady Charlotte esquissa un sourire amusé. Mais il n'y avait nulle moquerie dans son regard, seulement une certaine... tendresse ?

— Surtout ne changez rien à vos cheveux. Ils sont parfaits comme ça, dit-elle avec un clin d'œil. Et maintenant, venez.

Un peu étourdi, il obtempéra. Ils retournèrent sur l'estrade. La jeune femme prit la parole pour le présenter au public et exposer le thème de son ouvrage. Sa voix était posée et, à l'entendre, Matthew sentit l'excitation monter en lui.

Il releva la tête, redressa les épaules.

Son trac avait miraculeusement disparu.

Il saisit son exemplaire d'une main et adressa un semblant de sourire à l'assistance.

Lady Charlotte Lovett aimait la façon dont il était coiffé. Et cela ne la dérangeait pas qu'il parle de poux devant elle.

Le sourire de Matthew s'élargit.

6

Matthew se révéla être un excellent orateur.

Charlotte ne s'était pas attendue à ce qu'il soit si disert, presque volubile, quand il parlait de la vie secrète du chat sauvage au fin fond des forêts.

Son affection évidente pour cet animal mystérieux ajoutait encore au charme de son discours. Contrairement à son dernier passage au salon littéraire, quelques années plus tôt, il articulait parfaitement. Sa voix bien modulée de baryton invitait à l'écoute, un peu comme le crépitement d'un feu de bois pousse au farniente.

Néanmoins, lorsqu'il aborda le sujet des excréments, quelques dames – et même quelques messieurs – pâlirent.

La duchesse de Falcondale lança un regard appuyé à sa fille pour l'inciter à intervenir, mais Charlotte fit mine de ne pas comprendre. Elle était fascinée par la façon dont Matthew s'animait en évoquant les principales sources alimentaires de cet animal furtif. Son enthousiasme était communicatif et lui donna le courage de faire la sourde oreille aux consignes de sa mère.

— ... ils se nourrissent donc principalement de lapins et de petits rongeurs...

— Et aussi de faisans, que je préférerais voir finir dans mon assiette que dans l'estomac de ces bestioles, coupa soudain Hawley. Aussi je comprends mal ton engouement pour une espèce que toute personne douée de bon sens considérerait comme nuisible.

L'audience retint collectivement son souffle. On entendit quelques murmures, et quelqu'un chuchota que le conférencier était le plus jeune frère du vicomte.

Les visages, qui exprimaient un sentiment de léger ennui quelques secondes plus tôt, s'animèrent. Tout le monde aimait les potins, surtout quand ils concernaient l'héritier présomptif d'un duc.

Hawley ricana, déclenchant une série de petits rires complaisants. Charlotte s'en voulut tout à coup d'avoir littéralement mis en scène cette humiliation. Elle s'était servie du salon comme prétexte pour en apprendre davantage sur la relation entre les deux frères, mais certainement pas pour infliger un camouflet à Matthew.

Au moment où elle ouvrait la bouche pour créer diversion avec une repartie spirituelle, Matthew réagit avec calme.

— C'est précisément parce que le chat sauvage est vu comme un nuisible que j'ai décidé d'étudier son mode de vie.

Un murmure courut dans l'auditoire. Charlotte considéra Matthew avec un respect nouveau. Bien peu osaient contredire Hawley, de surcroît en public. Et la réponse factuelle et paisible de Matthew avait plus de poids que s'il avait cédé à la colère.

Charlotte avait entendu le vicomte traiter son frère de marionnette un peu plus tôt. Mais Matthew semblait avoir décidé de se rebeller contre l'autorité de celui qui serait le prochain patriarche de la famille.

— Ah. Je vois. Tu as une prédilection pour les marginaux, railla Hawley en se laissant aller contre le dossier de sa chaise.

Quelques gloussements ponctuèrent cette insulte à peine déguisée. Matthew demeura impassible.

— Quand on observe la nature, il faut multiplier les perspectives, en prenant garde à ne pas laisser ses sentiments personnels fausser les faits.

— Quel intérêt de pister un félin et de consigner ses habitudes ?

— En apprendre plus sur une créature de Dieu ? Mieux comprendre la nature ? Satisfaire notre curiosité ? Nous sommes fascinés par les merveilles du vaste monde, pourquoi ne le serions-nous pas par les créatures qui peuplent nos propres îles ?

La voix profonde de Matthew résonnait aux oreilles de Charlotte et semblait couler en elle tel un élixir bienfaisant.

Hawley croisa les bras avec humeur. Il ne s'était pas attendu à rencontrer cette résistance paisible chez son frère.

— Tu te rends compte que tu parles d'un animal qui n'est pas très différent d'un chat de gouttière ? S'il disparaissait de la surface de la terre, personne ne s'en apercevrait.

— Voilà pourquoi je l'étudie, afin que les gens se soucient de sa survie. Le chat sauvage a déjà presque disparu en Angleterre. Si nous ne trouvons pas le moyen de vivre en harmonie avec lui, il ne sera bientôt plus qu'un souvenir, comme le dodo.

Matthew avait les épaules légèrement rejetées en arrière. Il se tenait droit, tel un guerrier prêt à engager le combat, pour un animal que la plupart des gens ne connaissaient pas.

Charlotte était de plus en plus intriguée. Tout à coup elle brûlait d'en savoir plus sur cet homme qu'elle avait longtemps côtoyé sans vraiment le connaître.

— Le quoi ? s'esclaffa Hawley, la cruauté perçant dans sa voix. Le *dodo* ? Voilà que tu inventes des mots, maintenant !

— Le nom vient du portugais. Il s'agit d'un gros oiseau terrestre originaire des îles de l'océan Indien. L'espèce a disparu il y a plus de soixante ans.

— Tu voudrais nous faire pleurer sur le sort d'un volatile qui n'existe plus depuis un demi-siècle ? Un oiseau incapable de voler, en plus ? Bon débarras, si tu veux mon avis ! Les faibles ne méritent pas de survivre.

— Quel monde effrayant serait le nôtre si nous ne prenions pas la défense des plus faibles, rétorqua Matthew. Pourquoi craindre et détruire ce que nous ne comprenons pas ? Il vaut mieux se poser des questions et chercher à découvrir les merveilles cachées derrière le mystère.

Rouge de colère, Hawley ouvrit la bouche...

Charlotte décida d'intervenir avant qu'il ait le temps de proférer une autre insulte. Elle était l'hôtesse de ce salon et elle en avait assez de l'arrogance du vicomte.

Esquissant son plus gracieux sourire, elle pivota vers Matthew en levant légèrement les mains. Il cilla, l'air surpris, comme s'il les avait oubliés, elle et les autres auditeurs.

— Oyez, oyez ! dit-elle d'une voix claire et sonore. Étudier la nature et se plonger dans le dernier roman, ce n'est pas si différent. Dans les deux cas, on est en quête de sens, n'est-ce pas ?

La surprise de Matthew se mua en une sorte de joie émerveillée. Puis ses yeux gris aux profondeurs mystérieuses s'assombrirent, provoquant chez Charlotte une émotion dangereuse qui lui submergea le cœur.

Son commentaire avait déclenché des réactions parmi l'assistance. Bientôt les questions fusèrent. Matthew prit le temps de répondre à chacun, et la tension retomba.

Charlotte eut l'impression qu'un courant d'air frais balayait l'atmosphère surchauffée de la salle.

Par quel miracle le discret et effacé Matthew Talbot était-il devenu cet homme affirmé à la force tranquille ?

7

Pour la première fois de sa vie, Matthew se retrouva entouré d'un essaim de débutantes qui gloussaient et lui parlaient avec un tel enthousiasme qu'il avait du mal à suivre leurs propos.

Il ignorait pourquoi elles étaient toutes agglutinées autour de lui alors qu'il y avait tout l'espace voulu dans ce salon et que de nombreux invités étaient déjà partis. Dieu merci, lady Charlotte restait à ses côtés. Sans elle, il aurait certainement été englouti par le satin et noyé dans les parfums.

— Je n'ai jamais entendu un homme, en particulier le fils d'un duc, parler avec autant de compassion d'un animal – autre que son cheval ou son chien. Votre conférence était si originale ! minauda une jeune fille blonde derrière son éventail, qu'elle tenait si proche de ses yeux qu'il était à craindre qu'elle ne s'éborgne.

— J'ai eu une révélation ! assura une autre en poussant la première pour s'imposer devant Matthew. Je suis lady Fiona Sutherland. Jusqu'à présent, je ne m'étais jamais intéressée au chat sauvage, qui figure pourtant sur le blason de notre clan. Je trouvais même que c'était un animal bien insignifiant, que nous aurions dû en choisir un plus noble, comme le léopard ou le lion. Mais maintenant, je suis ravie !

— J'appartiens à la famille Keith, dit d'une voix hésitante une demoiselle restée en retrait. Pas la branche jacobite. Notre clan a pour emblème un chevreuil, mais nous avons des liens avec le chat sauvage. Selon une vieille histoire, un de nos ancêtres de la tribu des Cattes, poursuivi par ses ennemis, aurait été guidé par un chat sauvage jusqu'à une grotte où il aurait pu se cacher.

— On m'a dit qu'à leur arrivée en Écosse, les Cattes ont été impressionnés par la férocité de cet animal, acquiesça Matthew en souriant.

La jeune fille lui rendit son sourire, avant de baisser modestement la tête.

— Je dois m'en aller, maintenant. Maman m'attend.

Tandis qu'elle s'éloignait, la blonde à l'éventail la suivit du regard.

— Pauvre lady Margaret ! Elle a l'air complètement perdue. Elle n'a pas pu participer à la saison l'an passé parce qu'elle portait le deuil de sa grand-mère.

— Lady Chattiglen n'a-t-elle pas été tuée par un bandit de grand chemin ? chuchota lady Fiona d'un air émoustillé.

Lady Charlotte fronça les sourcils en guise d'avertissement, mais les débutantes l'ignorèrent.

— Exactement ! Quelle horreur. Après cette tragédie, j'ai eu peur de voyager pendant des semaines. J'ai manqué tant de réceptions ! soupira une autre jeune fille avec un égoïsme confondant.

— Sur les routes, je ne suis jamais rassurée à la tombée de la nuit, renchérit une autre. Il y a tant de malandrins qui rôdent !

— Personnellement, cela ne me gênerait pas de croiser ce beau brigand dont tout le monde parle, pouffa une autre. Il paraît qu'il a une allure folle ! Je le tiens de Mlle Upton, qui le tient de lady Anne, à qui Mlle Lewis en a parlé. Ses traits sont ceux d'un Adonis… du moins pour ce que son masque en laisse voir.

— Il ne faut pas idéaliser les brigands, intervint lady Charlotte d'un ton sévère. Regardez ce qui est arrivé à cette pauvre lady Chattiglen.

La blonde se tapota la bouche de son éventail.

— Certes, mais reconnaissez que c'est excitant, un aventurier qui côtoie chaque jour le danger. Je comprends pourquoi votre tante...

— Jeunes filles, je crois que vos mères vous attendent, coupa la voix de la duchesse de Falcondale. Et veuillez vous souvenir que dans mon salon, la vulgarité n'est pas tolérée.

L'effet fut immédiat. Dans un chœur de « Pardon Votre Grâce » et « Toutes nos excuses, Votre Grâce », les débutantes se dispersèrent.

D'un geste gracieux, la duchesse prit sa fille par le bras, mais Matthew vit ses doigts s'enfoncer dans le satin de la manche. Aussitôt, il eut envie de prendre lady Charlotte par la main et de l'entraîner hors de la pièce. Mais il savait que ce n'était pas une bonne idée. Il n'était pas armé pour gérer de telles situations et il ne voulait pas l'embarrasser.

La duchesse entraîna sa fille et elles s'éloignèrent afin de dire au revoir aux derniers invités. Matthew fut soulagé de ne plus être au centre de l'attention générale. Quant à Hawley, il était parti depuis longtemps.

Il se retrancha derrière une haute fougère en pot et Alexander ne tarda pas à le rejoindre.

— Nous ferions bien d'aller sauver Lottie, sinon ma mère va lui infliger un sermon.

— À cause de ces bécasses qui se pâment devant les bandits de grand chemin ? Ce n'est pas sa faute. Elle les a même tancées à ce sujet.

— Peu importe. Ma mère ne manque jamais de chapitrer ma sœur après un salon. Pareil après un bal. L'autre soir, je suis rentré avec elles en voiture, et ma mère a critiqué Lottie durant tout le temps du trajet. Elle adore la prendre en défaut.

Pensif, Alexander caressait le pommeau en bronze de sa canne, qui représentait Hercule affrontant le lion de Némée.

Matthew ne put s'empêcher de serrer les dents. Il reporta son attention sur les deux femmes. Il savait que le duc et la duchesse étaient très durs avec Alexander, mais il ne s'était pas rendu compte qu'ils avaient le même comportement avec sa sœur. Un sentiment d'injustice et d'impuissance monta en lui. Les jumeaux faisaient partie des personnes les plus merveilleuses qu'il ait eu la chance de rencontrer dans sa vie. Ils ne méritaient pas d'être accablés de reproches.

Dès que le dernier invité eut pris congé, la duchesse pivota vers sa fille, un éclat froid dans le regard. Puis, se croyant à l'abri des oreilles indiscrètes, elle passa à l'attaque.

— Comment as-tu pu laisser la situation dégénérer de la sorte ? Comment crois-tu que ton père réagirait s'il savait que ces écervelées soupirent après des brigands sous son toit ? Faut-il vraiment lui donner l'occasion de se rappeler que ma sœur a jeté le discrédit sur la famille en s'enfuyant avec un pirate ? Quant à cette conférence... Des excréments ont été évoqués. Des *excréments*, Charlotte ! Tu n'as donc pas évolué depuis l'époque où tu courais la campagne comme un garçon manqué ? J'ai pensé bien faire en t'éloignant de Londres pendant ton enfance, mais hélas tu as gardé tes façons de paysanne. On n'aborde pas de tels sujets en ville !

En dépit de la dureté de ses propos, la duchesse ne haussait pas le ton et son visage demeurait aussi serein que celui d'une madone peinte par un artiste de la Renaissance.

Désireux de voler au secours de Charlotte, Matthew se racla bruyamment la gorge.

— Pardon, Votre Grâce, c'est ma faute...

À cet instant, Alexander frappa le parquet du bout ferré de sa canne.

— Croyez-vous que le crottin se cantonne à la vie rurale, Mère ? Vous n'avez donc pas vu l'état des rues de Londres ?

La duchesse tressaillit dans un petit hoquet de surprise. Puis elle se tourna lentement. Son regard vert glissa sur Alexander avec indifférence pour se focaliser sur Matthew. Elle le jaugea, comme si elle calculait sa valeur et se demandait s'il était digne qu'elle s'en prenne à lui.

— Je n'en parlerai à personne, assura-t-il, dans l'espoir que la duchesse laisse lady Charlotte tranquille.

— Je vous remercie pour votre discrétion, mais je tiens à ce que ma fille observe toutes les règles de la bienséance quand elle tient salon. Maintenant veuillez nous excuser, lady Charlotte et moi avons rendez-vous chez la couturière. Nous préparons activement ses fiançailles avec votre frère aîné.

Matthew s'inclina devant les deux femmes avant de prendre congé en compagnie d'Alexander, bien que l'idée d'abandonner Charlotte le révolte. Il n'avait pas le choix. En tant que benjamin, il n'avait aucun poids social. S'il prenait sa défense, il ne ferait qu'attiser le courroux de la duchesse.

— Je suis venu en phaéton, déclara Alexander d'une voix faussement enjouée qui devait masquer une frustration égale à la sienne. Veux-tu m'accompagner au Mouton Noir ?

— Bonne idée.

Après une telle journée, Matthew n'avait qu'une envie : se ressourcer dans son café préféré, puis passer une soirée tranquille chez lui au coin du feu.

*

* *

Le reste de la journée ne se passa pas comme prévu. Au lieu de lire un bon livre blotti devant l'âtre, Matthew marchait dans le brouillard glacé qui avait envahi la ville. On se serait presque cru en hiver. Dans cette purée de pois, la lumière des réverbères n'éclairait pas bien loin.

C'était néanmoins le temps idéal pour se déplacer sans se faire repérer, et de ce point de vue Matthew s'estimait chanceux.

— *Voleur ! Voleur !* couina Pan, perché sur son épaule.

— Chuuut...

Matthew regrettait à demi de l'avoir emmené. Pan avait l'habitude de leurs expéditions nocturnes, mais celle-ci était un peu différente, car il était motivé par des raisons très personnelles.

Pan baissa la tête et mit son œil doré à hauteur de l'œil gauche de Matthew.

— *Sale voleur !*

Matthew fronça en vain les sourcils. Pan ne comprenait pas les expressions humaines, et surtout il n'en faisait qu'à sa tête.

— Je ne t'ai pas donné le signal, ce n'est pas le moment de créer une diversion, chuchota Matthew. Pour le moment, tu dois te taire.

— *Sale voleur !*

— Tu veux que je t'abandonne quelque part ? Dès que nous aurons escaladé ce mur, je ne veux plus t'entendre.

Pan se redressa en ébouriffant son plumage. Matthew réprima un sourire. Le perroquet jouait les martyrs, mais en réalité il adorait leurs escapades. Plus le danger était grand, plus cela lui plaisait.

Autour d'eux, tout était calme. Matthew comprit qu'il était temps de passer à l'action.

— Vas-y, fais ton petit tour et reviens au rapport.

Pan marmotta « Sale voleur ! » une dernière fois avant de prendre son envol. Matthew attendit en s'empêchant de piétiner en rond. Même s'il n'y avait personne dans les parages à première vue, il ne voulait pas trahir sa présence, surtout si la garde de nuit avait la mauvaise idée de passer par là. Aussi trompa-t-il son impatience comme il le faisait d'ordinaire, en s'appliquant à respirer avec régularité.

Enfin Pan revint dans un froufrou de plumes qui ressemblait à celui des pigeons.

— *Personne. Personne.*

Matthew retira un grappin de son sac. En temps normal, quand il pratiquait l'escalade, il y avait déjà des cordes qui lui permettaient de grimper. Mais cette fois, il avait dû apporter la sienne.

Il balança le grappin par-dessus le mur de briques qui entourait le jardin, donna une secousse sur la corde pour vérifier qu'il était bien bloqué. C'était bien sa chance, la demeure était protégée comme une forteresse. Au moins, il n'était pas obligé de grimper sur un toit. Enfin, pour le moment.

Escalader un mur était pour lui aussi facile que se promener dans les allées d'un parc. Quelques secondes plus tard, il était juché au sommet, même pas essoufflé. Il scruta le jardin noyé de brume pour s'assurer que Pan avait dit la vérité. Il était très malin, mais c'était aussi un petit farceur.

Il ne distingua aucune silhouette, ne perçut aucun bruit.

Rapidement il laissa tomber la corde de l'autre côté du mur et descendit en rappel.

L'obscurité était totale. Il avait bien amené une lanterne à jalousie orientable, mais il était trop dangereux de s'en servir à découvert.

À pas lents, il traversa le jardin tandis que Pan volait en cercles au-dessus de lui. Par chance, l'oiseau se taisait. Matthew avait quand même le sentiment qu'il se moquait de lui. L'impression s'accentua quand il se cogna à un arbuste ornemental et qu'une branche lui gifla le visage. Mais il n'y eut pas d'autre incident notable.

Il ne put retenir un sourire lorsqu'il parvint devant une grande porte-fenêtre. Il avait parié sur le fait que le propriétaire aurait fait installer chez lui ce type d'ouverture à la mode, et il avait eu raison.

Il ne lui fallut qu'une minute pour crocheter la serrure. D'autres lui avaient donné bien plus de fil à retordre.

Laissant Pan dehors, il se glissa à l'intérieur de la résidence, sortit la lanterne de son sac et l'alluma. Il n'ouvrit qu'un seul volet et un mince rai jaunâtre illumina le luxueux tapis. « Ici les lattes de parquet ne risquent pas de craquer », se réjouit-il. Pénétrer chez un aristocrate était vraiment un jeu d'enfant.

Il traversa la maison tel un fantôme, gravit l'escalier. Il ne connaissait pas la disposition des lieux, mais il était quasi certain que le propriétaire avait aménagé son bureau dans la pièce qui disposait du meilleur point de vue sur Londres. Tout à l'heure, alors qu'il patientait dans la rue, il avait déjà réfléchi aux endroits qu'il visiterait en premier.

Ignorant son cœur qui tambourinait dans sa poitrine, il se déplaça d'un pas léger jusqu'à atteindre sa destination. Il ouvrit doucement la porte et la satisfaction l'envahit. C'était bien le bureau.

Après avoir refermé le battant, il alla tirer doucement les tentures pour masquer la fenêtre, puis s'autorisa à ouvrir tous les volets de la lanterne. Tenant celle-ci à bout de bras, il inspecta les lieux.

Son regard tomba sur un buste à l'effigie du maître des lieux. Posé sur une table ronde, il était tourné vers le mur et paraissait contempler une aquarelle représentant un domaine écossais familier pour Matthew. Bizarre. L'homme feignait peut-être d'être entièrement dévoué à sa famille, mais Matthew trouvait étrange qu'il ait positionné le buste de cette façon.

Rapidement, il passa en revue les autres tableaux. Sur l'un d'eux, on reconnaissait Zeus trônant sur le mont Olympe, entouré de déesses et de nymphes qui folâtraient. Dans la plaine en dessous, les simples mortels se faisaient la guerre pour distraire les divinités.

Matthew s'approcha du buste et le fit pivoter afin de dévier le regard de la statue vers cette scène de totale décadence. Comme il l'espérait, il entendit un déclic.

S'agenouillant, il tâtonna sous le bureau et découvrit un compartiment secret qui venait de s'ouvrir. Il glissa la main à l'intérieur, et ses doigts frôlèrent une bourse en cuir d'agneau. Il s'en empara, dénoua le lacet et renversa le contenu dans sa main. Il vit l'éclat de l'or et la pâleur laiteuse de perles au creux de sa paume.

Matthew ne s'intéressait pas aux bijoux, pourtant, ce ras-de-cou retint son attention. Les rubis entourés de perles constituaient une chaîne de fleurs. Le fermoir avait la forme de deux petites mains qu'il fallait joindre. Le pendentif, un camée en onyx blanc sculpté, représentait un animal indéterminé, plutôt grossièrement exécuté, à moins qu'il n'ait été délibérément stylisé.

Matthew retourna le camée, en quête d'une inscription ou d'un indice quelconque. Mais il n'y avait rien. Aussi intrigant que soit ce bijou, il n'apportait pas les réponses qu'il était venu chercher.

Il se figea soudain en entendant un bruit de pas dans le couloir.

Vivement, il remit le collier dans la bourse, qu'il glissa dans sa poche. Puis il jeta un regard autour de lui en se demandant s'il devait remettre le buste dans sa position initiale...

Mais les pas se rapprochaient dangereusement. Matthew s'élança vers la fenêtre et l'ouvrit. La corniche n'était pas très large, mais il faudrait s'en contenter. Il éteignit la lanterne, la fourra dans son sac. Puis, en un tournemain, il se débarrassa de ses chaussures et de ses bas qui ne feraient que le gêner, et les jeta également dans le sac avant de balancer celui-ci sur son épaule. Heureusement, il avait l'habitude de jouer les équilibristes en transportant des charges lourdes. Et de toute façon, il n'avait pas le choix.

Sans hésiter, il grimpa sur la corniche et se retrouva le nez contre le mur extérieur. Il n'osa pas risquer un regard vers le sol, et s'attacha à inspecter la façade. Un peu plus loin, la brique cédait la place à des blocs de pierre calcaire scellés les uns au-dessus des autres, qui saillaient légèrement de la paroi.

Prudemment, Matthew se mit à longer le mur sur la mince corniche.

Du bruit s'éleva de la pièce qu'il venait de quitter. Indifférent à la sueur qui lui coulait dans les yeux et les briques qui lui écorchaient les mains, il accéléra sa progression.

Il venait de caler ses orteils sur un moellon en calcaire quand il entendit un cri de colère. Quelqu'un venait de se rendre compte que le compartiment secret avait été visité.

Matthew descendit le long du mur en se servant des blocs de pierre comme d'une échelle. Rompu à ce type d'exercice, il était souple et vigoureux. Sans penser à ses muscles tétanisés, il se concentra sur sa respiration et réussit à atteindre le sol en quelques instants.

Lorsque ses pieds touchèrent les dalles de la terrasse, il entendit une bordée d'injures et le fracas d'un bibelot qu'on lançait contre une cloison.

En toute hâte, il traversa le jardin pour rejoindre le mur d'enceinte. Pan, qui s'était perché dans un arbre en attendant, s'envola dans un bruissement d'ailes qu'il trouva étrangement rasséréNant.

Il escalada le mur à toute vitesse en s'aidant de la corde et, parvenu au sommet, remit ses chaussures avant de jeter un regard dans son dos, vers la fenêtre illuminée dans la nuit brumeuse.

Une silhouette en contre-jour se détachait dans l'encadrement.

Matthew était tranquille : dans une telle obscurité, il était impossible que son frère le voie. Néanmoins son cœur battait la chamade lorsqu'il repositionna le grappin pour descendre côté rue. Ses vieilles terreurs étaient toutes prêtes à se réveiller.

— Ressaisis-toi. Tu n'es plus un gamin, s'invectiva-t-il alors qu'il se fondait dans la nuit.

Certes, il avait mûri. Mais aurait-il le courage d'attaquer de front celui qui le tourmentait depuis l'enfance ? Et parviendrait-il à l'abattre une bonne fois pour toutes ?

8

— Tu vas encore à Estbrook House rendre visite à lady Calliope ?

La duchesse avait parlé à mi-voix. Pas un muscle de son visage ne tressaillait, et pourtant elle réussissait à donner l'impression de hausser les sourcils.

Charlotte se força à esquisser son sourire le plus amène.

Comme elle regrettait l'époque où ses parents la laissaient à la campagne pendant des mois ! Elle se sentait très seule quand Alexander partait pour le collège, mais elle préférait encore cela à sa vie londonienne, où chaque minute de son existence était régie par sa mère. Depuis ses débuts huit ans plus tôt, elle était devenue une sorte de pantin dont cette dernière tirait les ficelles.

— La saison bat son plein, et lady Calliope et moi aimons nous retrouver pour discuter des réceptions auxquelles nous avons assisté.

C'était un pur mensonge. Même Alice, la caméridte de Charlotte qui avait été engagée par sa mère, n'était pas au courant des activités de la jeune femme.

Les domestiques de Calliope avaient pour mission d'entraîner Alice à l'office et de la distraire pendant que sa maîtresse filait au Mouton Noir. Habillée en veuve, elle s'y rendait dans l'une des voitures dépourvues d'armoiries des parents de Calliope.

— Parfois je me demande si ce n'est pas la faute de lady Calliope si tu n'es pas encore mariée, murmura la duchesse.

Elle se gardait de froncer les sourcils ou de faire la moue – cela donnait des rides. Mais le ton réprobateur était là.

— Lady Calliope a beau être la fille d'un duc, j'ai entendu des rumeurs, poursuivit-elle. Il paraît que ses parents lui permettent d'assister aux scandaleux bals costumés que donne son demi-frère, le duc de Blackglen.

Les Estbrook avaient donné à leurs quatre filles des prénoms de muses grecques. Elles étaient toutes des artistes accomplies, chacune dans son domaine : poésie, peinture, musique et danse. Et deux de leurs frères se distinguaient dans les disciplines sportives, tels les héros grecs dont ils portaient le nom.

Seul le demi-frère de Calliope, le duc de Blackglen, vivait en marge de la bonne société, à laquelle il préférait les divertissements décadents.

— Voyons, maman, le père de Calliope est estimé de tous et très puissant à la Chambre des lords. Et sa mère est une hôtesse incomparable. Vous étiez si contente quand Calliope et moi sommes devenues amies à mes débuts dans le monde. Vous dites toujours qu'elle est le charme personnifié.

Après tant d'années passées sous la férule de sa mère, Charlotte aussi avait appris l'art subtil de la manipulation. Il était essentiel de ne pas éveiller les soupçons de la duchesse.

La veille, Calliope lui avait envoyé un message pour la prévenir que lady Greenvale, la sœur de feu lady Hawley, s'était enfin décidée à venir au Mouton Noir. Malheureusement, Charlotte avait été retenue par sa mère, qui récriminait sans fin sur la conférence de Matthew.

Calliope avait incité lady Greenvale à revenir au café le lendemain, et Charlotte voulait à tout prix s'y rendre.

La duchesse laissa échapper un infime soupir.

— Tu as raison. Si tu as de drôles d'idées sur le mariage, la faute revient alors à ma tante Abigaïl. Je n'aurais pas dû l'autoriser à te rendre visite si souvent à la campagne, d'autant plus que ni ton père ni moi n'étions là pour te surveiller.

Chaque hiver, alors que Charlotte pensait devenir folle tant son frère lui manquait, sa grand-tante arrivait avec une malle pleine de livres et un flot de merveilleux souvenirs en tête. L'excentrique vieille dame s'installait au domaine pour plusieurs semaines. Soulagés de ne plus l'avoir dans les jambes, le duc et la duchesse de Falcondale avaient laissé faire.

— Tante Abigaïl a toujours veillé à ce que je respecte les bonnes manières. Elle ne me parlait pas de l'époque où elle était une hôtesse célèbre. Elle savait bien que vous n'auriez pas été d'accord, maman.

En réalité, Charlotte et Abigaïl s'enfermaient dans la bibliothèque et, devant un bon feu de cheminée, lisaient des œuvres telles que *Les Voyages de Gulliver* ou *Modeste proposition*, avant d'analyser la satire tranchante de Jonathan Swift. C'était leur secret.

Tante Abigaïl ne s'était jamais mariée. Elle tenait trop à sa liberté, et sa vie avait été bien plus heureuse que celle de la mère de Charlotte qui, depuis que sa jumelle s'était enfuie, avait passé son temps à tenter d'effacer cette souillure sur le blason de la famille et à essayer de prouver à son époux que ce n'était pas un châtiment divin si Alexander était né avec un pied bot.

— Mmm, fit la duchesse d'un air sceptique. Au moins, si tu dois t'en aller, lève-toi, que j'inspecte ta tenue. Il ne faudrait pas que tu te présentes négligée chez le duc d'Estbrook.

Charlotte dissimula son exaspération sous un sourire docile. De toute façon, sa mère critiquait toujours la façon dont elle s'habillait.

De fait, celle-ci émit un claquement de langue réprobateur.

— Ça ne va pas, Charlotte. Pas du tout. Cette robe est beaucoup trop simple, et surtout ce vert te donne le teint cireux. Tu devrais mettre ta robe à rayures jaunes que la couturière vient de livrer. Et es-tu sûre que tu prends toutes les précautions nécessaires pour te protéger du soleil ?

— Oui, maman.

Charlotte se retint de serrer les poings. Sinon sa mère lui reprocherait de ne pas adopter une posture gracieuse. Elle ne pouvait rien faire, hormis subir cet énième sermon sans broncher.

— Et demande à ta caméristе de refaire ta coiffure. Tes boucles ne sont pas parfaites, je repère des frisottis. Tu as des cheveux impossibles. Nous avons déjà le malheur d'être rousses, mais au moins nous pouvons cacher cette vilaine couleur si peu distinguée sous la poudre. Mets ta capeline aujourd'hui. Elle préservera ton teint.

En ayant terminé, la duchesse fit un petit signe de la main pour congédier sa fille.

L'adolescente que Charlotte avait été aurait couru dans sa chambre se jeter en pleurs sur son lit. Mais une crise de larmes lui aurait valu un autre sermon : une dame de qualité ne courait pas, et les yeux rougis déparaient un visage.

Charlotte quitta le salon d'un pas mesuré.

Revenue dans ses appartements, elle expliqua les consignes de sa mère à Alice, puis laissa la caméristе lui passer la robe à rayures jonquille et ivoire préconisée par la duchesse.

Lorsqu'elle prit son sac dans lequel elle avait caché ses habits de veuve, elle se sentit le cœur plus léger.

La première fois qu'elle avait enfilé cette tenue austère, des émotions contradictoires l'avaient envahie. Ces vêtements symbolisaient le chagrin et le deuil. Alors que pour elle, ils représentaient la liberté. L'épais voile noir dissimulait ses traits, et le statut de veuve lui conférait une certaine indépendance par rapport aux autres dames. Une demoiselle obéissait à ses parents, une épouse, à son mari. Mais une veuve faisait à peu près ce qu'elle voulait. En perdant son conjoint, elle s'ouvrait les portes du monde, ce qui était assez ironique.

Y avait-il d'autres moyens d'acquérir cette précieuse liberté ? Si tel était le cas, Charlotte était résolue à les découvrir, à n'importe quel prix.

*
* *

— Ciel, lady Greenvale arrive ! chuchota Calliope en pointant légèrement du menton la porte du salon clandestin.

— Merveilleux ! fit Charlotte.

Elle eut beaucoup de mal à ne pas bondir sur ses pieds pour aller tout de suite à la rencontre de la comtesse, mais elle se retint et patienta, le temps que celle-ci se soit installée et ait bu une tasse de l'excellent café servi par Sophia.

Enfin Charlotte se leva et, prenant une profonde inspiration, traversa la pièce en circulant entre les fauteuils et les sofas douillets qu'elle avait fait fabriquer exprès pour le salon du Mouton Noir.

En hôtesse accomplie, elle savait qu'elle ne pouvait pas d'emblée assaillir la comtesse de questions. Elle devait mettre les formes et engager la conversation de manière subtile pour lui donner la direction qu'elle souhaitait. Lady Greenvale avait perdu sa sœur six mois plus tôt, il fallait s'y prendre avec tact et...

— Vous devez être la future fiancée de lord Hawley, si l'on en croit la rumeur, n'est-ce pas ? demanda sans détour lady Greenvale en la transperçant de son regard brun. Je vous mettrais bien en garde contre le vicomte, mais dans la mesure où vos amies m'ont fortement incitée à venir ici, j'imagine que vous avez déjà des soupçons.

Charlotte se sentit désarçonnée. Elle s'était tellement préparée à devoir faire preuve de finesse qu'elle ne s'attendait pas à mener une discussion aussi franche.

— Je… J'espère que mon approche ne vous a pas semblé trop insistante. Je n'avais pas l'intention de vous forcer la main.

— Je devrais vous remercier, répliqua lady Greenvale en lui faisant signe de s'asseoir près d'elle. Grâce à vous, j'ai découvert ce café. Un endroit merveilleux.

— Je vous demande pardon si ma présence vous rappelle de mauvais souvenirs…

— Cessez de vous excuser, lady Charlotte, coupa la comtesse en lui tapotant la main. Ceux qui devraient nous demander pardon à genoux, ce sont Hawley et les types dans son genre qui maltraitent les femmes.

La franchise de lady Greenvale sidéra Charlotte.

— Depuis la mort suspecte de ma sœur, j'ai décidé de ne plus prendre de gants avec personne. Si j'avais exprimé mes inquiétudes plus tôt, elle serait peut-être encore de ce monde, ajouta la comtesse en guise d'explication devant la mine stupéfaite de Charlotte.

Celle-ci cherchait néanmoins la manière la plus délicate de l'interroger. Lady Greenvale avait beau ne pas mâcher ses mots, elle était sûrement très affectée par la récente disparition de sa sœur.

— Avez-vous… avez-vous des raisons de vous interroger sur les circonstances exactes de la mort de lady Hawley ?

L'espace d'un instant, le visage de lady Greenvale se décomposa. Charlotte eut un aperçu de sa peine avant qu'elle la dissimule de nouveau sous un air farouche.

— Rien qui ne puisse être balayé au regard des droits d'un époux ou du respect de la vie privée, répondit-elle. Si j'exprimais mes soupçons, on me taxerait d'hystérie en mettant cela sur le compte d'un esprit dérangé par le chagrin.

— Oh…

Charlotte s'efforça de cacher sa déception. Elle n'allait pas accabler lady Greenvale avec le fardeau supplémentaire de son angoisse.

La comtesse jeta un regard autour d'elle, puis se pencha au-dessus de la petite table qui les séparait.

— Il y a bien quelque chose, reprit-elle à voix basse. Je ne suis pas certaine que cela soit significatif, mais c'est lié à un fait tangible.

— De quoi s'agit-il ?

— Je ne sais pas si je devrais vous le dire... Ma propre enquête n'a rien donné et cela pourrait vous mettre en danger...

— Je suis sur le point d'être fiancée à lord Hawley contre mon gré. Nous savons toutes deux que je suis déjà en danger. N'est-ce pas pour cette raison que vous me parlez si librement ?

Charlotte avait décidé d'abandonner tout faux-semblant.

Lady Greenvale eut un sourire empreint de tristesse.

— Vous ne ressemblez pas à ma sœur. Elle était complètement aveuglée par la prestance et la richesse de lord Hawley. Vous, vous le voyez tel qu'il est.

— Il a tourmenté mon frère jumeau des années durant quand ils étaient au pensionnat. Mais pour mes parents, ce ne sont que des broutilles. Ils ne voient que son avenir de duc.

— Je vais vous dire ce que je sais, mais je crains que cela n'ait pas beaucoup de poids. Ma sœur, peu à peu, s'est mise à craindre le vicomte, puis à le haïr. Néanmoins elle ne se confiait pas à moi. Je suppose qu'elle avait peur que je ne vienne demander des comptes à son mari et qu'il ne se venge sur elle.

Dans un geste spontané, Charlotte pressa la main de la jeune femme. Cette fois, elle ne s'excusa pas. Elle avait compris que la comtesse n'avait que faire des platitudes.

— J'ai rendu visite à ma sœur quelques jours avant sa mort. Elle a fait irruption dans le salon, les joues rouges, tout excitée. J'ai remarqué un collier qui dépassait de la poche de sa jupe. Ma sœur adorait les bijoux modernes exécutés tout en finesse, or ce ras-de-cou ancien en perles représentait de grosses marguerites. Je m'en suis étonnée. Elle s'est empressée de cacher le collier au fond de sa poche et a essayé de changer de sujet. J'ai insisté, et elle m'a dit alors que ce collier était la clé qui allait ouvrir le cadenas de ses chaînes, que bientôt elle serait libre, mais qu'elle ne pouvait rien me dire pour le moment.

— Qu'est devenu ce bijou ?

— Je l'ignore. J'en ai parlé à lord Hawley, qui a prétendu ne rien savoir à ce sujet. J'ai questionné les amies de ma sœur, mais je n'ai rien obtenu de concluant.

— Pourriez-vous le dessiner ?

Charlotte songeait déjà à montrer ce dessin aux clients du Mouton Noir, en particulier aux fripouilles notoires.

Lady Greenvale secoua la tête d'un air de regret.

— Je ne sais pas dessiner, et j'ai juste entrevu le collier. Mais cela vaut mieux. Vous vous mettriez en danger si vous montriez un tel dessin ou si vous posiez trop de questions. Pas plus tard qu'hier, on m'a mise en garde en me conseillant vivement de ne pas parler de ce bijou.

— Qui ça ? Lord Hawley ? demanda Charlotte avec un frisson.

— Non. Son frère, le jeune scientifique. Je ne sais pas s'il s'agissait d'un conseil d'ami ou d'une tentative d'intimidation, en tout cas il a beaucoup insisté.

— Le Dr Talbot vous a demandé de ne plus parler de ce collier ?

Charlotte avait l'impression d'avoir reçu un coup sur la tête. Se pouvait-il que Matthew soit impliqué dans cette affaire ? Elle ne l'avait pas rayé de la liste des suspects, mais une part d'elle-même refusait de croire qu'il puisse être une crapule.

À présent, le doute s'insinuait en elle.

— Comment en êtes-vous arrivée à aborder le sujet avec lui ?

— Je suis passée hier au Mouton Noir et le Dr Talbot, très poliment, est venu me présenter ses condoléances. Il n'a pas franchement dit qu'il suspectait son frère d'être responsable de la mort de ma sœur, cependant il a fait quelques sous-entendus dans ce sens.

— Il mène sa propre enquête, alors ? Il n'essaie pas de protéger son frère ?

— Ce n'est pas très clair. Peut-être s'efforce-t-il de faire la lumière sur cette affaire. Mais il pourrait tout aussi bien vouloir dissimuler les preuves. Dans la famille Lansberry, je ne fais confiance à personne. Ce sont des charmeurs autant que des brutes.

Mais Matthew était différent, non ? En tout cas, Charlotte se raccrochait à cet espoir. Un homme qui parlait avec autant de passion de la faune à protéger ne pouvait être complice d'un criminel ! Pourtant... Charlotte elle-même ne l'avait-elle pas suspecté, sachant la puissance des liens du sang ?

Une sensation semblable à celle d'une douloureuse trahison l'envahit. Bien sûr, Matthew ne lui avait fait aucune promesse. Mais l'idée qu'il puisse travailler à dissimuler les méfaits de son frère la blessait personnellement.

— Pourquoi m'avoir fait ces confidences ? demanda-t-elle à voix basse – non qu'elle ait peur qu'on les entende, mais parce qu'elle éprouvait maintenant un profond abattement.

— Parce que je ne veux pas qu'une autre jeune femme subisse le même sort que ma sœur. Hawley est un homme puissant. Si vous voulez lui échapper, vous aurez besoin de mettre toutes les chances de votre côté. Et je souhaite que vous réussissiez là où ma sœur et moi avons échoué. Révélez la duplicité de ce monstre à la face du monde ! Dénoncez-le à la justice !

9

Pour le moment, le petit singe perché sur l'épaule de Matthew se tenait tranquille, ce qui était plutôt étonnant.

La femelle capucin était sujette aux sautes d'humeur. Une longue période de calme annonçait en général une bonne tempête. Et comme Matthew traversait Covent Garden, il préférait éviter que Banshee[1] ne se mette à hurler ou qu'elle ne s'enfuie dans les ruelles tortueuses du quartier.

S'il l'avait mise en cage cependant, elle se serait jetée contre les barreaux, au risque de se blesser. Mieux valait la garder sur son épaule. Banshee était peut-être fugueuse, mais elle avait passé la majorité de sa vie sur des bateaux et elle ne s'aventurerait jamais bien loin.

Du moins pouvait-on l'espérer.

— Nous y sommes presque, dit-il d'une voix apaisante.

Puis il se mit à fredonner une chanson paillarde que l'ancien propriétaire du singe affectionnait. Banshee émit une sorte de ronronnement pour signifier son approbation. La pauvre avait besoin de plus d'espace, et surtout de la présence d'autres congénères maintenant

1. Fée du folklore irlandais dont le cri annonce une mort imminente.

qu'elle avait atteint l'âge adulte. Et Matthew savait où en trouver, ici même, au cœur de Londres.

Il aurait pu demander à Tavish de lui envoyer une voiture, mais il avait préféré le retrouver au Mouton Noir, pensant qu'une petite promenade ferait du bien à Banshee avant qu'ils entreprennent le voyage qui les mènerait au domaine de l'homme d'affaires, situé dans la banlieue londonienne.

Un cri courroucé jaillit de la cage que Matthew tenait dans la main gauche.

— Tu ne vas pas t'y mettre toi aussi, Cyrène ? Un peu de patience.

La cage recouverte d'un linge tangua au bout de son bras. Nerveux, le raton laveur piétinait sur ses trois pattes valides. Matthew pressa le pas, ignorant les regards interloqués que lui jetaient les passants. Ils étaient à Covent Garden, bon sang, pas dans Hyde Park. Si l'on ne pouvait plus se promener tranquille avec un capucin et un raton laveur, où allait-on ?

L'enseigne du Mouton Noir était maintenant en vue. Matthew accéléra encore l'allure, au moment où il dépassait un petit groupe de muscadins. De plus en plus agitée, Banshee se mit à pousser des cris stridents.

Un jeune homme hilare donna un coup de coude à son compagnon le plus proche.

— Regarde, Hayfield. Ce singe critique tes goûts vestimentaires, je crois !

Le dénommé Hayfield s'empourpra et il banda ses muscles sous sa redingote en satin à la coupe cintrée.

— Je ne pense pas qu'un ouistiti s'y connaisse en matière de mode, rétorqua-t-il.

Matthew ne jugea pas utile de préciser que Banshee n'était pas un ouistiti. En grandissant auprès de son frère, il avait appris les vertus du silence. Mieux valait faire profil bas.

Malheureusement, Banshee n'était pas du même avis. Surexcitée, elle émit des cris perçants qui ressemblaient à une bordée d'injures simiesques.

Le compagnon de Hayfield éclata de rire.

— En tout cas, il s'y connaît mieux que toi !

Matthew essaya de filer vers le Mouton Noir avant que la situation dégénère. Au moment où il atteignait la porte, Hayfield fit un geste menaçant vers Banshee. Effrayé, le singe bondit sur l'enseigne, qui commença à se balancer en grinçant au bout de ses chaînes.

L'incident avait été remarqué. Une petite foule de badauds et de mendiants était en train de s'attrouper devant le café, et Hayfield n'appréciait manifestement pas d'être le point de mire de l'attention.

— Monsieur, veuillez museler cette bête ! lança-t-il à Matthew, la mine belliqueuse.

Il cherchait la bagarre. Matthew se raidit. Tavish lui avait appris à se battre, mais il préférait éviter les conflits.

Lentement, il posa la cage par terre. Puis il se redressa en levant les mains dans un geste apaisant.

— Je vais essayer de la calmer, milord, mais elle est nerveuse.

Les amis de Hayfield rirent de plus belle, et leur hilarité se communiqua bientôt aux badauds. Hayfield brandit son poing.

— Matez votre singe, ou c'est moi qui vais vous donner une correction ! Et si ce n'est pas ici, ce sera sur le pré à l'aube. Nommez votre témoin !

— Bonté divine, que se passe-t-il ici ? fit une voix féminine.

Une femme en habits de deuil venait de se placer aux côtés de Matthew. En dépit du voile de crêpe noir qui lui couvrait le visage, ce dernier reconnut immédiatement sa voix : il s'agissait de lady Charlotte.

Un murmure parcourut la foule à l'apparition de cette dame qui appartenait manifestement à la classe aristocratique. Ce n'était pas une vision habituelle dans le quartier.

Lady Charlotte ignora les regards surpris et, dans un mouvement théâtral, leva la tête vers l'enseigne à laquelle le capucin était toujours agrippé.

Banshee la considéra de ses petits yeux noirs brillants de curiosité.

Lady Charlotte regarda ensuite Hayfield, puis Matthew. Bien que ses traits soient masqués, elle parvenait à exprimer le plus parfait degré de réprobation et de sévérité par sa simple posture. Elle était vraiment extraordinaire, songea Matthew.

Hayfield abandonna aussitôt sa posture agressive.

— Cette bête vient de m'insulter, se défendit-il, un peu penaud.

— Et donc vous l'avez défiée en duel ?

La foule explosa de rire. Hayfield semblait maintenant partagé entre l'irritation et l'envie de rire également de sa réaction puérile.

— C'est au propriétaire que j'ai demandé raison, madame.

— Voyons, je suis sûre que ce singe ne pensait pas à mal, n'est-ce pas ? fit Charlotte en se tournant vers Matthew.

— Banshee ne ferait pas de mal à une mouche, confirma-t-il.

Charlotte leva la tête vers le capucin.

— N'est-ce pas, Banshee ? Tu ne voulais pas injurier ce gentleman ?

Banshee envoya un baiser à la jeune femme – un tour que lui avait appris son ancien maître pour séduire les soubrettes dans les tavernes. La foule s'esclaffa de nouveau.

— Allons, descends de ton perchoir, lui dit encore Charlotte.

Elle posa son panier en osier et leva les bras en direction du singe. Banshee se laissa tomber contre sa poitrine pour s'y blottir.

Charlotte pivota vers Hayfield.

— Vous voyez, milord. Il s'agissait d'un malentendu. Banshee, présente tout de suite tes excuses à ce gentil monsieur très bien habillé.

Banshee envoya un baiser du bout de ses petits doigts. Hayfield consentit à sourire, puis il s'inclina dans une courbette.

— Excuses acceptées, dit-il.

— Et maintenant, dis au revoir, Banshee.

Ravi de faire son numéro, le capucin envoya un nouveau baiser. Lord Hayfield porta la main à son chapeau en guise de salut, et ses amis l'imitèrent. Quelques instants plus tard, le groupe de muscadins s'éloignait dans la rue et la foule se dispersait.

Cramponnée au cou de lady Charlotte, Banshee lui faisait une sorte d'étole de fourrure incongrue. Et le cœur de Matthew palpitait… mais pas parce qu'il venait de frôler un duel.

C'était elle qui lui faisait cet effet.

Comme toujours.

Soudain il eut envie de soulever son voile pour lui donner un baiser passionné.

Bien sûr, c'était hors de question. D'abord parce que Banshee jouait le rôle d'un chaperon parfaitement intraitable. Si Matthew la bousculait, elle se remettrait à crier. Et puis il ne fallait pas révéler l'identité de Charlotte en pleine rue, au risque de ruiner sa réputation.

Mais même sans cela, Matthew ne se serait jamais permis de prendre de telles libertés. Telle n'était pas sa place. Charlotte était la sœur de son meilleur ami. Et, au mieux, elle le considérait comme une simple connaissance.

— Nous ferions mieux de rentrer avant que Banshee provoque un autre esclandre, dit-il.

Charlotte acquiesça et ouvrit la porte du café. Matthew ramassa son panier et la cage du raton laveur. À leur entrée, les habitués levèrent le nez, puis reprirent leurs conversations. Ils avaient pris l'habitude de ces « veuves » qui se glissaient dans l'établissement et des clients qui amenaient toutes sortes de créatures.

Banshee commença à s'énerver, mais lady Charlotte lui parla doucement, et le petit singe nicha sa joue blanche contre son épaule. Matthew éprouva une bouffée de jalousie insensée envers le capucin. Il secoua la tête, atterré par sa propre stupidité.

Une fois dans le salon à l'arrière, Charlotte voulut enlever son voile, mais Banshee refusa de bouger. Matthew ne pouvait pas lui en vouloir. S'il avait été pelotonné contre la jeune femme, il aurait eu la même réaction.

— Viens, Banshee, dit-il en lui tendant les bras.

Banshee émit un cri aigu de protestation et s'agrippa de plus belle au cou de Charlotte. Celle-ci réussit à détacher un des petits bras poilus, mais dès qu'elle essaya de se libérer du second, Banshee se cramponna de nouveau de l'autre.

— Quelle belle écharpe tu portes, Lottie ! gloussa Alexander qui se trouvait au fond de la salle.

Avant que Matthew ou Charlotte puissent répondre, une voix grave et désincarnée retentit.

— *Holàààà !*

Puis la voix émit un long sifflement. Banshee leva les yeux au plafond et Matthew suivit la direction de son regard. Pan était perché sur sa poutre préférée.

Voyant qu'il avait attiré l'attention du capucin, le perroquet gonfla ses plumes vertes d'un air important. Matthew aurait juré qu'il leur faisait un clin d'œil.

Banshee lâcha aussitôt Charlotte et bondit sur une étagère adossée au mur. Quelques clients sursautèrent en voyant cette créature plutôt inattendue dans un tel lieu. Sans leur accorder un regard, Banshee rejoignit Pan sur la poutre.

Les deux animaux se jaugèrent. La pupille de Pan se dilata, puis reprit sa taille normale tandis qu'il écartait avec majesté les plumes de sa queue. Banshee découvrit ses dents dans une espèce de sourire grimaçant et émit un couinement.

Fasciné, Matthew pensa un instant à sortir son calepin pour noter leurs réactions.

— Je ne sais pas si je dois être soulagée ou vexée d'avoir été si vite supplantée dans l'affection de Banshee, plaisanta Charlotte.

— Je crois hélas que c'est un cœur d'artichaut.

Matthew sentit le sien chanter comme un rossignol au printemps en entendant le rire mélodieux de Charlotte.

La jeune femme ôta enfin son voile, révélant ses joues et ses lèvres roses. Elle était vraiment magnifique, et sa beauté intérieure valait tout autant que celle qu'elle offrait aux regards.

— Comment se fait-il que vous ayez un singe, docteur Talbot ?

— J'ai acheté Banshee à un matelot durant mon dernier voyage. Il l'avait eue tout bébé dans un port des Amériques dont il ne se rappelait même plus le nom.

— Je ne comprends pas qu'il ait voulu se séparer d'un animal aussi mignon.

Matthew se mit à rire.

— Elle a lancé ses excréments dans la figure du marin, qui était prêt à la jeter par-dessus bord. Je suis intervenu et je l'ai achetée contre deux shillings. De ce que je sais des capucins, ils sont trop indépendants pour vivre heureux en tant qu'animaux de compagnie.

Le regard vert de Charlotte s'assombrit, lui rappelant la couleur de la nature foisonnante des profondeurs de la jungle où était née Banshee.

— Qu'allez-vous faire d'elle, alors ? Elle n'a aucune chance de s'acclimater à la vie londonienne.

— Nous espérons qu'elle pourra s'épanouir sur mon domaine, fit une voix masculine teintée d'un accent rocailleux.

Tavish venait de s'inviter dans la conversation.

Matthew se tourna pour saluer son mécène. Tavish Stewart avait une dizaine d'années de plus que lui. La silhouette râblée, il avait des cheveux bruns grisonnants aux tempes et le teint bronzé par le grand air. Ses traits réguliers étaient aussi insondables qu'à l'accoutumée et il arborait son habituel sourire.

Il se dégageait de sa personne un charme distant – un peu comme la Joconde – et mystérieux – ce qui n'avait rien d'étonnant quand on savait combien de secrets il cachait.

— Lady Charlotte, voici mon patron, M. Tavish Stewart. Monsieur Stewart, je vous présente lady Charlotte, la sœur de lord Heathford, et aussi la cousine de Mlle Hannah Wick.

En dépit de ses humbles origines, M. Stewart avait acquis de bonnes manières. Il salua Charlotte avec l'élégance d'un courtisan royal.

Charlotte fit une légère révérence, comme si elle s'adressait à quelqu'un de son rang. Son attitude respectueuse fit immensément plaisir à Matthew.

— Votre réputation vous précède, milady. Je suis impressionné par les changements que vous avez apportés au Mouton Noir.

— Merci. Moi aussi, j'ai entendu parler de vous. Il paraît que vous êtes un homme d'affaires avisé.

— Vous avez vous-même fait un judicieux placement en investissant dans le café.

Charlotte se décomposa et jeta un regard plein de reproche à Matthew. Il comprit qu'elle l'accusait d'avoir trahi son secret. Or il venait d'apprendre qu'elle avait placé de l'argent dans l'affaire. Jusqu'à présent, il avait juste cru qu'elle s'était contentée d'aider Hannah et Sophia à concevoir le nouveau salon.

— Je vous présente mes excuses, milady. Je viens de comprendre que tout cela n'était pas officiel, intervint Tavish. Les cousines Wick m'en ont parlé, et j'ignorais qu'il fallait rester discret à ce sujet.

— Quant à moi, je n'étais pas au courant, ajouta Matthew. Mais je trouve cela audacieux et malin. Vous ne cesserez jamais de m'étonner, lady Charlotte.

Elle se détendit et finit même par sourire. Une fois de plus, le cœur de Matthew s'emballa. Il avait parlé en toute sincérité. Posséder des parts de l'établissement lui offrirait une indépendance financière à laquelle la plupart des femmes n'avaient pas accès. Mais il y aurait peut-être un prix à payer. Comme lui quand il avait décidé de devenir un simple médecin, elle risquait d'être mise au ban de la société.

— Merci, dit-elle.

Il y avait dans ce simple mot une émotion qui ressemblait à de l'affection et qui diffusa dans la poitrine de Matthew une agréable sensation de chaleur.

— Vous connaissez donc bien Hannah ? demanda Charlotte à Tavish.

Le ton était amical, cependant Matthew perçut un changement en elle. Elle semblait en alerte, un peu comme Alexander juste avant le départ d'une course.

— Oh, je suis un client de la première heure, assura Tavish.

— Êtes-vous un ami de ses parents ? J'avoue que je n'ai pas de relations avec cette branche de la famille.

Matthew se sentit gagné par la nervosité. Pourquoi posait-elle toutes ces questions ? Alexander ne s'était jamais inquiété des liens existants entre sa cousine et Tavish. Mais en même temps, ils avaient jusque-là tous veillé à ne rien dire qui pourrait attirer l'attention. Or, l'indiscrétion inhabituelle dont son employeur venait de faire preuve en révélant qu'il était proche de Hannah avait manifestement retenu celle de Charlotte.

— Comment ne pas s'intéresser à un établissement où l'on peut avoir des discussions stimulantes en plus d'un service de qualité ?

Tavish était souriant, détendu. Il avait habilement éludé la question. Néanmoins, lady Charlotte, fine mouche, ne se laissa pas distraire.

— Mais pourquoi ce café en particulier ? Ce n'est pas ce qui manque à Covent Garden. Qu'est-ce qui a attiré votre attention sur le Mouton Noir ?

— Eh bien... son nom. Ne sommes-nous pas tous plus ou moins des brebis galeuses ?

Le regard de Matthew passait de Tavish à lady Charlotte, comme s'il assistait à une partie de jeu de paume. Plus la tension montait, plus le ton devenait désinvolte. En temps normal, Matthew aurait prédit la victoire de Tavish, mais lady Charlotte était peu à peu en train de l'acculer. Si Tavish n'y prenait garde, il allait commettre un autre faux pas... qui mettrait en danger plusieurs personnes, y compris Charlotte.

— À propos de brebis galeuse..., intervint Matthew d'une voix enjouée qui sonnait un peu faux, je vous présente Cyrène.

Il souleva la cage pour la montrer à Charlotte.

— Cyrène ? Comme la nymphe chasseresse ?

— Oui. Un nom parfait pour cette créature, ajouta Matthew en ôtant la couverture.

Cyrène se retrancha au fond de la cage en émettant des petits couinements inquiets. Matthew glissa un doigt entre deux barreaux pour lui gratter le dos, tout en restant sur ses gardes. Même si Cyrène l'aimait bien, elle était capable de mordre, surtout quand elle avait peur.

— Oh, qu'elle est mignonne ! s'exclama Charlotte. On dirait qu'elle porte un masque.

Elle se pencha pour mieux voir le petit animal, sans trop approcher son visage de la cage pour ne pas l'effrayer davantage. Cyrène l'observa derrière sa queue rayée, qu'elle avait ramenée devant son museau.

— Elle est adorable ! De quelle espèce s'agit-il ?

— Un raton laveur. En Amérique du Nord, on dit un « mascouèche » ou un « chaoui », des noms dérivés des langues amérindiennes.

— D'où vient-elle ?

— J'explorais les forêts du Nouveau Monde, et je suis tombé sur des pièges à castors. Cyrène s'était fait prendre, et malheureusement sa patte avant était broyée. Je n'ai rien pu faire pour la sauver. Sa mère n'était nulle part en vue et, seule dans la nature, elle n'aurait pas pu survivre. J'ai pensé qu'elle serait bien dans la ménagerie de Tavish, alors je l'ai emmenée. Elle va me manquer, mais elle sera bien plus heureuse dans le grand enclos qui se trouve là-bas.

— Vous avez une ménagerie, monsieur Stewart ?

— En effet. Qui s'agrandit sans cesse grâce au Dr Talbot.

Tavish tapota l'épaule de Matthew, qui esquissa un sourire timide. En dépit de leur faible différence d'âge, son mécène était devenu une sorte de figure paternelle à ses yeux.

— Tavish a recueilli plus d'animaux que le zoo de la Tour de Londres, expliqua Hannah qui arrivait avec un plateau de tasses fumantes. Sa ménagerie est une merveille.

— Vous l'avez visitée ? s'enquit Charlotte innocemment.

Derrière elle, Matthew regarda Hannah en écarquillant ostensiblement les yeux, pendant que Tavish l'avertissait d'un imperceptible froncement de sourcils. Les traits de Hannah demeurèrent impassibles.

— M. Stewart est généreux, il a ouvert sa ménagerie au public. La visite est gratuite, précisa-t-elle. Nombre d'habitants du quartier s'y sont rendus au moins une ou deux fois.

— Oh. Et les membres de l'aristocratie ont-ils le droit de la voir ? J'ai toujours aimé aller au zoo de la Tour de Londres pour admirer les animaux.

— Les espèces que j'accueille sont bien moins exotiques, je le crains, confia Tavish d'un air de regret. Des chats sauvages, des blaireaux, une famille de hérissons... Ce genre de choses.

— Néanmoins cela me plairait beaucoup. J'adorerais voir Banshee emménager dans sa nouvelle maison. Vous les emmenez aujourd'hui, Cyrène et elle ? demanda Charlotte à Matthew.

Matthew échangea un regard avec Tavish. Une telle visite pouvait éventuellement s'organiser... s'ils avaient le temps de prévenir les employés. Mais une arrivée impromptue pouvait finir en catastrophe.

— Ne craignez-vous pas que cela nuise à votre réputation, milady ?

Elle pivota vers lui, le regard étincelant. Mais son attitude générale restait détendue et sereine.

— Avec ce voile, je ne risque rien, objecta-t-elle en soulevant les pans de crêpe noir.

Avant que Matthew puisse répondre, Alexander les rejoignit pour prendre une tasse sur le plateau de Hannah.

— C'est mon café, non ? Je reconnais l'odeur de la noix de muscade.

— J'étais sur le point de vous l'apporter, milord.

Alexander but une gorgée et poussa un soupir de béatitude.

— Pardon, mais je suis de nature impatiente. Et curieuse. Pouvez-vous me dire pourquoi un singe est en train de faire la cour à Pan ?

— Je crois que c'est l'inverse.

— Leurs sentiments sont réciproques, intervint Charlotte. Nous assistons à la naissance d'une idylle.

Matthew suivit la direction de son regard. Le perroquet et le capucin étaient blottis l'un contre l'autre sur la poutre. Banshee épuçait Pan de ses petits doigts agiles, pendant que l'oiseau picorait la fourrure du singe.

— Regardez, ils se font des papouilles ! s'exclama Charlotte, attendrie.

— Hum... Pas vraiment. En réalité, ils se cherchent des parasites, dit Matthew.

— Docteur Talbot, devons-nous vraiment aborder le sujet ? dit Hannah en fronçant délicatement le nez.

— C'est aussi une marque d'affection, se défendit Matthew en rougissant.

Une fois de plus, il aurait mieux fait de se taire.

— Une marque d'affection ? Eh bien, c'est très étrange, si vous voulez mon avis.

Matthew ouvrit la bouche pour expliquer l'importance du déparasitage chez les animaux, mais il eut le bon sens de la refermer avant de donner des détails peu ragoûtants.

— Étrange, mais bien malin, commenta Charlotte avec un pragmatisme surprenant. Ils prennent soin l'un de l'autre, non ? Je trouve cela charmant.

Hannah considéra sa cousine comme si elle la rencontrait pour la première fois.

— Décidément, vous m'étonnerez toujours, milady.

— Lottie a toujours été bizarre, mais elle sait très bien le cacher, dit Alexander entre deux gorgées de café.

Charlotte fit mine de lui donner un petit coup de coude dans les côtes, en prenant garde à ne pas le toucher pour éviter qu'il ne se brûle avec le breuvage. Alexander fit semblant d'être frappé en soufflant exagérément par la bouche.

Du temps de leur enfance, Matthew avait assisté quantité de fois à ce genre de scène. Pourtant, il était encore fasciné par la relation entre le frère et la sœur. C'était si différent de l'atmosphère agressive qui régnait au sein de sa propre famille…

— Je préfère qu'on dise que je suis « singulière », dit Charlotte d'un ton taquin.

— Vous l'êtes assurément, murmura Matthew sans réfléchir.

Tous les regards se tournèrent vers lui et un silence gêné s'installa. Sentant les yeux gris de Tavish le transpercer, Matthew commença à se balancer d'un pied sur l'autre.

Heureusement, lady Charlotte s'empressa de dissiper le malaise.

— Merci beaucoup, docteur Talbot. Que je sois bizarre, singulière ou originale, il est clair que j'ai un don particulier pour calmer Banshee. Et comme vous allez devoir la séparer de son cher Pan, il me semble que ma présence est requise pour l'apaiser durant le voyage.

Damnation ! Matthew avait cru que la conversation lui ferait oublier son envie de visiter le domaine de Tavish. Mais, en un claquement de doigts, elle venait de retourner la situation à son avantage.

— Tu vas visiter la ménagerie de M. Stewart ? Oh, bonne idée ! Cela fait longtemps que je n'y ai pas mis les pieds, remarqua Alexander.

Avec un sourire satisfait, Charlotte glissa son bras sous celui de son frère.

Le cœur battant, Matthew chercha le regard de Tavish. Il fallait trouver une parade, un prétexte pour refuser...

Mais il était trop tard.

— M. Stewart et le Dr Talbot s'inquiétaient que je puisse aller là-bas sans chaperon. Maintenant que tu es là, Alexander, il n'y a plus de problème, déclara-t-elle.

— Bien. Alors il ne nous reste plus qu'à séparer les deux amoureux, puis nous pourrons nous mettre en route sans attendre. Vous venez, messieurs ? fit Alexander en regardant Tavish et Matthew.

Ce dernier ravala un grognement. À présent, ils n'avaient plus d'excuse. Opposer un refus intriguerait encore plus lady Charlotte et contrarierait Alexander. Celui-ci avait beau être de nature versatile, il était tenace quand il s'était mis une idée en tête.

Il n'était même pas exclu que les jumeaux se rendent au domaine par leurs propres moyens, sans se faire annoncer. Ce qui serait encore plus désastreux qu'une visite organisée à la hâte.

— Je serai ravi et flatté de vous accueillir chez moi tous les deux, assura Tavish avec un accent de sincérité qui impressionna Matthew.

Lui-même était bien moins doué pour jouer la comédie.

— Je vais servir le café, dit Hannah.

Matthew capta le message silencieux qui passait entre Tavish et elle. Dès qu'elle eut distribué les tasses aux clients, la jeune femme s'empressa de disparaître dans la partie privée de la maison... très probablement pour envoyer un mot aux employés du domaine et les prévenir de leur arrivée imminente.

Matthew avait un mauvais pressentiment. Il avait l'impression de sentir le nœud coulant d'une corde autour de son cou. Cela lui arrivait de temps en temps. Parfois la sensation était légère, parfois il se sentait oppressé.

Et en cet instant, il était bien près de suffoquer !

10

M. Stewart, Hannah et Matthew cachaient quelque chose. Charlotte en était sûre. Cela avait-il un lien avec le vicomte de Hawley ? Ce n'était pas clair, et peut-être n'avait-elle pas envie de s'appesantir sur cette question. Bien qu'elle cherche désespérément à le démasquer, elle n'avait pas envie que sa cousine et Matthew soient impliqués dans les mêmes affaires louches. Sans être vraiment amie avec Hannah et Sophia, elle ne pouvait s'empêcher de les admirer pour l'énergie qu'elles déployaient dans leur travail.

Matthew occupait les pensées de Charlotte depuis sa conversation avec lady Greenvale… et pas seulement parce qu'elle s'efforçait de comprendre pourquoi il avait voulu dissuader la comtesse de parler du mystérieux collier. La simple pensée de Matthew suffisait à susciter dans la tête de la jeune femme une spirale vertigineuse.

En conséquence, le voyage dans la voiture de M. Stewart devenait une expérience intéressante. Charlotte aurait souhaité pouvoir attribuer les battements fous de son cœur à la présence de Banshee, pelotonnée sur son giron, ou au raton qui la fixait intensément de ses yeux noirs et brillants. La réalité était tout autre. Dans cet espace confiné, Charlotte était troublée par la proximité de celui-là même qui suscitait chez elle des sentiments si contradictoires. C'était un homme discret, réservé, mais aussi un aventurier. Sa voix douce et posée savait captiver un auditoire. Et surtout, elle lui faisait spontanément confiance, alors que sa raison lui dictait de se méfier de lui. Il était le frère de Hawley. Succomber à son charme ne leur causerait que du chagrin.

Pourtant il la fascinait de plus en plus.

Une petite main se posa sur sa joue, l'arrachant à sa rêverie. Banshee inclina la tête et découvrit ses dents dans une grimace comique. Le capucin était si cocasse avec ses joues blanches hirsutes que Charlotte ne put s'empêcher de rire.

— Banshee est tombée amoureuse de vous, remarqua Matthew.

La lueur chaleureuse au fond de ses yeux gris atteignit Charlotte, irradiant jusque dans sa poitrine. Elle en eut le souffle coupé. *Amoureuse.* Le mot parut flotter dans l'air, comme une sucrerie que ni lui ni elle n'osaient goûter.

— Et voici Ravenshall dans toute sa splendeur ! annonça Alexander, indifférent à l'électricité qui crépitait dans l'air.

Il donna un petit coup de coude à Charlotte en désignant la fenêtre. Banshee poussa un glapissement de protestation que Charlotte entendit à peine. Elle était trop occupée à contempler l'immense manoir.

La façade agrémentée de colonnes corinthiennes avait des proportions d'une symétrie parfaite et le choix des pierres beiges y apportait de la chaleur. Les rayons du soleil se reflétaient sur les vitres des grandes fenêtres à croisillons. À l'instar de son propriétaire, la demeure était à la fois austère et accueillante.

— Cela me fait penser aux édifices anciens que j'ai vus pendant mon grand tour d'Europe, remarqua Alexander. Et pourtant ce manoir reste typiquement anglais.

— Écossais, corrigea M. Stewart.

— Ah oui. Il a été dessiné par feu William Adam d'Édimbourg, n'est-ce pas ?

— En effet.

M. Stewart s'en tint à cette réponse laconique. Il était décidément peu bavard.

Charlotte se pencha vers la fenêtre pour scruter la façade, comme si celle-ci pouvait lui en apprendre plus sur le maître des lieux. Pour ne pas paraître trop curieuse, elle prit Banshee dans ses bras et feignit de lui montrer le manoir.

— Alors, que penses-tu de ta nouvelle maison ?

Banshee retroussa sa babine supérieure et émit un son qui semblait dire qu'elle n'était guère impressionnée. Sans doute était-elle juste contrariée que Charlotte l'ait changée de position, mais M. Stewart, Matthew et Alexander se mirent à rire.

L'attention de Charlotte dévia sur un bosquet de chênes centenaires qui masquaient à demi un groupe de dépendances. Ces bâtiments, bien que plaisants à l'œil, ne respectaient pas la symétrie présente dans l'architecture de la maison principale. Ils étaient posés les uns à côté des autres et séparés par des esplanades. L'un d'eux était presque aussi grand que le manoir, avec encore plus de fenêtres, quoique plus petites. Aucun ne ressemblait vraiment à une écurie ou une remise. Curieux.

Charlotte retomba contre le dossier de la banquette.

— Quoi qu'en pense Banshee, vous avez une très jolie maison, monsieur Stewart. Vous avez parfaitement réussi à marier l'ancien et le moderne. Vos dépendances sont originales. Vous n'avez pas cédé à la tendance qui veut de l'harmonie partout.

M. Stewart inclina la tête avec un sourire poli.

— Merci. J'aime la simplicité et l'équilibre, mais je ne suis pas homme à suivre la mode, surtout quand elle complique mes projets.

Une fois de plus, il restait sur la réserve. Intéressant. Il pensait peut-être couper court à sa curiosité en adoptant ce ton formel, lapidaire, mais il n'avait pas compris qu'elle avait bien plus peur de Hawley que de lui.

— Quel est ce bâtiment, là-bas ? demanda-t-elle en désignant une dépendance en brique rose moins haute que les autres.

M. Stewart échangea un regard avec Matthew, comme si une conversation silencieuse s'établissait entre eux, bien que leurs traits demeurent impassibles.

— C'est l'imprimerie, répondit M. Stewart d'un ton détaché.

— Oh. J'aimerais beaucoup la visiter. J'ai récemment acheté un livre qui sortait de vos presses. Il était illustré des planches dessinées par le Dr Talbot. Un petit bijou.

Charlotte se trémoussa sur la banquette dans le but d'accentuer son enthousiasme en partie feint. Banshee protesta aussitôt.

— Je crains que ce ne soit pas possible, répondit M. Stewart. Nous sommes en plein processus d'impression afin de livrer un client qui exige une stricte ponctualité.

— M. Stewart n'autorise aucune visite de l'imprimerie, précisa Alexander avec un soupir outrancier. Dieu sait que j'ai essayé avant toi, Lottie ! J'adorerais voir ces grandes machines, entendre le vrombissement des rotatives... C'est aussi excitant qu'une course de chevaux, pas vrai ?

Matthew chercha le regard de Charlotte.

— Quel livre avez-vous acheté ?

— *Mystères de la faune et de la flore du Nouveau Monde*.

Le livre lui avait coûté plusieurs mois d'argent de poche, mais elle n'avait pas regretté son achat. Elle s'était dit que cela lui permettrait de mieux comprendre Matthew, toujours dans le but de se renseigner sur Hawley. Mais la vérité, c'est qu'après avoir lu *Le Ferus Cattus de Calédonie*, elle avait eu envie de voir d'autres illustrations de sa main. Son trait à l'encre élégant semblait donner vie aux créatures qu'il représentait.

— Je trouve vos dessins merveilleux, ajouta-t-elle.

Un sourire naquit sur les lèvres de Matthew, et une douce émotion fleurit dans la poitrine de Charlotte. Puis la voix rugueuse de M. Stewart la rappela à l'ordre : elle devait se concentrer sur les secrets de l'Écossais.

— Vous allez justement voir dans ma ménagerie plusieurs des animaux dessinés par le Dr Talbot, milady. J'ai demandé au cocher de nous amener directement devant les enclos.

Charlotte se rendit compte que la voiture avait poursuivi son chemin et se dirigeait vers une belle fontaine ornée de sculptures. Celles-ci représentaient des nymphes qui folâtraient avec des créatures marines. Le fin gravier de l'allée crissa sous les roues alors qu'ils avançaient entre les pelouses plantées d'arbustes ornementaux. Visiblement, M. Stewart avait les moyens. Sa fortune devait égaler celle des parents de Charlotte, voire la surpasser.

Le regard de la jeune femme dévia de nouveau sur les bâtiments disparates qu'on apercevait derrière les chênes. À l'évidence, M. Stewart ne voulait pas que ses invités traînent de ce côté-là. Pourquoi ? Elle distingua des silhouettes. Des gens s'activaient. Ils avaient l'air nombreux et ils ne portaient pas la livrée des domestiques. Étrange.

Comme la voiture tournait dans l'allée, la vision de Charlotte fut obturée par une haie. Réprimant un soupir, elle jeta un coup d'œil par l'autre fenêtre, mais n'aperçut que les méandres de la Tamise. La propriété de M. Stewart était idéalement placée. Il disposait d'un accès rapide à la ville, que ce soit par la route ou par la rivière, mais la propriété, à laquelle on accédait par un long chemin, restait isolée des regards. Cela faisait de Ravenshall l'endroit parfait pour toute activité illégale.

Charlotte discerna un ponton sur la rive. Elle se pencha légèrement pour mieux voir. Sur le quai bien aménagé, il y avait une grue qui devait servir à soulever les marchandises transportées par barges. On voyait également quelques dépendances construites au bord de l'eau, qui devaient faire office d'entrepôts. Ce n'était pas un simple point d'ancrage pour faire de la plaisance.

Alexander avait suivi la direction de son regard.

— Impressionnant, n'est-ce pas ? On dirait un petit bout des docks de Londres.

— Je préfère bâtir des structures commerciales modernes plutôt que des gloriettes romantiques en hommage au passé, dit M. Stewart.

Une fois de plus, il se montrait évasif dans ses déclarations et ne livrait pas vraiment d'informations. C'était un as du faux-fuyant, mais Charlotte maîtrisait l'art de la conversation et avait appris à transformer en armes les mots les plus anodins.

— J'avoue que je ne connais rien à l'industrie. Je n'aurais pas cru que des engins de levage si puissants étaient nécessaires dans le domaine de l'imprimerie.

— Nous n'expédions pas seulement des livres. Il faut bien acheminer les presses et les fournitures.

— Et la grue nous a été fort utile quand j'ai sauvé des animaux sauvages acquis sur un coup de tête par des aristocrates qui, peu de temps après, ont voulu s'en débarrasser, ajouta Matthew.

— Est-ce ainsi que vous avez récupéré le lion ? s'enquit Alexander.

— Comment ? Il y a un lion ici ? s'exclama Charlotte.

— L'ancien propriétaire l'a acheté sur un marché en Espagne, durant son grand tour d'Europe. Némée n'était qu'un lionceau et ce jeune crétin a cru qu'il en ferait son animal de compagnie. Évidemment, il a fini par le mettre dans une cage, encore plus petite que celles qu'on peut voir au zoo de Londres. Némée est devenu agressif, si bien que rapidement plus personne n'a osé l'approcher, même pour le nourrir. Quand la Société des Amis de la Faune m'a alerté, on lui voyait les côtes et il avait la gale.

Charlotte sentit son cœur se serrer. Le ton de Matthew exprimait toute la compassion qu'il éprouvait pour le fier animal.

— Comment va-t-il aujourd'hui ?

— Vous en jugerez par vous-même, intervint M. Stewart en ouvrant la portière de la voiture.

Charlotte se rendit compte seulement à cet instant que la voiture s'était immobilisée. Elle hocha la tête avec enthousiasme. Matthew descendit à son tour, puis se tourna pour lui tendre la main. Calant Banshee contre son épaule, elle se leva. Une décharge électrique la parcourut lorsque sa main gantée toucha celle de Matthew. La sensation, d'une surprenante intensité, remonta dans son bras pour aller se loger dans sa poitrine.

Elle descendit de voiture et leurs mains restèrent jointes une seconde de trop. M. Stewart s'en aperçut. Un léger sourire s'inscrivit sur ses lèvres, puis s'effaça aussitôt.

— Docteur Talbot, pourquoi n'emmenez-vous pas lady Charlotte visiter la ménagerie ? Ainsi elle pourra poser toutes les questions qu'elle veut sans que lord Heathford ou moi-même l'interrompions. Prenez Banshee avec vous, et de notre côté nous allons prendre un autre itinéraire pour installer Cyrène dans sa nouvelle maison.

C'était une piètre excuse pour séparer le groupe, d'autant que la correction exigeait que Charlotte reste auprès de son frère. M. Stewart souhaitait visiblement éloigner Charlotte. Était-ce pour échapper à sa curiosité ou parce qu'il voulait jouer les marieurs ?

— Cela te semble acceptable, Lottie ? s'enquit Alexander en haussant les sourcils, l'air interrogateur.

Charlotte savait que son frère s'inquiétait de sa réputation, mais ici, à Ravenshall, elle était à l'abri des mauvaises langues. M. Stewart et Matthew ne fréquentaient pas les cercles mondains dans lesquels elle évoluait, et Alexander saurait tenir sa langue. Elle se sentait tellement en sécurité qu'elle avait même troqué son voile de veuve contre une capeline. Et si elle avait pu se changer dans la voiture, elle aurait enfilé la robe qui se trouvait dans son panier.

Néanmoins elle hésitait. Si M. Stewart tenait tant à se débarrasser d'elle, cela signifiait peut-être qu'elle était sur le point de découvrir un secret ?

D'un autre côté, Matthew n'était pas aussi doué que l'homme d'affaires pour éluder les questions. En plus, elle mourait d'envie de l'entendre raconter d'autres histoires et de voir ses traits s'adoucir pendant qu'il évoquait ces animaux qu'il aimait tant.

— Excellente idée, opina-t-elle en glissant son bras sous celui de Matthew.

Celui-ci hocha la tête en esquissant un sourire timide.

— En outre, il vaut mieux qu'il n'y ait pas trop de monde autour de Banshee quand nous la présenterons aux autres capucins, dit-il avant d'entraîner Charlotte dans l'allée.

La journée était belle, parfaite pour une sortie au grand air. La brise printanière faisait voleter les manches en soie autour des avant-bras de Charlotte. Elle regretta tout à coup qu'ils ne soient pas juste un couple comme un autre se promenant dans un jardin d'agrément, loin de tout mystère et de fiançailles imposées.

Comme elle avait été bête, durant ces longs étés à Falcondale Hall, de ne pas se rapprocher du discret Matthew Talbot !

— Venez-vous souvent chez M. Stewart ? demanda-t-elle.

— Oui, quand je ne vois pas de patients ou que je ne donne pas de conférences. J'aide à soigner les animaux et je travaille sur mes futures publications.

— Il doit falloir de nombreux employés pour s'occuper de la ménagerie ?

Matthew tourna la tête face au vent. Plusieurs mèches s'échappèrent du lacet de cuir qui retenait ses cheveux sur sa nuque. Il ne parut pas s'en rendre compte. Il observait le paysage vallonné.

— Regardez, dit-il en pointant l'index vers une forme jaune étendue sur un gros rocher.

Charlotte oublia aussitôt la question qu'elle venait de poser.

Elle cligna des yeux, une fois, puis deux.

Il n'y avait pas de clôture entre eux et le fauve !

À cet instant, le lion releva la tête pour émettre un rugissement assourdissant. Terrifiée, Charlotte se figea. Banshee se mit à pousser des cris affolés et escalada l'épaule de la jeune femme pour se jucher sur sa large capeline. Ses ongles s'accrochèrent dans la paille et Charlotte sentit le ruban noué sous son menton se tendre à l'étrangler. Pourtant, son attention restait focalisée sur le fauve.

— Pourquoi n'est-il pas en cage ? demanda-t-elle d'une voix blanche, le cœur battant.

Elle n'avait jamais été une froussarde, mais de là à affronter un lion en liberté…

Matthew posa sa main sur la sienne.

— Nous ne risquons rien, milady. Pardon de ne pas vous avoir prévenue, mais ici les animaux ne sont pas encagés, comme au zoo de Londres ou dans les ménageries classiques. Nous leur offrons un maximum d'espace. Vous ne le voyez pas, mais il y a un profond fossé qui nous sépare de Némée. Il lui serait impossible de le franchir.

Le cœur de Charlotte se calma légèrement. Elle aperçut une haie au bout de l'allée de gravillons et comprit que le fossé devait se trouver en contrebas.

— Voulez-vous vous approcher ? demanda Matthew.

— Vous êtes sûr… qu'il ne peut pas nous atteindre ?

La voix de Charlotte chevrotait légèrement.

— Voyons, jamais je ne vous mettrais sciemment en danger.

Sa voix était encore plus grave qu'à l'accoutumée. Les vibrations se répercutaient en elle, déclenchant de délicieux frissons.

Elle ne demandait qu'à le croire.

Même si sa raison lui dictait de se méfier, de ne pas s'en remettre aveuglément à lui, son instinct lui soufflait qu'il disait vrai, qu'elle pouvait lui faire confiance.

Elle lui pressa légèrement le bras.

— Allons-y.

Matthew l'entraîna à pas lents. Charlotte devina qu'il avançait à cette allure d'escargot pour lui permettre de changer d'avis si elle le souhaitait. Mais elle n'en fit rien et cala son pas sur le sien jusqu'à ce qu'ils atteignent la haie.

Se penchant, elle découvrit un fossé très profond, semblable à une douve de château. Du côté du lion, le sol descendait en pente douce jusqu'au pied d'un mur si haut que le félin n'avait effectivement aucune chance de le franchir.

— Comme c'est malin ! s'exclama-t-elle.

— Seamus et John ont brillamment conçu cet enclos. Ils ont beaucoup de talent et je suis sûr qu'ils deviendront de grands ingénieurs.

— Qui ça ?

Charlotte vit les traits de Matthew se décomposer l'espace d'une seconde.

Il se ressaisit rapidement.

— Ce sont des employés de la ménagerie.

— Vraiment ? En quoi consiste au juste leur travail ? s'enquit Charlotte, les yeux fixés sur le lion.

Celui-ci était descendu de son perchoir et se roulait dans l'herbe tel un gros chat. Même à cette distance, on voyait que ses pattes étaient énormes. Il était magnifique, tout en puissance et en grâce féline.

Mais Charlotte se demandait surtout pourquoi Matthew était tout à coup si nerveux.

— Oh, les tâches habituelles. Rien de particulier, répondit-il vaguement.

Immédiatement il reporta son attention sur le capucin, qui était toujours accroché à la capeline de Charlotte.

— Alors Banshee, que penses-tu de Némée ? Il est plus gros qu'un jaguar, n'est-ce pas ?

Banshee s'agita, et Charlotte entendit ses pattes crisser sur son chapeau en paille. Elle allait devoir se rendre en catimini chez la couturière avant que sa mère remarque les dégâts.

— Nous devrions nous éloigner. Banshee est un peu stressée par le lion, ajouta Matthew.

Il tentait de faire diversion. Charlotte ne l'entendait pas de cette oreille, néanmoins elle fit semblant de poursuivre leur conversation tandis qu'ils rebroussaient chemin.

— Qu'est-ce qu'un jaguar ?

— Le plus gros félin d'Amérique. Il a des taches comme le léopard que vous avez vu au zoo de Londres, mais il est plus massif et possède des mâchoires redoutables.

— Sont-ils aussi taquins que les léopards du zoo ?

On avait dit à Charlotte que ces félins volaient chapeaux et autres accessoires de mode pour les mâchonner.

— Ils sont plus dangereux, à en croire les autochtones d'Amérique du Sud. Selon eux, les jaguars broient le crâne de leur proie entre leurs mâchoires et leur transpercent le cerveau de leurs crocs. J'ai analysé des ossements durant mes voyages, il y a plusieurs années, et les résultats ont tendance à leur donner raison.

Charlotte eut un petit frisson. Quelle féroce créature ! Elle lui semblait aussi impitoyable que Hawley, ce qui n'était pas pour la rassurer. Si elle ne trouvait pas le moyen de se tirer d'affaire rapidement, le vicomte lui ferait subir un sort tout aussi cruel.

— Il n'y a pas de jaguar dans la ménagerie de M. Stewart ?

— Non. J'en ai aperçu un en Amérique du Sud, mais je me suis borné à le dessiner. Ni M. Stewart ni moi ne souhaitons mettre en captivité un animal qui s'épanouit dans la nature.

L'émotion envahit Charlotte alors qu'elle imaginait Matthew accroupi dans les profondeurs de la jungle luxuriante, s'efforçant de retranscrire en quelques coups de crayon la puissance du prédateur.

Mais elle ne devait pas le considérer comme un inoffensif botaniste. Il était le frère de Hawley. Peut-être participait-il à ses activités criminelles.

— Si vous deviez acquérir un jaguar, Seamus et John seraient-ils chargés de concevoir son enclos ?

— Eh bien… je le pense, oui.

Un petit muscle tressaillit dans la joue de Matthew. Était-ce un signe de nervosité ? Charlotte hésitait à poser une autre question quand un concert de criailleries simiesques retentit non loin.

Matthew eut l'air soulagé de cette diversion.

— Tu entends ça, Banshee ? C'est ta nouvelle famille.

Charlotte ne sentait plus les petits pieds danser sur sa tête. Plusieurs fleurs décoratives s'étaient détachées et pendaient au bout de leur fil, mais Banshee semblait figée.

— Que fait-elle ?

— Elle écoute. Je ne sais pas trop si elle est contente ou si elle a peur, reconnut Matthew. Elle n'a plus fréquenté ses congénères depuis qu'elle était tout bébé.

— Banshee ? appela Charlotte d'une voix douce.

Aussitôt la frimousse inquiète pointa par-dessus le bord de la capeline. Celui-ci s'affaissa sous le poids du singe. Charlotte leva les bras pour le récupérer, et Banshee se lova contre son cou.

— Elle est rarement aussi calme. On voit qu'elle a confiance en vous, remarqua Matthew de sa belle voix grave.

— Elle est adorable.

Charlotte baissa les yeux sur la petite tête blanche couronnée d'une calotte brune. Elle préférait éviter le regard de Matthew. Si ses yeux gris reflétaient la même chaleur que son timbre velouté, elle risquait fort d'oublier ses bonnes résolutions.

Les cris des singes augmentant d'intensité, Banshee se mit à trembler.

— Êtes-vous sûr qu'elle sera bien accueillie par le groupe ? s'inquiéta Charlotte. Et s'ils l'attaquaient ?

De nouveau, Matthew posa sa main sur la sienne. Charlotte fut surprise par la force qu'elle puisait dans ce simple geste.

— Je ne mettrais jamais une nouvelle poule dans le poulailler sans l'avoir au préalable présentée à la basse-cour. Il n'est pas question de procéder différemment avec Banshee. Regardez, il y a une cage dans l'enclos.

Charlotte aperçut une structure en bois qui ressemblait un peu à une volière géante. Elle flanquait un élégant petit bâtiment en pierre dont les fenêtres donnaient côté sud. À travers un carreau, Charlotte aperçut de la végétation exotique. Le mur nord était épais, sans doute pour fournir une meilleure isolation.

— Est-ce une orangerie ? demanda-t-elle, tout excitée.

Elle adorait les serres et les espèces végétales en provenance des pays lointains.

— En effet, acquiesça Matthew. Il y a là des plantes et des arbres originaires de la zone où vivaient ces singes. Les capucins peuvent entrer et sortir comme bon leur semble par les lucarnes.

Charlotte vit deux frimousses quasi identiques à celle de Banshee qui pointaient aux étroites fenêtres. Elles se mirent à pousser des cris aigus et leur crinière claire s'ébouriffa. Deux autres singes étaient blottis l'un contre l'autre sur la branche d'un arbre, leur pelage sombre se détachant contre le feuillage vert tendre.

Les quatre capucins fixaient Banshee, qui leur jetait de temps à autre un regard apeuré avant de se cacher la face contre l'épaule de Charlotte.

— Venez, dit Matthew en ouvrant la porte de l'orangerie.

Une bouffée d'air chaud et humide frappa Charlotte en plein visage. En deux pas, elle quitta l'Angleterre pour se retrouver dans une contrée tropicale pleine de parfums envoûtants et de couleurs vives. La chaleur, qui aurait dû l'oppresser, eut l'effet inverse. Elle eut l'impression d'être soulevée dans un tourbillon d'odeurs épicées. Les arbres aux feuilles géantes et leurs troncs minces jetaient des ombres sur le sol qui n'avaient rien à voir avec le mouchetage dessiné par le soleil à travers les frondaisons sur le sol anglais. Des orchidées et d'autres fleurs exotiques formaient des taches multicolores dans cet environnement verdoyant.

— Est-ce que la jungle ressemble à cela ? chuchota Charlotte.

Les orangeries qu'elle avait visitées étaient des lieux bien propres et organisés. Ici, c'était un festival de verdure et de pétales.

— Disons que c'est une version de conte de fées, répondit Matthew.

Sa voix grave la fit frissonner.

Toujours cramponnée au cou de la jeune femme, Banshee scrutait la serre de ses petits yeux noirs. Sa crinière blanche était tout hérissée, sous le coup de la peur ou de l'excitation, ou peut-être des deux.

— Vous avez l'air aussi nerveuse que Banshee, remarqua Matthew. Ne faites pas de mouvement brusque. Elle va mettre un peu de temps à s'adapter, mais elle finira par adorer cet endroit.

Charlotte n'allait pas lui dire que c'était une émotion bien différente qui l'avait fait tressaillir.

Elle se tourna vers une cloison en treillage qui condamnait une partie de la pièce.

— C'est la zone réservée aux capucins ? demanda-t-elle en faisant quelques pas dans cette direction.

Banshee protesta en émettant un cri bref. Elle ne voulait pas s'approcher de ses congénères. Pas encore.

— Oui, confirma Matthew. Cette cloison va rester. En revanche la cage extérieure n'est que provisoire.

Matthew tendit les mains pour attraper Banshee, mais le capucin se mit à pousser des vocalises qui auraient rendu jalouse une soprano. Comment un si petit être était-il capable de produire des sons aussi stridents ? C'était un mystère.

Matthew recula d'un pas, sans que Banshee se calme pour autant. Charlotte la caressa, mais le singe montra les dents et, d'un bond, se percha sur le chapeau de Charlotte. Ses cris s'amplifièrent. La jeune femme se boucha les oreilles.

— Y a-t-il un moyen de la calmer ?

— Eh bien… oui.

Matthew avait rougi.

— Lequel ?

— Il faut, euh… lui chanter une chanson.

— Alors allez-y !

Banshee piétinait la capeline et des petits bouts de paille volaient dans les airs.

— Ce n'est pas une chanson qu'on peut entonner en présence d'une dame. C'est celle qu'affectionnait son ancien maître, un vieux marin…

— Ce singe est en train de détruire ma capeline et mes tympans. Ce n'est pas le moment d'être prude !

— Bon, très bien…

Matthew fit une pause, déglutit…

— Allez-y ! répéta Charlotte en agitant la main.

Il émit un son qui hésitait entre le toussotement et le grognement. Puis, d'une voix de baryton douce, presque tendre, il se mit à chanter une des chansons les plus paillardes que Charlotte ait jamais entendues – même si dans ce domaine son répertoire était plutôt limité.

C'était un jeune forgeron
Gaillard et girond
Qui en panne de charbon
S'astiquait le manchon

Passa une effrontée donzelle
Dotée de fort belles mamelles
Qui impressionnée par son zèle
Vint lui jouer de la prunelle

Par ses mines enflammé
Il lui donna un baiser
Sur l'enclume culbutée
La coquine se mit à chanter

Zoum, zoum, zoum, attise-moi le brasier
Zoum, zoum, zoum, tisonne-moi la cheminée.

Quand Matthew entonna le deuxième couplet, les cris de Banshee diminuèrent en intensité. Elle cessa de tourner en rond sur le chapeau de Charlotte, puis commença à sautiller au rythme de la chanson.

— Ça n'a pas l'air de marcher tout à fait, marmonna Charlotte, qui n'écoutait pas vraiment les paroles.

— Je le vois bien, rétorqua Matthew, écarlate.

— Croyez-vous que je devrais chanter avec vous ?

— Euh...

Il reprit du début et cette fois Charlotte prêta attention aux paroles. Elle retint un rire nerveux. Pas étonnant que le pauvre Matthew soit rouge comme une tomate !

Zoum, zoum, zoum, attise-moi le brasier
Zoum, zoum, zoum, tisonne-moi la cheminée.

Incapable de se contenir plus longtemps, Charlotte éclata de rire. Contaminé par son hilarité, Matthew s'étrangla. Il reprit le refrain en baissant d'un ton, presque dans un murmure et, entre deux rires, Charlotte joignit sa voix à la sienne.

Ils recommencèrent une nouvelle fois et, enfin, Banshee daigna se calmer. Charlotte, en revanche, se sentait tout émoustillée, presque euphorique. Une énergie grisante courait dans ses veines.

Sans cesser de chanter, Matthew attrapa Banshee. Son torse frôla Charlotte, dont la voix partit dans les aigus. Il déposa le singe sur le tronc d'un arbre et tenta de reculer, mais Banshee se remit à crier. Ils restèrent donc épaule contre épaule au milieu de la serre, fredonnant doucement des paroles qui auraient scandalisé les bien-pensants.

Une sensation inconnue était en train d'enfler dans la poitrine de Charlotte, une sorte de désir lancinant qui la laissait insatisfaite.

Même si elle n'arrivait pas bien à l'identifier, elle savait que cela avait trait à Matthew Talbot. Mais elle ne pouvait pas se permettre de le désirer. Pas ici. Pas maintenant. Et sans doute jamais.

11

Matthew n'avait jamais prêté attention à l'exiguïté des véhicules avant de se retrouver assis face à lady Charlotte et à son frère, alors que les paroles de *Zoum, zoum, zoum* lui trottaient inlassablement dans la tête.

Toutes les trois secondes, il devait s'empêcher de fredonner en ravalant un sourire. Alexander lui jetait des regards perplexes, mais c'était surtout lady Charlotte qui le perturbait.

De temps en temps, elle laissait échapper un gloussement et lui glissait de fréquents coups d'œil. Une lueur espiègle pétillait dans ses yeux verts et il aurait juré que, dans sa tête, elle aussi chantait le refrain salace.

Matthew avait chaud. Son corps entier était en feu, et en particulier la partie de son anatomie évoquée dans la chanson. Dieu merci, sa redingote préservait sa dignité en cachant ce détail embarrassant.

— Qu'est-ce que vous avez tous les deux ? demanda brusquement Alexander. Depuis que vous êtes rentrés, Lottie ricane comme une hyène et toi, tu es nerveux comme un chevreuil. Ou plutôt devrais-je dire une antilope, pour rester dans le thème.

Son regard soupçonneux passa de Charlotte à Matthew. Lui qui était toujours si désinvolte, pourquoi avait-il choisi ce moment pour faire preuve de sens de l'observation ?

Matthew eut soudain honte de lui. Il n'avait pas le droit de désirer la sœur de son meilleur ami. Surtout quand ledit ami était assis face à lui.

— Banshee était stressée par ses congénères, et pour la calmer… nous avons dû lui chanter une petite chanson, avoua Charlotte.

Matthew aurait voulu se transformer en poussière et disparaître à travers les lattes du plancher. Il chercha le regard de Charlotte pour la supplier en silence de se taire. Hélas, elle était tournée vers son frère.

— Quelle chanson ?

— Je ne connais pas le titre, mais les paroles…

— Non ! s'écria Matthew d'une voix rauque qui résonna dans l'habitacle. Par pitié, ne chantez pas !

— Maintenant je meurs de curiosité, déclara Alexander en croisant les jambes.

— Ce n'est rien. Parlons d'autre chose.

— Matthew, tu n'aurais quand même pas appris une chanson paillarde à ma sœur ?

— Une chanson scandaleuse, précisa Charlotte.

— Désolé, c'est la seule capable d'apaiser Banshee. Pour elle, c'est… une sorte de berceuse.

Matthew scrutait la voiture. Hélas, il n'y avait nulle trappe par laquelle il aurait pu s'enfuir. Le seul moyen d'échapper à cette scène mortifiante aurait été de sauter en marche.

— J'ignorais que la peau du visage pouvait prendre une teinte aussi rouge, le taquina Alexander.

— « Écarlate » serait le mot juste, renchérit Charlotte.

— Je propose « carmin ». Ou plutôt « cramoisi ». En tout cas, c'est fascinant.

Matthew résista à l'envie de plaquer ses paumes sur ses joues.

— Je vous signale que je suis là et que je vous entends, grogna-t-il.

— C'est pour ça que c'est drôle.

Alexander lui fit un clin d'œil. Charlotte se pencha en avant, la mine attentive.

— Mmm… je crois que je vois quelques marbrures magenta qui commencent à apparaître.

Matthew se demandait s'il n'allait pas devoir incliner son chapeau pour se cacher la face. Mais à cet instant, la voiture tourna brutalement sur la droite. Déséquilibrée, Charlotte fut projetée en avant et, à la grande confusion de Matthew, se retrouva pressée contre son torse.

Il lui fallut une demi-seconde pour comprendre que le cocher n'avait pas seulement pris un virage un peu serré, mais que la voiture était en train de se renverser. Par réflexe, il encercla la jeune femme de ses bras et, lorsqu'ils heurtèrent la portière, ce fut son épaule qui absorba le choc. Alexander les télescopa et son talon heurta le tibia de Matthew.

Des hennissements paniqués retentirent tandis que la voiture tanguait dangereusement. Matthew n'avait aucune idée de ce qui était arrivé au cocher et au laquais, mais manifestement plus personne ne contrôlait les chevaux. Les passagers étaient en danger de mort.

Matthew avait le dos contre la portière. La vitre s'était brisée et il sentait le sol caillouteux râper sa colonne vertébrale. Il repoussa délicatement Charlotte dans les bras de son frère, loin des débris de verre. La carcasse de la voiture craqua, poursuivant sa course. Matthew agrippa le coussin de la banquette pour se redresser. Il parvint à se remettre debout et à actionner la poignée de l'autre portière, qui se trouvait désormais au-dessus de leurs têtes. Celle-ci s'ouvrit et retomba contre le montant.

Prenant appui sur le dossier, Matthew se hissa au-dehors. Au moment où il émergeait, les chevaux virèrent à gauche et la secousse lui fit perdre l'équilibre. Il se cramponna comme il put alors que ses souliers dérapaient sur la paroi laquée. Puis il réussit à agripper le crochet de la lanterne et à coincer son genou sous la banquette du cocher. Il dut s'y reprendre à deux fois pour saisir les rênes et maîtriser les bêtes.

La voiture s'immobilisa enfin et il put sauter à terre.

Il avait à peine eu le temps de dételer les chevaux qu'il reçut un violent coup sur le crâne. Étourdi, il s'effondra. Un coup de poing suivit, et il comprit qu'il était attaqué.

— Bon sang, tu remues encore ? On m'avait pourtant dit que t'étais un gringalet !

L'homme masqué à la voix rocailleuse ne sortait certainement pas d'un salon distingué, comme le confirmait son odeur repoussante.

Furieux, Matthew se sentait également coupable à l'idée qu'on venait de lui tendre une embuscade alors qu'il voyageait en compagnie de Charlotte et d'Alexander. Il n'était pas vraiment étonné qu'on s'en prenne à lui. C'était l'inconvénient quand on menait une double vie. Mais l'homme l'avait traité de gringalet, et cela ressemblait plus aux insultes de son frère qu'à celles qu'auraient proférées ses autres ennemis.

Il n'eut pas le loisir de s'interroger plus avant sur l'identité du commanditaire.

Une lame miroita dans les rayons du soleil couchant, zébra le ciel en direction de sa gorge. Matthew saisit le poignet de son assaillant et le tordit. L'autre lâcha prise et le poignard tomba sur le sol poussiéreux.

— Désolé de vous décevoir, mon vieux, dit Matthew en balayant les jambes du colosse, qui s'écroula par terre.

Mais alors qu'il se remettait sur pied d'un bond, un autre agresseur le ceintura par-derrière et appliqua la lame d'une dague sur son cou.

— Je le tiens, Charley ! Fais-lui les poches.

Intéressant. D'habitude, ce n'était pas ce qui se passait quand quelqu'un lui mettait un couteau sous la gorge. Et pourquoi provoquer un accident si leur but était juste de le détrousser ? Non, il n'avait pas affaire à de simples bandits de grand chemin. D'ailleurs les deux malandrins ne s'intéressaient pas aux autres passagers, ils n'en voulaient qu'à Matthew.

Intrigué, il laissa le dénommé Charley glisser sa grosse pogne dans les poches de sa redingote. Celui-ci trouva sa bourse, mais la dédaigna.

— Non, il ne l'a pas, grogna-t-il en s'écartant.

— Puis-je vous demander ce que vous cherchez ? s'enquit Matthew avec nonchalance.

— La ferme ! cracha celui qui le maintenait en accentuant la pression de sa dague contre sa jugulaire.

— Vraiment ? Ne voulez-vous pas me faire parler ?

Matthew s'exprimait avec détachement en dépit de la tension qui l'habitait. Discrètement, il scruta les alentours. À première vue, les deux lascars n'avaient pas de complices. Un peu plus loin sur la route, le cocher et le laquais, qui avaient été projetés à terre, étaient en train de reprendre leurs esprits.

Charley se gratta la tête en considérant son acolyte.

— Il n'a pas tort, Eddie.

— Oh, je m'efforce de faire des remarques pertinentes, ajouta Matthew. Et mille excuses, j'ai tendance à être un poil dirigiste. Sans doute parce que je donne des conférences à l'université.

— Tu vas quand même pas nous apprendre notre boulot ? éructa Eddie.

Il pressa la dague contre la gorge de Matthew, pas assez pour entamer la chair, mais suffisamment pour lui faire sentir le fil acéré de la lame. Matthew se raidit, prêt à le désarmer.

Charley fit signe à son compagnon de se calmer.

— Voyons un peu ce qu'il a à dire.

— Il me semblerait judicieux de votre part de demander si j'ai des poches secrètes. Après tout, vous me menacez avec un couteau, ce qui m'inciterait à répondre.

Matthew se serait amusé de la facilité avec laquelle il manipulait les deux ruffians s'il n'avait su Charlotte, Alexander et les employés de Tavish en grand danger.

Il était de plus en plus convaincu que ces sordides personnages étaient les sbires de Hawley. S'ils cherchaient le collier de perles, il en aurait la preuve formelle. Son frère le soupçonnait d'avoir dérobé le bijou et il avait envoyé ses hommes le détrousser pour en avoir le cœur net.

C'était exactement ce qu'avait prévu Matthew. Ses investigations passées n'ayant rien donné, il avait décidé de devenir l'appât. Et son plan avait fonctionné. Il connaissait maintenant le nom et l'apparence physique de deux des truands au service de son frère.

— Alors ? Tu en as une ? Une poche secrète ? grinça Eddie entre ses dents.

— Il se trouve que oui. Elle est cousue à l'intérieur de mon gilet.

Matthew y avait glissé le collier dans l'intention de le montrer à Tavish, mais il n'en avait pas eu l'occasion. Il avait failli en parler à Alexander, mais il ne voulait pas impliquer son ami, qui avait déjà suffisamment pâti de la cruauté de Hawley au pensionnat. À l'époque, Matthew ne pouvait pas le protéger, mais aujourd'hui c'était différent.

Charley saisit les pans de la redingote et les écarta brusquement, envoyant les boutons voler en tous sens. Rapidement, il procéda de même avec le gilet. Comme il glissait une main à l'intérieur, Matthew éclata de rire en se trémoussant.

— Tiens-toi tranquille ! aboya Eddie. Tu veux que je te tranche la gorge ?

— Je ne peux pas m'en empêcher ! Ça chatouille !

Matthew émettait des gloussements ridicules.

— Crétin, grommela Eddie.

Il écarta néanmoins la dague de quelques centimètres. Pendant ce temps, Charley avait découvert la poche secrète. Il en sortit le ras-de-cou.

Ses yeux s'écarquillèrent.

— Je l'ai ! Il correspond à la description.

Matthew avait sa réponse. Avant que Charley puisse empocher le collier, il se dégagea brusquement en tordant le poignet d'Eddie pour lui faire lâcher la dague. En même temps, il prit appui sur le bras du bonhomme, et balança ses jambes pour les refermer autour du cou de Charley. D'une soudaine torsion de son corps, il le fit tomber à terre.

Sans attendre, il se redressa et, les deux pieds bien plantés dans le sol, fit basculer Eddie par-dessus son épaule.

Au moment où il glissait la main à l'intérieur de sa redingote pour saisir le poignard caché dans la doublure, un coup de feu retentit. Le chapeau d'Eddie s'envola.

Matthew jeta un coup d'œil derrière lui et découvrit Alexander, dont le buste sortait par la fenêtre de la voiture renversée. De la main droite, il tenait un pistolet pointé sur Charley. De la gauche, il tendait l'arme dont il venait de se servir à Charlotte afin qu'elle la recharge.

Matthew se souvint que la jeune femme les accompagnait dans leurs sorties quand, adolescents, ils allaient s'entraîner au tir dans les bois de Falcondale Hall. Des trois, Alexander avait toujours été le meilleur avec une arme à feu.

— Je le tue ou je l'estropie ? s'enquit posément Alexander.

— On ne peut pas faire parler un mort, lui rappela Matthew.

Charley jura et releva Eddie sans ménagement. Puis les deux hommes prirent leurs jambes à leur cou. Eddie fourra deux doigts dans sa bouche et émit un sifflement retentissant.

Deux grands chevaux déboulèrent des bois qui longeaient la route. Matthew remarqua tout de suite qu'il s'agissait de belles montures, que des malfrats de leur acabit n'auraient jamais eu les moyens de s'offrir.

Ils sautèrent en selle et détalèrent au triple galop.

Matthew ne perdit pas son temps à les poursuivre. Même en dételant un cheval, il savait qu'il ne les rattraperait pas. Frustré, il revint vers la voiture, dans l'intention d'aider Charlotte à s'extirper de l'habitacle.

Mais l'intrépide ne l'avait pas attendu. Aussi agile qu'à l'époque où elle grimpait aux arbres, elle s'agrippa à la corniche sculptée du toit, puis se laissa glisser jusqu'à terre.

Aussitôt elle se tourna pour saisir la canne qu'Alexander lui tendait. Celui-ci se débrouilla ensuite avec son pied valide et la force de ses bras pour rejoindre le sol.

Matthew eut envie de courir vers la jeune femme pour la serrer dans ses bras et vérifier qu'elle n'était pas blessée. Mais, malgré le moment de complicité qu'ils avaient partagé dans l'orangerie, cela n'aurait pas été convenable. Elle était la sœur de son meilleur ami, et surtout il ne serait jamais considéré comme un soupirant acceptable pour le joyau de la haute société. Il en avait bien conscience.

— Vous n'avez rien, milady ? Et toi, Alex ?

— Ça va ! répondirent les jumeaux d'une même voix.

— Ici aussi ! cria Will, le jeune laquais, qui était en train de se remettre sur pied. Désolé de ne pas avoir pu vous prêter main-forte, docteur, mais j'ai eu le souffle coupé par la chute.

Les employés de Tavish savaient que Matthew excellait dans l'art du combat rapproché et que cela devait rester secret. Mais Alexander et Charlotte... qu'avaient-ils vu au juste ?

Alexander avait beau être son meilleur ami, il ignorait les véritables raisons qui motivaient les fréquents séjours de Matthew en Amérique.

Il n'eut pas le loisir de s'inquiéter davantage à ce sujet, car le cocher gisait toujours par terre et gémissait. Matthew accourut pour voir s'il avait besoin de soins.

— Vous êtes blessé, Richard ?

— Oh, mes côtes ! haleta le cocher.

Il se tenait le flanc en grimaçant et semblait avoir du mal à respirer.

Matthew s'agenouilla près de lui et, à l'aide de son poignard, trancha la veste de sa livrée. Il souleva la chemise pour révéler une horrible meurtrissure qui virait déjà au pourpre.

— Vous vous êtes fait ça en tombant du siège ?

— Non... Un tronc d'arbre... au bout d'une corde... balancé comme un bélier. Il m'a heurté... Les chevaux... se sont emballés...

Tandis que Matthew examinait la blessure, un souvenir revint à sa mémoire : le rapport d'enquête qui avait suivi l'accident de voiture de feu lady Hawley. Le chirurgien y avait mentionné le fait que le cocher avait un énorme hématome sur la poitrine.

Personne n'avait survécu, et l'on ne savait pas pourquoi la voiture s'était retournée par une belle journée ensoleillée, sur une route relativement bien entretenue. Il n'y avait pas d'avarie majeure visible, comme une roue ou un essieu brisé. Le légiste avait émis l'hypothèse que les chevaux avaient dû s'emballer pour une raison inconnue.

À présent, Matthew était certain que Charley et Eddie avaient aidé Hawley à maquiller le meurtre de sa seconde épouse. Il l'avait étranglée, puis, aidé de ses sbires, il avait placé le corps dans une voiture conduite par un cocher qui ne soupçonnait rien. Ensuite les deux ruffians avaient organisé une attaque, comme celle qui venait de se produire.

Néanmoins, prouver leur culpabilité et établir le lien avec son frère serait une autre paire de manches.

— Nous sommes tombés dans un traquenard ? demanda Alexander qui les avait rejoints avec Charlotte.

Matthew échangea un regard avec son ami. Bien que celui-ci ignore l'existence du collier, il suspectait probablement Hawley.

— Oui, l'accident a été provoqué, répondit Matthew, avant de reporter son attention sur le cocher.

Sa respiration devenait de plus en plus laborieuse et ses lèvres bleuissaient.

— Qu'a-t-il ? demanda Charlotte en s'agenouillant à ses côtés.

Matthew toucha le poignet de Richard. Sa peau était moite et son pouls, rapide.

— Je crains qu'il n'ait une hémorragie pulmonaire. Il va falloir que je l'incise pour drainer les fluides et relâcher la pression. Je vais chercher ma sacoche dans la voiture.

Matthew avait appris la chirurgie précisément pour pouvoir intervenir en de telles circonstances. En Amérique, la frontière entre médecin et chirurgien était plus floue qu'en Europe. L'important était de sauver des vies.

— Ne bougez pas, j'y vais, dit Will malgré ses jambes flageolantes.

— Non, reposez-vous. Je m'en charge, intervint Alexander en pressant l'épaule du jeune laquais.

— Inutile ! cria lady Charlotte.

Matthew releva la tête et vit qu'elle courait déjà vers la voiture, sa jupe noire voletant dans son sillage.

Partagé entre inquiétude et admiration, il la regarda se hisser jusqu'à la portière ouverte sur le ciel.

— Lottie ! protesta Alexander en frappant le sol de sa canne.

Matthew lui saisit le poignet pour le retenir. Si Alexander se lançait à la poursuite de sa sœur, il risquait de l'effrayer et de lui faire faire un faux mouvement. Ils devaient lui faire confiance.

— Soyez prudente ! lança Matthew. La voiture n'est peut-être pas stabilisée.

— Promis ! répondit-elle.

Elle se glissa par la portière et disparut de leur vue.

Alexander se détendit et Matthew le lâcha. Il savait que Charlotte était intervenue pour lui permettre de s'occuper du blessé. Il déshabilla Richard jusqu'à ce que la zone contusionnée soit bien exposée, tout en lui expliquant d'une voix assurée ce qu'il avait l'intention de faire.

Charlotte ne tarda pas à revenir. Elle avait depuis longtemps abandonné sa capeline inutilisable, et ses cheveux, d'ordinaire savamment bouclés, retombaient en mèches folles sur ses épaules.

La parfaite demoiselle de salon avait cédé la place à la fille qu'il avait connue jadis. Elle haletait, le regard brillant. Un large sourire aux lèvres, elle lui présenta sa sacoche.

Mais c'est alors que son sourire s'évanouit et que ses yeux s'écarquillèrent.

Matthew se rendit compte qu'un bout du collier pendait de la poche de son gilet. D'un geste preste, il le fit tomber à l'intérieur. Quand il releva la tête, l'expression de Charlotte ne trahissait plus aucune émotion particulière.

— Vous allez vraiment lui inciser le poumon ? demanda-t-elle.

Sa question était logique et pouvait même expliquer la réaction qu'elle venait d'avoir. Peut-être n'avait-elle pas vu le collier, finalement ? Il l'espérait, car dans l'hypothèse inverse, elle était en grand danger.

12

Charlotte ne savait que penser de Matthew Talbot.

Le botaniste tranquille s'était transformé en féroce combattant. Et à en juger par l'exclamation stupéfaite qu'avait poussée Alexander en assistant à la scène, lui non plus n'était pas au courant de ses talents guerriers. Pourquoi Matthew avait-il caché à son meilleur ami qu'il pratiquait les arts martiaux ?

Lorsque Charlotte avait pointé la tête par la portière un peu plus tôt, elle avait été saisie d'horreur en voyant qu'un brigand appliquait la lame d'un couteau sur la gorge de Matthew. En dépit de sa terreur, elle avait aidé son frère à charger ses pistolets.

Elle se rappela la façon dont Matthew s'était servi de son propre corps comme d'une arme redoutable, et un petit frisson la secoua. En deux temps trois mouvements, il avait neutralisé ses adversaires. Dans quelles circonstances avait-il appris cette technique ?

Charlotte avait envie de croire qu'il l'avait perfectionnée en restant dans le cadre de la loi, mais... elle ne pouvait oublier le collier qu'elle avait vu dépasser de sa poche ! Les motifs en perles avec un cœur de rubis représentaient à l'évidence des marguerites. Ce ne pouvait être que le ras-de-cou dont lady Greenvale lui avait parlé !

Comment Matthew était-il entré en possession de ce bijou ? Pourquoi les ruffians le cherchaient-ils et qui les avait envoyés ? Hawley l'avait-il confié à Matthew pour qu'il le cache ? Ou ce dernier l'avait-il volé ?

Toutes ces questions tournoyaient dans sa tête. Et pendant qu'elle s'interrogeait de la sorte, Matthew était en train de sauver la vie d'un homme.

Pour Charlotte, la médecine évoquait des savants guindés qui administraient des potions, des gens alités, des compresses froides posées sur des fronts… Elle n'avait jamais vu quelqu'un saigner abondamment ou lutter pour respirer.

Très calme, Matthew ouvrit sa sacoche. Il en retira une boîte rectangulaire incrustée de plaques d'argent et de motifs en nacre d'ormeau qui représentaient des animaux sauvages.

Soulevant le couvercle, il en retira un bistouri pliant. Il sortit la lame du boîtier en écaille de tortue qui faisait aussi office de manche quand l'instrument était ouvert, puis le saisit d'une main ferme.

— Richard, je vais inciser les chairs entre deux côtes, expliqua-t-il d'une voix douce.

Le cocher ferma les yeux en guise d'assentiment. Matthew leva les yeux sur Alexander.

— Tiens-le au cas où il bougerait. Lady Charlotte, voyez-vous ce petit tube argenté qui dépasse de ma sacoche ? Quand je vous le demanderai, voulez-vous bien me le passer ?

— Bien sûr.

Charlotte se plaça près de lui, contente qu'il l'ait incluse dans l'intervention sans craindre qu'elle ne s'évanouisse à la vue du sang. Comme le jeune laquais était parti chercher une autre voiture et une charrette, Matthew n'avait pas vraiment le choix. Mais cela lui faisait plaisir quand même.

Dès que la lame trancha la peau, le sang se mit à couler. Richard serrait les dents et Alexander le maintenait avec poigne. Quand Matthew réclama le tube, Charlotte le lui tendit immédiatement.

Avec dextérité, il inséra l'extrémité du cylindre métallique dans la plaie et se servit de la seringue pour pomper le sang qui s'était accumulé dans le poumon.

— Je suis en train d'évacuer la pression dans votre poitrine, Richard. Cet appareil a été inventé en 1707. N'ayez pas peur. Quand j'aurai fini, j'insérerai un autre tube appelé canule, qui continuera de drainer les fluides. Vous allez bientôt respirer plus librement.

— Voulez-vous que je cherche la ca... la canule ? s'enquit Charlotte en butant sur ce mot qui ne lui était pas familier.

Matthew lui jeta un coup d'œil rapide, tandis qu'un plaisir surpris se peignait sur ses traits.

— Oui, s'il vous plaît. Ce serait excessivement utile, lady Charlotte. Il s'agit d'un tube flexible, et non rigide comme celui que je viens d'utiliser.

Charlotte ne put s'empêcher de lui sourire. C'était plus fort qu'elle. En dépit de ses soupçons, elle aimait s'activer au côté de Matthew pour l'aider à sauver une vie... à sa modeste mesure, bien sûr.

Elle trouva rapidement la canule dans la sacoche bien organisée. Puis, fascinée, elle observa les gestes de Matthew. Lorsqu'il estima que la quantité de sang écoulée était satisfaisante, il récupéra le tube argenté.

— Donnez-le-moi, je vais le nettoyer, proposa Charlotte.

— Lottie, tu as bien conscience qu'il est plein de sang ? remarqua Alexander.

— Si cela ne gêne pas le Dr Talbot, je ne vois pas pourquoi cela me troublerait, rétorqua-t-elle.

En silence, Matthew prit la canule et la logea dans la plaie.

Alexander tira de sa poche une flasque de cognac, la déboucha, puis appliqua un mouchoir pour l'imbiber.

— Tiens, dit-il en tendant le mouchoir à sa sœur, sers-toi de ça. Et si tu changes d'avis, je peux toujours le faire.

— Non, ça va.

Charlotte s'appliqua à nettoyer la pompe. Lorsqu'elle eut fini, Richard respirait déjà mieux. Matthew lui tenait le poignet pour contrôler son pouls. La mine satisfaite, il se redressa.

— Bon, je ne peux plus me retenir, déclara soudain Alexander. Où as-tu appris à te battre comme ça ?

Charlotte se raidit. Les traits de Matthew ne trahissaient aucune émotion. Les muscles de son visage semblaient figés dans une inertie presque cocasse.

Il haussa les épaules avec raideur.

— Bah... un peu partout, répondit-il.

— Un peu partout ?

Alexander donna un coup de canne sur le sol.

— On aurait dit un guerrier de légende ! On n'acquiert pas ce genre de techniques en se promenant dans la nature.

— C'est pourtant ce que je fais la plupart du temps, rétorqua Matthew avec un petit sourire.

— Tu ne vas pas t'en tirer comme ça. Dis-moi...

— Oh, regarde ! dit Matthew en se relevant d'un bond. La voiture et la charrette arrivent. Vous allez pouvoir retourner à Londres tous les deux pendant que je m'occupe du blessé. Il se fait tard et les brigandages se multiplient sur les routes. Il ne faudrait pas que vous vous fassiez attaquer deux fois dans la même journée.

Matthew se porta au-devant des arrivants. Alexander lui emboîta le pas.

— Justement, je m'interroge aussi à propos de cette agression. Que voulaient ces hommes ? Ils ne se comportaient pas comme des bandits de grand chemin.

Matthew l'ignora et commença à donner des consignes aux domestiques de Tavish. Charlotte s'approcha de son frère.

— Toi aussi, tu te poses des questions ? souffla-t-elle.

Alexander eut un sourire crispé.

— Matthew a raison. Nous ferions mieux de rentrer sans tarder. Nous avons de la chance que M. Stewart ait deux voitures.

— Tu es au courant que je suis plus douée que toi pour détecter les changements de sujet suspects ? De quoi essaies-tu de me protéger ? Penses-tu que cette attaque ait un lien avec Hawley ?

— Je ne suis sûr de rien, soupira Alexander. Mais si tu veux, nous en discuterons dans la voiture.

— Promis ?

— Promis, acquiesça Alexander en tripotant le pommeau de sa canne.

— Alors allons-y.

Comme ils se dirigeaient vers la deuxième voiture, Matthew se tourna vers eux en souriant et agita la main pour leur dire au revoir.

— Merci de m'avoir assisté auprès de Richard, cria-t-il en mettant sa main en porte-voix.

— De rien ! répondit Charlotte.

Un instant, la sensation d'oppression qui s'était installée dans sa poitrine s'évapora. Mais dès qu'elle fut installée sur la banquette, le malaise revint.

Elle avait besoin de parler de ce qu'ils venaient de vivre, pas d'enfouir ces images au tréfonds de sa mémoire en se raccrochant à l'espoir que Matthew était quelqu'un de bien.

— Alexander, crois-tu que Matthew essaie de cacher les méfaits de son frère ? lança-t-elle tout à trac.

Son frère lui retourna un regard stupéfait.

— D'où te vient pareille idée ? Tu sais très bien que Hawley nous a fait vivre un enfer quand nous étions jeunes, Matthew et moi !

L'évocation de cette période était douloureuse pour Charlotte, surtout maintenant qu'elle connaissait Matthew adulte. Et en l'occurrence, c'était le présent qui l'intéressait.

— J'ai discuté avec la sœur de lady Hawley, avoua-t-elle.

Une lueur d'inquiétude s'alluma dans le regard de son jumeau. Il ouvrit la bouche, mais Charlotte le réduisit au silence d'un geste.

— Laisse-moi parler sans m'interrompre, Alex. C'est important.

Il consentit à l'écouter, les mains posées sur le pommeau de sa canne, tandis qu'elle lui racontait sa conversation avec lady Greenvale et l'histoire du collier, qu'elle venait de voir dans la poche de Matthew.

— C'est ça que ces ruffians sont venus chercher, conclut-elle.

— Si c'est le cas, cela signifie sans doute que Matthew a dérobé le collier à Hawley après avoir appris son existence de la bouche de lady Greenvale. Je ne te l'ai pas dit, mais Matthew et moi, nous nous sommes discrètement renseignés sur la mort des deux épouses de Hawley... avant même que vos fiançailles soient décidées.

Charlotte aurait dû être soulagée, mais ce n'était pas vraiment le cas. Ces informations n'effaçaient pas ses doutes.

— Mais pourquoi ne t'a-t-il pas parlé du collier ? Comment être sûrs qu'il ne fait pas semblant d'enquêter sur son frère pour mieux endormir tes soupçons ?

— Peut-être a-t-il voulu me laisser en dehors de cette histoire pour me protéger ? Un peu comme j'essaie de te protéger, Charlotte. Je t'ai dit de ne pas fouiner du côté de Hawley. Je mène déjà l'enquête de mon côté, il est inutile que nous soyons deux à courir un danger.

— Moi aussi, je veux te protéger, Alexander. Et je suis concernée au premier chef.

Alexander frappa le plancher de la voiture de l'extrémité de sa canne.

— C'est ma faute ! Père ne chercherait pas à te marier à toute force à l'héritier d'un duché s'il estimait que je suis digne de représenter notre dynastie.

— Ce n'est pas ta faute si papa est ridicule, rétorqua Charlotte en posant la main sur celle de son frère. Et la raison qui motive ces fiançailles importe peu. Ce qui compte, c'est d'empêcher qu'elles aient lieu.

Alexander eut un bref hochement de tête.

— Si tu crois que Matthew a quoi que ce soit à voir avec les crimes de Hawley, tu te trompes. Ce n'est pas son genre. Il déteste son frère plus que quiconque.

— Tu m'as dit que Matthew n'était pas proche de ses frères, qu'ils l'avaient terrorisé durant son enfance, surtout Hawley...

Charlotte s'interrompit. Elle avait du mal à continuer. Mais si elle voulait se tirer d'affaire, elle était bien obligée de se confronter à la réalité.

— Mais imagine que le vicomte ait forcé Matthew à participer à ses méfaits ? reprit-elle. Ce serait exactement le genre de petit jeu cruel que Hawley affectionne. Il se délecterait de savoir que Matthew se méprise d'obéir à ses ordres.

— Non, Matthew ne ferait jamais ça. Et si cela s'était produit, il m'en aurait parlé.

— Aurait-il eu la force de résister quand il était plus jeune et vivait encore sous le toit familial ? Peux-tu me certifier sans le moindre doute que Matthew a toujours partagé tous ses secrets avec toi ?

Alexander prit le temps de réfléchir. Soudain, il tressaillit. Quelque chose, apparemment, le chiffonnait.

— Qu'y a-t-il ? demanda Charlotte.

— J'admets que j'ai l'impression diffuse qu'il me cache quelque chose. Tout à l'heure, quand je l'ai vu désarmer ces ruffians... Il ne savait pas se battre comme ça quand nous étions jeunes. Mais enfin, même si je ne me l'explique pas, je ne puis croire qu'il accepterait de couvrir un crime dont Hawley se serait rendu coupable. Sans parler d'être son complice.

— Cependant tu n'as pas de certitudes, n'est-ce pas ?

Charlotte savait combien ces mots coûtaient à son frère. Elle était surprise d'être elle-même aussi touchée.

Elle n'avait pas envie de soupçonner l'homme qui venait de sauver la vie du cocher… et qui en outre lui inspirait depuis quelque temps des émotions puissantes.

— Non, je n'en suis pas absolument certain. Surtout après ce qui s'est passé aujourd'hui, soupira Alexander, les yeux tournés vers le crépuscule qui tombait sur la campagne.

Puis il reporta sur sa sœur son regard vert piqueté d'or.

— Mais fais attention avec Matthew, Charlotte. De tout mon cœur, je le crois innocent. Et je ne veux pas qu'il soit blessé. Il ne l'a que trop été dans sa jeunesse.

— Je ne veux faire de mal à personne, je t'assure.

Malgré tout, Charlotte ne pouvait s'empêcher de craindre que, dans cette histoire, tous ne soient blessés d'une manière ou d'une autre.

— Tu… tu as des sentiments pour Matthew ? demanda Alexander d'une voix hésitante.

La question prit Charlotte au dépourvu.

— Pourquoi dis-tu cela ?

— Je vous ai observés au Mouton Noir. Et dans la voiture, avant que nous nous fassions attaquer, j'ai bien vu qu'il y avait de la complicité entre vous. Et j'ai aussi remarqué la façon dont tu le regardais quand il soignait ce pauvre diable.

Pour une fois, Alexander parlait on ne peut plus sérieusement. Charlotte détourna les yeux. Son jumeau lisait très facilement en elle.

— N'es-tu pas censé me détourner de toute romance avec tes proches amis ?

— Pas Matthew. Je lui confierais ma vie les yeux fermés. Je t'ai même laissée seule avec lui au mépris des convenances. Si nous ne trouvons pas d'autre moyen de te protéger de Hawley, tu devrais peut-être l'épouser ? Il te traiterait bien, Charlotte. Et il a déjà prouvé qu'il était prêt à défier les conventions.

Le désespoir envahit Charlotte. Elle sentit les larmes lui monter aux yeux.

— Comment aucun de nous pourrait-il être en sécurité si je rejette Hawley pour épouser son frère ? Il se vengera, assurément. Je t'en prie, ne me fais pas miroiter l'impossible, Alexander !

13

— *Chérie-chériiiiie !*

Le cri strident retentit dans la grande salle du Mouton Noir. Matthew, qui venait d'entrer, leva les yeux vers le plafond et découvrit Pan perché sur une poutre, son plumage tout ébouriffé.

— *CHÉRIIIIIIE !!!* cria le perroquet d'un ton plus impérieux encore.

Matthew se rendit compte que tous les regards s'étaient tournés vers lui. Ses joues s'échauffèrent.

— Banshee est très heureuse. Elle est partie dans sa nouvelle maison, chuchota-t-il au volatile en se sentant un peu ridicule.

Cette déclaration ne calma pas le courroux du perroquet. Il prit son envol, tournoya trois fois dans la salle avant de venir se poser sur le crâne de Matthew. Les griffes plantées dans son cuir chevelu, il se pencha pour balancer sa tête au niveau des yeux du jeune médecin.

— *Chérie !*

— Chut ! Je... je pourrai peut-être la ramener pour qu'elle te rende visite ?

Bien que Pan soit très intelligent, il était peu probable qu'il comprenne des phrases aussi longues et pourvues de notions aussi abstraites.

Le perroquet l'observait toujours de son œil menaçant. Matthew essaya de le déloger de son crâne tout en gardant sa dignité, ce qui était perdu d'avance. C'est précisément pour cette raison que le volatile aimait se jucher sur la tête des gens.

— Mardi ! J'irai chercher Banshee mardi et tu pourras passer du temps avec elle, promit précipitamment Matthew, tout en se demandant par quel caprice du destin il était devenu l'intermédiaire dans une romance entre un perroquet et un capucin.

L'œil doré de Pan se rapprocha dangereusement du sien.

— Deux têtes de linotte en train de discuter, articula une voix dont le dédain lui était familier.

Matthew eut l'impression qu'une lame lui transperçait le dos. Il pivota pour se retrouver face à son frère aîné.

Pan se redressa, aussitôt sur le qui-vive, comme si son instinct le prévenait de la présence d'un prédateur.

Hawley était installé au bout d'une grande table, dans une posture décontractée. Lui qui aimait d'habitude se placer au centre de l'attention générale s'était retranché dans un coin, en compagnie de trois ruffians dont les muscles saillaient sous leurs habits.

Matthew sentit son souffle devenir précipité. En dépit des années passées et de l'expérience acquise, chaque fois qu'il se retrouvait devant son frère, il avait l'impression de redevenir un petit garçon.

Il s'efforça de se ressaisir, étudia les acolytes du vicomte. Vu leur corpulence, n'importe lequel aurait pu être l'un des deux brigands masqués qui les avaient attaqués la veille.

Dans la salle, toutes les têtes s'étaient tournées lorsque Hawley avait lancé sa pique. Ce dernier se leva et bomba le torse, un peu comme l'avait fait Pan quelques instants plus tôt. Il adorait être le point de mire de l'assemblée.

Inclinant son chapeau sur son crâne, il pivota sur lui-même, tel un acteur sur le point de débiter sa tirade.

— Je vous prie d'excuser les âneries de mon petit frère, lança-t-il à la cantonade. Il a toujours préféré la compagnie des vermines à celle des êtres humains.

Pan était très aimé au Mouton Noir. Personne ne rit. Le sourire de Hawley retomba imperceptiblement, et il reporta son attention sur la personne de Matthew.

Celui-ci s'attendait à éprouver un engourdissement dans les extrémités, comme c'était le cas auparavant quand son frère le prenait à partie. Mais, à sa grande surprise, il se sentait très calme.

— Tu joues les entremetteurs pour un perroquet, maintenant ? s'enquit Hawley, sarcastique.

— Disons plutôt le rôle de Cupidon dans les amours maudites du règne animal.

Matthew avait parlé sans réfléchir ni peser ses mots. Il n'était plus ce garçon tétanisé qui subissait sans rien dire.

Sa remarque humoristique avait suscité quelques rires parmi l'assistance, et ces réactions provoquèrent chez lui un sentiment inconnu. Pour la première fois, c'était lui qui recueillait l'approbation générale. Il n'était plus le souffre-douleur, position que Hawley lui avait attribuée depuis sa naissance. Ici, dans ce lieu magique où se côtoyaient nobles et classes populaires, le benjamin maladroit avait le droit de river son clou à l'héritier.

— Père a raison. Tu dois être un changelin. Il n'y a qu'eux pour communiquer avec les bêtes.

Un vieux sentiment de honte resurgit sans crier gare – cette certitude profonde qu'il était différent, minable. Matthew n'avait jamais cru qu'il était un changelin, mais il avait toujours eu l'impression d'être né dans la mauvaise famille.

— Tu te souviens des tests que nous te faisions passer pour savoir si tu pouvais voler comme un esprit de la forêt ? Nous n'avons jamais réussi à le prouver, mais nous y arriverions peut-être aujourd'hui ? ironisa encore Hawley d'une voix grinçante.

Les vieux souvenirs se réveillèrent, Matthew sentit la sueur perler sur son corps. Le dortoir du pensionnat, au deuxième étage. La fenêtre ouverte. Ses frères qui le suspendaient par les pieds. Le vent qui lui giflait le visage. Leurs quolibets : « Maintenant, ouvre tes ailes et envole-toi ! » Et leurs rires qui fusaient…

La voix claire de Sophia retentit soudain dans la salle, où un silence tendu était tombé.

— Je ne vois pas l'intérêt de faire un test. Il suffit de vérifier si la personne a des ailes.

Habituée aux ambiances houleuses, Sophia traversa la salle d'un pas tranquille, posa son plateau sur une table, puis tourna autour de Matthew pour lui inspecter le dos.

Pan sauta sur l'épaule de Matthew et inclina la tête, comme pour vérifier lui aussi. Les clients du Mouton Noir se mirent à rire et lancèrent des coups d'œil goguenards en direction de Hawley.

Pourtant Matthew n'éprouva aucune jubilation. Il était tétanisé par le passé… et par l'avenir. Car cette brute allait épouser Charlotte. Et Hawley essaierait de la détruire, comme il détruisait tout ce qui était beau et bon.

— Eh bien, je ne vois pas d'ailes, conclut Sophia en tapotant le dos de Matthew. Hélas, nul prince doué de pouvoirs magiques qui puisse m'enlever loin d'une vie de labeur. Non, je ne vois qu'un simple mortel. Même s'il est plutôt beau gosse, je l'avoue.

Sophia adressa un clin d'œil à Matthew, mais son humour complice ne suffit pas à dissiper l'ombre de la menace qui l'écrasait.

Il réussit néanmoins à sourire.

— *Pas d'ailes ! Pas d'ailes !* cria Pan.

Les rires redoublèrent. Très fier, le perroquet étendit ses propres ailes d'un air important en répétant : « *Pas d'ailes ! PAS D'AILES ! PAS D'AIIIIIIILES !!!* »

— La vérité sort du bec des oiseaux, décréta Sophia. La question est donc réglée. Et maintenant, qui a envie de goûter mon café ? C'est une nouvelle recette et c'est moi qui régale.

L'attention des clients se détourna aussitôt de Matthew et de Hawley. Sophia avait réussi son coup. Mieux, elle avait fait rire la salle aux dépens du vicomte.

Le regard gris métallique de ce dernier se fixa sur la jeune femme tel celui d'un aigle sur un lapin. Sophia savait se défendre. Elle-même était une sorte de rapace. Elle savait gérer les hommes comme lui. Mais Matthew ne voulait pas qu'on s'en prenne à son amie, qui de surcroît avait volé à son secours.

— Que fais-tu au Mouton Noir ? demanda-t-il à Hawley.

En réalité, il connaissait parfaitement la réponse à cette question. Le collier semblait le brûler à travers son gilet, comme si les rubis étaient entrés en combustion.

— Mais… je viens te voir, Bouffon.

— Ce n'est pas dans tes habitudes.

— Je n'ai pas apprécié la façon dont tu t'es conduit au salon de ma fiancée. Tu as envahi mon royaume, alors j'ai décidé d'envahir le tien.

Hawley fit un pas en avant. Il n'avait pas parlé du collier, mais l'accusation flottait dans ses yeux. Il dut adresser un signal discret à ses sbires, qui se levèrent et vinrent se placer à ses côtés, jouant de leurs muscles comme une bande de babouins qui auraient encerclé un rival.

Matthew n'avait pas peur de se battre, mais il n'avait pas envie qu'une altercation ait lieu au Mouton Noir, surtout si cela devait dégénérer en bagarre générale. Il devait trouver le moyen d'apaiser les tensions.

— Tu es venu pour me détrôner ? Mince, j'ai laissé mon sceptre et mon glaive à la maison, lança-t-il pour détendre l'atmosphère.

Malheureusement Hawley était imperméable à tout humour, hormis la moquerie.

— Tant mieux pour toi, parce que je te les aurais mis dans le...

— *Butor ! BUTOR !!!* cria Pan.

Ses ailes frôlèrent la joue de Matthew au moment où il décollait pour foncer sur Hawley. Craignant que l'intervention du perroquet ne jette de l'huile sur le feu, Matthew essaya de l'attraper au vol. En vain.

Pris par surprise, Hawley sursauta en poussant une petite exclamation. Pan lui rasa la tête de ses pattes griffues et envoya valdinguer son chapeau, qui alla rouler sur le plancher.

Puis Pan effectua un virage avant de foncer de nouveau sur le vicomte. Cette fois, il lui arracha sa perruque et l'emporta triomphalement dans les airs.

Les ruffians se mirent à sauter pour tenter de l'attraper, mais ils ne réussirent qu'à se bousculer les uns les autres. Pan changea alors de trajectoire pour fondre sur eux en piqué. Ils durent se baisser et l'un d'eux tomba à genoux non loin du chapeau de Hawley.

Des rires et des applaudissements éclatèrent dans la salle. Matthew avait maintes fois imaginé une scène similaire des années plus tôt. Pourtant, en cet instant, il n'arrivait pas à se réjouir. Il savait que Hawley se vengerait sur les cousines Wick et sur Charlotte.

Manifestement ravi par la tournure des événements, Pan volait en cercles sous le plafond. Au moment où il passait au-dessus du crâne du vicomte, il lâcha une fiente.

— Sale bestiole pleine de puces ! éructa Hawley en levant les mains pour tenter de saisir le volatile.

Pan lâcha la perruque qui tomba à ses pieds et, au passage, lui donna un coup de bec sur les doigts. Hawley brandit le poing.

Le cœur battant, Matthew se prépara à bondir pour l'empêcher de frapper l'oiseau.

— Personne ne touche au perroquet ! cria Sophia, avec une telle autorité que même Hawley frémit.

— *Personne !* répéta Pan en atterrissant sur la tête de Hawley.

Puis l'oiseau se mit à lui piétiner les cheveux en levant haut ses pattes, tel un général à la parade.

— Savez-vous qui je suis ? hurla Hawley à la face de Sophia. Je suis le vicomte de…

— Seriez-vous le roi lui-même, je m'en moque ! coupa-t-elle. Je suis la propriétaire du Mouton Noir, et c'est moi qui établis les règles. Ici, les titres n'ont pas cours. Seul l'esprit compte, et il semble que vous en manquiez cruellement, milord.

— Votre oiseau de malheur m'a agressé ! Et je ne tolérerai pas d'être sermonné par une vulgaire…

Il n'eut pas le temps d'achever sa phrase. Tous les clients s'étaient levés comme un seul homme, du plus humble des pickpockets au marquis le plus distingué. Des dagues et des pistolets étincelèrent.

Le sbire de Hawley qui était tombé à genoux se releva lentement pour rejoindre ses acolytes. Contrairement au vicomte qui écumait de rage, les trois voyous parurent prendre la mesure du danger. Ils étaient peut-être des brutes, mais il y en avait bien d'autres au Mouton Noir, et tout aussi musclées qu'eux.

— Il est temps que vous partiez, *vicomte*, articula Sophia en mettant l'accent sur le dernier mot avec une intonation dédaigneuse.

Matthew se sentait déchiré entre l'admiration qu'il portait à sa courageuse amie et la peur que la vindicte de Hawley ne se déchaîne sur elle.

— *Il est temps ! Il est temps !* cria Pan, penché entre les deux yeux de Hawley.

— Je ne vais certainement pas…, commença Hawley d'un ton impérieux – quelque peu décrédibilisé par la gymnastique du perroquet sur son crâne.

Il ne put achever. Ses sbires l'avaient entouré et reculaient pour l'entraîner vers la sortie. Matthew les regarda faire comme s'il était hors de son propre corps, hors de cette salle.

— Il vaut mieux partir, milord, dit l'un des ruffians en voyant que Hawley tentait de résister.

Tous les clients firent un pas en avant, la mine menaçante, tel un bataillon. Matthew aurait dû être solidaire de ces hommes, mais il était submergé par la peur et la honte. C'était à cause de lui que ce monstre était venu au Mouton Noir. C'est lui qui aurait dû jeter Hawley dehors.

Un vieux souvenir rejaillit dans sa mémoire : son père qui l'accusait d'être un changelin, un troll maléfique... Une nausée lui souleva le cœur.

Semblant finalement mesurer le péril dans lequel il se trouvait, Hawley se laissa entraîner vers la porte. Au moment de franchir le seuil, il rejeta la tête en arrière.

— Vous ne vous en tirerez pas comme ça ! Je suis vicomte, vous me devez le respect ! Vous ne pouvez pas me jeter dehors ! Je reviendrai demain. Vous verrez ! cria-t-il.

— *Adios !* sifflota Pan en s'envolant pour aller se poser sur l'épaule de Sophia.

Hawley et ses sbires disparurent.

Glacé par la scène, Matthew se tourna vers la jeune femme.

— Sophia, il est dangereux ! Je vous conjure de faire très attention ces prochains jours !

Elle se contenta de hausser les épaules.

— Un ennemi de plus, voilà tout.

— Et vous en avez déjà beaucoup, dit Matthew avec un sourire dépourvu d'humour.

— Bah, cela pimente le quotidien.

Matthew savait que Sophia ne prenait pas la menace à la légère. Cela ne l'empêcha pas de se tourner vers ses clients avec un large sourire.

— Alors, qui veut du café ?

On brandit des tasses. Les conversations reprirent et l'ambiance redevint joviale.

Matthew, lui, ne se déridait pas. Il se sentait à mille lieux des rires et de la bonne humeur générale.

Son frère était venu ici, dans son sanctuaire. Le Mouton Noir était un peu comme sa deuxième maison. Il était chez lui ici, et l'incursion de Hawley avait fait voler en éclats sa paix intérieure.

À présent, tous ces gens étaient en danger. À cause de lui.

14

Le lendemain, Charlotte entra dans le café, bien résolue à faire progresser son enquête sur lord Hawley. Sa détermination était perceptible à l'énergie de son pas, ce qui ne l'empêchait pas de rester gracieuse.

Au lieu de se rendre directement dans le salon clandestin, elle marqua une pause dans la salle principale afin d'observer les habitués derrière son voile.

Elle n'avait plus le temps d'attendre que les moins distingués d'entre eux se décident enfin à s'aventurer à l'arrière. Il ne restait que deux semaines avant le retour du duc, trois avant le bal où les fiançailles seraient officiellement annoncées.

Charlotte avait apporté dans son réticule un dessin sommaire du collier. Elle l'avait déjà montré à Hannah et Sophia, en prétendant vouloir aider une amie qui avait perdu ses bijoux. Les deux cousines avaient affirmé n'avoir jamais vu le ras-de-cou.

Charlotte avait l'intention de questionner ses amies de la haute société, mais elle se doutait que lady Greenvale s'était sans doute déjà renseignée dans ses propres cercles de connaissances. Charlotte devait donc s'adresser à une population moins raffinée, plus ou moins en cheville avec la pègre.

Le Mouton Noir, dirigé par deux filles de pirates, n'était-il pas le meilleur endroit pour cela ?

Elle déchanta vite. Aucun client n'avait l'air d'un bandit patenté. Mais bon, il ne fallait pas s'attendre non plus à dénicher un pirate à jambe de bois tout droit sorti des pages d'un livre, ou la copie conforme du tristement célèbre Barbe-Noire. Cela aurait été ridicule.

— Si vous vous sentez seule, nous serons ravis de vous offrir un peu de compagnie, ma petite dame.

Celui qui venait de s'exprimer ainsi était un jeune homme plutôt séduisant, l'œil ceint d'un bandeau noir.

Charlotte s'efforça de ne pas trahir sa surprise. C'était bien la première fois qu'elle voyait un borgne au Mouton Noir.

Le sourire canaille de l'homme s'élargit lorsqu'il comprit qu'il avait capté son intérêt.

Il avait beau être d'un physique agréable, il ne suscitait pourtant aucune émotion particulière chez elle. Pas même un petit frisson. Son œil visible était d'un bleu perçant, mais… il n'était pas gris. Sa mâchoire bien définie était… un peu trop carrée. Depuis quelque temps, Charlotte se sentait plus attirée par les intellectuels.

— N'ayez crainte, reprit-il. Je sais que j'ai la réputation de ne pas faire de quartier, mais je fais une exception pour les jolies dames.

Le cœur de Charlotte se mit à battre plus vite. L'homme venait d'employer une expression typique des flibustiers.

— Merci beaucoup, monsieur.

Elle avait répondu d'un ton détaché. Il ne fallait pas afficher sa curiosité, ou le type allait se fermer comme une huître.

Malheureusement, on ne servait pas d'alcool au Mouton Noir. Sinon elle lui aurait payé autant de tournées qu'il était capable d'en boire pour lui délier la langue.

— Asseyez-vous donc, ma petite dame.

Le pirate attrapa le dossier de la chaise voisine occupée par un de ses compagnons. Il donna une secousse et l'autre faillit tomber par terre. Sans protester, il déguerpit avec la soumission qu'un subordonné doit à son supérieur.

— Ne vous inquiétez pas, nous sommes tous de vrais gentlemen !

D'un geste de la main, il désigna la tablée. C'était un peu caricatural. On aurait dit un cabotin sur les planches. Mais même s'il s'amusait avec elle, elle n'allait pas laisser passer cette occasion de faire connaissance avec les habitués de la grande salle.

Ils étaient sept réunis autour de leur chef. Deux autres hommes étaient installés au bout de la table, plongés dans une conversation privée.

Elle s'assit donc, bien que la chaise étroite ne soit guère confortable. Par chance, elle portait sa tenue de veuve, bien plus pratique que ces robes à paniers qui prenaient une place folle.

— Messieurs, je suis enchantée de vous rencontrer, dit-elle d'une voix amicale. Je me demandais justement pourquoi les habitués du Mouton Noir boudent le nouveau salon.

— À dire vrai, nous n'étions pas trop sûrs de recevoir bon accueil.

— Vous êtes... des marins ?

Elle n'arrivait pas à savoir si elle devait prendre l'homme au sérieux. Quant à ses compagnons, ils affichaient tous une mine impassible. Parce qu'ils étaient de vrais criminels endurcis ? Ou parce qu'ils jouaient le jeu de leur camarade qui se moquait d'elle ?

Si ces hommes étaient effectivement des pirates, ils devaient avoir quelques moyens. Si leurs redingotes et gilets étaient en laine et coton, moins chics que la soie et le velours, leurs vêtements étaient néanmoins de qualité.

Ils avaient également les cheveux coupés court, ce qui laissait supposer qu'ils portaient d'ordinaire la perruque. Les avaient-ils cachées sous la table ?

En examinant les visages les plus proches, Charlotte se rendit compte qu'ils avaient tous une vingtaine d'années. L'équipage d'un bateau n'aurait-il pas compris des mousses et des vieux loups de mer ?

Le borgne lui adressa un clin d'œil.

— Oui, nous sommes des matelots, mais pas de haute mer. Nous sommes nos propres maîtres et nous cherchons fortune plus près de chez nous.

Des pirates d'eau douce, donc. Charlotte ne put retenir un petit frisson.

Si cet homme ne lui racontait pas des balivernes, il devait avoir des liens avec les trafiquants et contrebandiers de tout poil qui sévissaient à Londres. C'était exactement ce qu'elle cherchait... même si cela faisait de lui un personnage particulièrement dangereux.

— Prenez garde, capitaine Hart, intervint l'homme qui avait été délogé sans ménagement de sa place. Vous parlez toujours trop avec les jolies filles.

Il s'était exprimé avec un accent du Devonshire fort exagéré. Charlotte dut se retenir pour ne pas lever les yeux au ciel sous son voile. Mais son excitation s'était évaporée. Le prétendu capitaine et ses camarades étaient en train de se moquer d'elle.

— Ne fais pas ton trouillard, objecta le « capitaine » en donnant une claque sur l'épaule de son ami. Cette dame sait tenir sa langue. Après tout, c'est une cliente du Mouton Noir. Je suis sûr qu'elle a l'âme charitable et qu'elle ne nous jugera pas sur les vicissitudes qui nous ont conduits à mener cette vie dissolue.

— Oh, je vous promets d'être discrète, assura Charlotte avec solennité, avant d'enchaîner après quelques secondes de silence : Pour peu que vous me disiez si vous êtes de vrais contrebandiers ou juste de simples plaisantins.

— Je vous garantis qu'il s'agit des pires crapules qui aient jamais sillonné la Tamise, fit une voix féminine.

Hannah venait de se joindre à la conversation. Elle se glissa entre le capitaine Hart et Devonshire pour déposer un plateau sur la table.

— Ne divulguez pas tous nos secrets, mademoiselle Wick ! protesta Devonshire, cette fois avec un épouvantable accent écossais.

Charlotte croisa les bras, ignorant la voix de sa mère qui retentissait dans sa tête pour lui dire qu'une dame distinguée n'adoptait pas une position aussi vulgaire et agressive. Depuis quelque temps, elle était devenue très forte pour faire taire cette petite voix.

— À l'instant vous aviez l'accent du Sud-Ouest, et maintenant vous voilà Écossais ? s'étonna-t-elle.

— Il ne faut pas en vouloir à M. Smith, intervint Hannah. Il a bourlingué dans tant de ports qu'il se mélange un peu les pinceaux.

— Sur la Tamise ?

— Croyez-vous que nous soyons basés à Londres ? Hisse et ho ! Nous sommes des marins aguerris ! clama le capitaine Hart.

— Ça, j'en doute fort.

Charlotte avait insufflé une pointe d'humour dans sa voix. Elle n'avait pas envie qu'on la prenne pour une imbécile, mais elle ne voulait pas non plus vexer ces marins d'eau douce.

— Oh. Vous me peinez, milady.

Hart porta la main à sa poitrine, comme si elle venait de le poignarder en plein cœur. Charlotte retint un soupir.

— Voyons capitaine, je ne suis pas naïve au point de croire que les pirates s'expriment comme des personnages de romans à sensation. Et qu'ils changent d'accent comme de chemise !

Quelqu'un éclata de rire. Toutes les têtes se tournèrent vers le bout de la table. Charlotte eut un petit sursaut en se rendant compte qu'elle connaissait l'un des deux hommes qui s'étaient isolés du reste de la bande.

Il s'agissait d'Alun Powys, célèbre comédien et auteur de pièces de théâtre. Né d'une mère galloise dans les bas-fonds de Londres, l'homme était devenu très influent dans les milieux libertins. Ses cheveux d'un noir de jais et ses yeux d'un bleu tirant sur le violet faisaient soupirer bien des spectatrices, elle comprise. Toutes les débutantes soupiraient après lui derrière leurs éventails – et, à en croire la rumeur, plusieurs riches veuves avaient concrétisé leurs fantasmes en sautant dans son lit.

Les comédies paillardes de M. Powys plaisaient à tous, du roi au lord chambellan. On disait qu'il sortait du ruisseau et qu'il avait maintenu des liens étroits avec les milieux interlopes. Son charme viril lui valait une immense popularité, mais son esprit caustique lui créait beaucoup d'ennemis.

Charlotte l'avait vu sur scène à de nombreuses reprises. Mais la loge privée de ses parents avait beau être placée tout près de la scène, elle n'avait pas mesuré à quel point il était beau. Son regard pétillait de vie. Une intrigante petite cicatrice blanche barrait son sourcil gauche. Sa bouche sensuelle semblait dessinée par Aphrodite elle-même, et le chaume de barbe qui assombrissait ses joues lui donnait un charme canaille.

Et pourtant, comme le « capitaine » Hart, il la laissait de marbre.

Il n'était pas Matthew Talbot.

Fallait-il en déduire que, désormais, le timide botaniste éclipserait tous les autres hommes à ses yeux ?

Charlotte ne savait pas trop quoi en penser. Étant donné qu'elle était pratiquement fiancée à Hawley, elle ne pouvait pas se permettre de penser à Matthew. Pas pour le moment, en tout cas.

— Inutile de poursuivre votre petite mascarade, dit M. Powys à Hart et ses amis. La dame est plus futée que vous tous réunis.

— Alors j'ai raison, n'est-ce pas ? Ces gens ne sont pas des pirates ? dit Charlotte d'un ton triomphant.

— Pas vraiment. Billy Hart est l'assistant d'un comptable et Bob Smith est scribe chez un notaire. La pire aventure qui leur soit arrivée est d'avoir traversé la rue un jour de grande circulation.

— Ce n'est pas gentil, Powys, protesta M. Smith, avec un accent bien plus citadin cette fois.

M. Powys s'était levé. Il s'approcha et se pencha vers Charlotte.

— Smith se prend pour un acteur, lui dit-il à mi-voix. Hart aussi, mais vous ne les verrez ni l'un ni l'autre sur les planches. Ils se contentent de jouer chez leurs amis, ce qui explique pourquoi Hart avait son cache-œil dans la poche.

— Vous n'êtes pas obligé de révéler tous nos artifices, grommela Hart en ôtant son bandeau pour révéler un œil bleu parfaitement intact.

— Bah, la dame ne s'est pas laissé abuser. Et si vous espérez que de si piètres performances vont m'inciter à vous engager pour jouer dans mes prochaines pièces, vous faites fausse route.

— Vous êtes plus observatrice que je ne le pensais, dit Hannah à Charlotte, une note de respect dans la voix.

Elle ponctua ses paroles d'un franc sourire. Charlotte eut un petit coup au cœur et, bien qu'elle soit toujours cachée derrière son voile, elle lui rendit son sourire. C'était la toute première fois qu'elle sentait un véritable lien s'établir entre elles.

— Je me doute que de vrais boucaniers ne se seraient pas autant affichés, répondit-elle.

— En effet. Les vrais pirates ont plutôt tendance à raser les murs, comme Jenks, là-bas, dit M. Powys en agitant la main en direction de l'homme avec qui il discutait quelques instants plus tôt.

Le geste était à la fois théâtral et naturel. Sur les planches ou dans la vie, il avait toujours le bon rythme.

— Va te faire foutre, Powys ! grogna le type vêtu d'une veste mal taillée.

Il fit un geste obscène, puis replongea le nez dans sa tasse de café. Il n'avait visiblement aucune envie de se mêler à cette petite comédie.

Était-il un vrai brigand ou un comédien un peu plus doué que les autres ? s'interrogea Charlotte, perplexe.

Mais après tout, peu importait. Alun Powys était un homme puissant, qui avait beaucoup de relations dans toutes les strates de la société londonienne. Il connaissait bien des secrets, et surtout il savait comment les déterrer.

— Ne sois pas si grincheux, Jenks, rétorqua M. Powys avec bonne humeur. La dame vient de se faire baratiner par Hart et sa clique, elle mérite bien d'être présentée à un vrai pirate. Ne me dis pas qu'elle ressemble à un douanier. D'ailleurs ta tête n'est pas mise à prix bien cher, ce n'est pas la peine de rameuter la garde.

Jenks fit un autre geste malpoli d'une main, tout en portant sa tasse de café à ses lèvres de l'autre.

M. Powys éclata de rire et ses iris prirent une teinte encore plus violette.

— Milady, voulez-vous que nous nous retirions dans le petit salon pour avoir une discussion entre gens civilisés ? proposa-t-il. Je promets de vous distraire avec des anecdotes rocambolesques.

— Avec grand plaisir, acquiesça Charlotte, qui jubilait intérieurement.

Elle se leva et ils traversèrent la salle. Charlotte était sur le point de s'engager dans le couloir du fond quand la porte principale du café s'ouvrit.

Des clients venaient d'entrer.

Charlotte jeta un coup d'œil par-dessus son épaule et faillit trébucher en reconnaissant Hawley, accompagné de trois ruffians.

Un mélange de peur et d'excitation monta en elle. Il était là, en personne, la mine aussi arrogante qu'à l'accoutumée. S'il la reconnaissait, elle risquait gros et tous ses plans tomberaient à l'eau.

Tour à tour, elle dévisagea ses compagnons, s'efforça de mémoriser leurs traits, la forme de leur nez, de leur bouche, et de noter toute caractéristique physique particulière...

Elle entendit vaguement des pieds de chaises racler sur le plancher. Puis elle s'aperçut qu'un silence étrange était tombé dans la grande salle.

Tous les clients présents s'étaient levés comme un seul homme. Plusieurs avaient la main sur leur dague ou leur épée.

Charlotte ne put en voir davantage, car M. Powys se plaça devant elle. Il la poussa dans le couloir et referma la porte derrière eux.

Sans un mot, ils gagnèrent le salon clandestin.

Charlotte se demandait si elle devait parler de la scène à laquelle ils venaient d'assister. Elle ne voulait pas avoir l'air de fouiner, et après tout il était possible que M. Powys soit en bons termes avec le vicomte. D'un autre côté, n'importe qui aurait été intrigué. Et la réaction des clients semblait indiquer que Hawley n'était pas le bienvenu au Mouton Noir.

En tout cas, elle priait pour qu'il n'ait pas l'idée de faire irruption dans le petit salon.

Celui-ci était plein. Dames et messieurs étaient confortablement installés dans les canapés et buvaient du café dans un aimable bruissement de conversations.

M. Powys embrassa d'un regard appréciateur le petit cocon que Charlotte avait su créer avec les cousines Wick.

— Eh bien, moi qui pensais tomber sur un salon de thé guindé et ennuyeux… je me suis trompé, de toute évidence, remarqua-t-il.

— Les cousines Wick ont su en faire un lieu convivial et accueillant. Il est dommage que les habitués le dédaignent.

Charlotte brûlait de lui demander s'il connaissait les hommes qui accompagnaient Hawley, mais elle ne pouvait pas lui poser la question à brûle-pourpoint.

Elle releva lentement son voile, en prenant soin de ne pas dégager complètement son visage au cas où le vicomte serait entré.

L'étonnement se peignit sur les traits de M. Powys.

— Lady Charlotte ?

— Vous me connaissez donc ?

Charlotte n'était qu'à demi surprise. Elle était célèbre dans les salons littéraires, même si M. Powys était un auteur trop sulfureux pour y être admis. Il devait fréquenter des cercles bien plus larges d'esprit.

— Certains de mes amis sont invités chez la duchesse de Falcondale, et ils m'ont dit que vous étiez une charmante hôtesse.

Charlotte se demanda s'il avait fait exprès de ne pas inclure sa mère dans le compliment. La duchesse, tellement à cheval sur les grands principes, était exactement le genre de matrone qu'il aimait tourner en dérision. Quoi qu'il en soit, il venait d'offrir à Charlotte l'occasion qu'elle attendait.

— J'essaie d'accueillir tout le monde. Voilà pourquoi j'ai voulu faire plus ample connaissance avec les clients de la grande salle. Avez-vous vu les gens qui sont entrés à l'instant ? J'ai reconnu lord Hawley, mais j'ignore qui sont les trois autres. Les connaissez-vous ?

Charlotte se dirigea vers deux fauteuils libres, heureuse de ne pas avoir à se soucier de l'étiquette. En dehors de ces murs, jamais elle n'aurait pu avoir une conversation privée avec un homme, surtout s'il ne lui avait pas été présenté dans les formes.

M. Powys s'assit en secouant la tête.

— C'est la première fois que je les vois, mais s'ils sont avec lord Hawley, j'aurais tendance à les éviter. Les types comme Jenks ne posent pas de problèmes du moment qu'on les laisse tranquilles, mais les fripouilles qui traînent dans l'entourage du vicomte, c'est une autre paire de manches. Il faut les fuir comme la peste.

— Pourquoi donc ? s'enquit innocemment Charlotte, dont le cœur s'était mis à battre la chamade.

— Le bruit court que quiconque a le malheur de déplaire au vicomte le regrette amèrement. S'il s'associe avec une telle engeance, il est logique de penser qu'il se sert de leurs talents particuliers pour se débarrasser de ses ennemis.

— Oh.

Charlotte avait déjà abouti à cette conclusion elle-même.

— On m'a dit que Hawley était passé au Mouton Noir hier et qu'il avait fait une scène, poursuivit M. Powys. Il a voulu s'en prendre à Pan et il a été chassé du café. Il a promis de revenir aujourd'hui, et à mon avis il est en train d'apprendre qu'il existe au moins un café à Londres où il ne pourra pas dicter sa loi. Avec un peu de chance, c'est la dernière fois que nous le voyons ici.

Charlotte commençait à se sentir mal à l'aise. Hawley avait-il appris qu'elle avait investi dans l'établissement ? Mais comment l'aurait-il su ?

— A-t-il déjà fréquenté le Mouton Noir auparavant ? demanda-t-elle.

— Pas à ma connaissance.

Cela ne rassurait pas Charlotte, mais elle ne pouvait pas faire marche arrière. Le seul moyen d'échapper à ces fiançailles était d'en apprendre plus sur Hawley. Elle aurait préféré qu'il ne remette jamais les pieds au Mouton Noir, et pourtant il fallait qu'il y revienne. Ou du moins ses ruffians.

— Et ses compagnons ? demanda-t-elle encore.

L'expression de M. Powys se durcit.

— Écoutez, je n'aime pas me répéter, je trouve cela très ennuyeux, mais une fois encore, n'approchez pas ces hommes. Ils ne fréquentent pas les cafés pour discuter littérature.

— Oh, je ne compte pas les aborder. Je crains juste qu'ils ne causent des ennuis aux cousines Wick. Je ne voudrais pas me retrouver au milieu d'une bagarre.

Heureusement, les ruffians n'étaient pas sa seule piste. Il y avait aussi le collier. M. Powys pourrait peut-être lui apprendre quelque chose à ce sujet.

Elle tira le dessin de son réticule.

— J'ai une autre raison de m'être attardée dans la grande salle ce matin. Une de mes amies a égaré ce collier. C'est un cadeau de son mari, un bijou de famille, et elle a peur qu'il n'ait été volé. Elle ne veut pas lui avouer qu'elle l'a perdu et elle est prête à payer pour remettre la main dessus. J'ai accepté de l'aider, mais j'admets ne pas savoir à qui m'adresser pour trouver des receleurs.

— Et vous pensez que moi, je le sais ? rétorqua M. Powys, la mine offensée.

Confuse, Charlotte faillit lui présenter ses excuses, puis elle remarqua une étincelle d'humour dans ses yeux violets. Elle se détendit en comprenant que le dramaturge la taquinait.

— Ma foi, on vous prête de multiples talents, et vous êtes assurément meilleur comédien que le capitaine Hart et son acolyte aux divers accents.

— Pourtant vous n'avez pas cru à mon indignation.

— Vous n'avez pas déployé tous vos talents d'acteur, sinon vos yeux n'auraient pas pétillé comme ça, objecta-t-elle en riant.

— Vous êtes vraiment maligne et pleine de surprises, milady. Vous me questionnez sur ces types patibulaires, puis vous me demandez où l'on peut racheter des bijoux volés. Seriez-vous en manque de sensations fortes ?

Il avait repoussé le dessin. Elle comprit qu'il ne la prenait pas vraiment au sérieux. À ses yeux, elle était une aristocrate blasée qui cherchait à se donner des frissons.

— Je veux vraiment aider mon amie, plaida-t-elle en s'efforçant d'avoir l'air sincère.

Mais M. Powys avait l'habitude des comédiens et des comédiennes. Il savait décrypter les intonations et les expressions.

Avec un soupir, il reprit le dessin.

— D'après ce que je vois, votre amie a raison de craindre la réaction de son époux.

— Pourquoi ? Vous reconnaissez ce collier ?

— Je sais juste qu'il doit être ancien. Une imitation pourrait me servir si je montais une pièce se passant à l'époque Tudor. Ce collier devait être dans sa famille depuis des lustres. En tout cas, ma chère, je ne vais pas vous présenter de receleur. Mais si jamais je vois ce bijou, je vous préviendrai.

Il lui rendit le dessin. Charlotte le pressa contre sa poitrine et retomba contre son dossier en essayant de ne pas céder à l'abattement.

M. Powys lui avait quand même fourni quelques renseignements. Elle s'était doutée que le collier était ancien, mais pas à ce point. Et il ne provenait pas de la famille de feu lady Hawley, sinon lady Greenvale l'aurait reconnu. De la famille Talbot, alors ? Leurs ancêtres avaient-ils commis des crimes qu'ils tentaient de cacher ?

Et Matthew était-il au courant ?

15

Matthew attendait un message très important de la part des cousines Wick.

Il entra dans le café en essayant de ne pas attirer l'attention sur lui, ce qui n'était pas facile puisqu'il avait Banshee sur l'épaule. Mais le capucin l'abandonna presque aussitôt pour rejoindre Pan sur sa poutre.

À son entrée dans le salon clandestin, Matthew repéra Alexander et alla s'asseoir face à lui. Pour une fois, son ami ne l'accueillit pas avec un sourire gouailleur. Bras croisés sur la poitrine, il le transperça d'un regard accusateur et Matthew eut du mal à ne pas se tortiller sur son siège comme un écolier prêt à se faire tancer.

— Peux-tu m'expliquer pourquoi il y a trois jours, je t'ai vu te battre comme un Fian[1] ? demanda Alexander sans préambule.

— Je te l'ai dit, j'ai appris à me battre durant mes voyages, répondit Matthew en s'efforçant d'adopter une posture décontractée.

Le regard incrédule d'Alexander s'assombrit.

— J'ai aussi découvert grâce à Charlotte que tu étais en possession d'un collier que lady Greenvale a vu lady Hawley cacher avant sa mort.

Matthew ne pouvait plus feindre le détachement, même s'il avait l'habitude de donner le change. Il se

1. Guerrier et chasseur légendaire de la mythologie celtique.

pencha brusquement au-dessus de la table, jeta un regard furtif autour d'eux pour s'assurer que personne ne les écoutait.

— Ne parle pas si fort !

— Tu ne vas pas nier, j'espère ? répliqua Alexander d'une voix aussi douce que son regard était acéré.

— Non.

— Pourquoi ne m'as-tu rien dit ? insista Alexander d'un air blessé.

— Je ne voulais pas te mettre en danger, siffla Matthew entre ses dents. Je ne pouvais pas te défendre contre mes frères quand nous étions jeunes, mais je ne vais pas t'entraîner dans ce guêpier aujourd'hui.

— Ce n'est pas parce que je boite que je suis faible.

À la vue des mâchoires contractées de son ami, Matthew comprit que celui-ci refoulait toute une vie de rejet et de chagrin. Cela lui fit mal et il ne voulut pas laisser Alexander dans son incertitude.

— Cela n'a rien à voir avec ça, mais plutôt avec le fait que c'est toi, mon vrai frère. Je veux te protéger, protéger ma famille de cœur de l'horrible fratrie dans laquelle je suis né.

Alexander se détendit de façon perceptible. Il hocha brièvement la tête.

— Je... je peux comprendre ça, Matthew. Mais ne me mets pas à l'écart. Pour moi aussi, tu es un frère. En outre, Charlotte est impliquée. Je ne peux pas fermer les yeux là-dessus.

— Je vais t'expliquer. Mais pas ici. Quand nous serons seuls.

Alexander soutint le regard de Matthew, exactement comme il l'avait fait quand, enfants, ils s'étaient promis de rester soudés face à leurs tourmenteurs.

Soulagé, Matthew comprit qu'Alexander lui accordait sa confiance.

— Comment se fait-il que Charlotte ait reconnu ce collier ? demanda-t-il.

— Elle enquête sur Hawley, et elle a parlé avec lady Greenvale.

— Quoi ?

La peur s'insinua en Matthew pour ne plus le lâcher. Il voulait que Charlotte soit le plus loin possible de son frère démoniaque, et il apprenait qu'elle l'avait pris en chasse ?

Alexander se tint les tempes.

— Je ne peux pas vraiment le lui reprocher. Elle veut échapper à ces fiançailles et ton père sera de retour à Londres dans moins de deux semaines.

— Marier ta sœur à Hawley, c'est comme offrir Perséphone à Hadès, remarqua Matthew, la mine sombre.

— Je suis bien d'accord. C'est pour cela qu'elle doit trouver un autre fiancé.

— Tu voudrais que je t'aide à lui trouver des prétendants acceptables ?

Matthew avait parlé d'une voix enrouée tellement les mots avaient du mal à sortir. Il devait se ressaisir. Après tout, Alexander n'était pas au courant de sa relation avec Charlotte. Non qu'ils aient une « relation », d'ailleurs. Enfin, pas vraiment. Du moins pas le genre qui pouvait se prolonger à l'avenir.

Miséricorde. Charlotte était de toutes ses pensées, et il sautait de l'une à l'autre comme un écureuil fou qui collectionne les glands en automne.

— Eh bien, dans un sens, oui. Est-ce que cela te pose un problème ? s'enquit Alexander en lui jetant un regard innocent.

Matthew ne put s'empêcher de rougir, bien qu'il n'ait rien à se reprocher. Ce n'était pas sa faute s'il faisait des rêves érotiques et… *Damnation !* Maintenant son esprit divaguait sur des chemins qui n'étaient pas pavés de bonnes intentions, mais de fantasmes torrides où la soie glissait sur une peau satinée…

— N'importe quel homme serait heureux de l'épouser, lâcha-t-il, l'esprit troublé par l'image de sa main qui s'immisçait sous le corsage de Charlotte pour…

Enfer ! Il n'arrivait décidément pas à se contrôler.

— Je ne pensais à personne en général, je pensais à toi en particulier, dit Alexander avec un sourire malicieux.

— Moi ? se récria Matthew d'une voix de fausset.

— Tu as vraiment des problèmes d'élocution aujourd'hui.

— Hum... C'est juste d'imaginer ta sœur... et moi... dans un tel contexte...

— Quel contexte ?

Alexander se retenait visiblement de rire.

— Oh, tu sais bien !

— Non, pas vraiment.

— Un contexte *romantique* !

Énervé qu'Alexander refuse de lâcher l'affaire, Matthew avait parlé plus fort que prévu. Heureusement les autres clients étaient absorbés dans leurs conversations.

Les yeux verts d'Alexander pétillèrent. Il se pencha en avant.

— Pourquoi l'idée d'épouser Charlotte te met-elle dans un tel état ? N'as-tu pas la plus grande estime pour elle ?

— Bien sûr que si.

— Je le savais ! dit Alexander en retombant contre son dossier, l'air satisfait. Depuis des années, d'ailleurs. C'était évident, du moins à mes yeux. Mais Charlotte ne s'est jamais doutée de tes sentiments.

— Je ne vois pas pourquoi cela te réjouit autant, dit Matthew, sur la défensive. N'est-ce pas enfreindre une règle cardinale que de soupirer après la sœur d'un ami ? Sa sœur *jumelle* ?

— Je trouve cette règle ridicule, du moment que les intentions sont honorables. Pourquoi serait-il interdit de courtiser la sœur d'un ami ? Tu n'es pas un coureur de jupons. Tu es un honnête homme, et bien plus séduisant que la plupart des gandins que Père avait sélectionnés pour Lottie. Si nous parvenons à faire arrêter

Hawley pour meurtre, mes parents ne perdront pas de temps à lui choisir un autre prétendant parmi ces imbéciles. Voilà pourquoi, à mon avis, la meilleure solution est que vous vous enfuyiez tous les deux.

Abasourdi, Matthew tâtonna sur la table pour prendre sa tasse de café. Il but quelques gorgées pour se donner le temps de retrouver ses esprits. Il avait toujours l'impression d'être un écureuil roux bondissant d'arbre en arbre dans une épaisse forêt. Le problème, c'était qu'il ne savait pas s'il fuyait ou s'il courait vers quelque chose.

— Tes parents ne donneront jamais leur bénédiction à notre union, remarqua-t-il enfin en posant doucement sa tasse sur la table basse. Je ne suis que le benjamin de ma lignée. Et surtout, lady Charlotte n'a pas envie de m'épouser.

Prononcer ces mots lui fit encore plus mal qu'il ne l'aurait pensé. On aurait dit qu'ils lui écorchaient le cœur.

— Tu es quelqu'un de bien et l'on peut compter sur toi, objecta Alexander dans un élan de sincérité.

— Cela fait de moi un bon médecin, pas un bon parti.

— Ma sœur n'est pas si superficielle, répliqua Alexandre avant d'ajouter en fronçant les sourcils : Et son rêve n'est certainement pas d'amender un débauché.

Matthew fit glisser son pouce sur les gouttes de condensation qui s'étaient formées sur sa tasse, en regrettant de ne pouvoir effacer aussi aisément leur conversation. Alexander était plein de bonnes intentions, mais cela ne faisait qu'empirer son malaise.

— Il lui faut un époux de son rang, qui occupe une place en vue dans la haute société. Pas quelqu'un comme moi.

Alexander ne se donna pas le mal de lui faire remarquer qu'il était fils de duc. Il était bien placé pour savoir qu'avoir du sang bleu dans les veines ne protégeait pas contre l'ostracisme social. Aussi préféra-t-il ajouter :

— Les Anglais devraient privilégier les mariages entre personnalités compatibles, plutôt que s'acharner à unir des titres. Les humains ne sont pas des chevaux qu'on sélectionne pour leur lignée.

— Il ne s'agit pas de reproduction…

Matthew s'interrompit en s'empourprant derechef, puis se hâta de préciser :

— Je parle d'inclination. Lady Charlotte est enjouée, aimée de tous. Et moi… non, conclut-il, sans pouvoir dissimuler son amertume.

— Tu es trop sévère avec toi-même. Tu es peut-être plus réservé que ma sœur, mais selon moi vous avez des tempéraments complémentaires. En outre, Lottie a un caractère bien plus posé que le personnage qu'elle joue en public.

— Oh voyons, je suis… ennuyeux.

— Je ne suis pas d'accord, et je pense que Charlotte ne l'est pas non plus. Il s'est passé quelque chose entre vous quand nous étions chez Tavish, j'en suis sûr. Dans la voiture, j'ai perçu votre complicité. Dieu merci, vous évitiez de vous regarder, sinon je me serais senti complètement mis à l'écart.

Un petit frisson euphorique parcourut Matthew. Il décida de l'ignorer. Dans son propre intérêt, et dans celui de Charlotte.

— J'admets que dernièrement lady Charlotte a paru s'intéresser à ma personne. Mais c'est seulement une passade. Un oiseau n'est pas fait pour aimer un poisson, comme on dit. Ta sœur est faite pour voler parmi les oiseaux de paradis, pas pour barboter au fond d'une mare avec une carpe. J'aurais peur que, plutôt que de m'élever grâce à elle dans ses sphères lumineuses, je ne l'entraîne dans les profondeurs.

— Si tu veux une preuve que rien n'est impossible, tu devrais lever les yeux au plafond. N'as-tu pas vu qu'un perroquet faisait la cour à une dame capucin ?

Matthew eut un sourire qui reflétait plus d'ironie que d'humour.

— Dans ce scénario, quel rôle donnes-tu à ta sœur ? Celui de l'irascible oiseau borgne qui se prend pour un pirate ou celui du singe qui s'amuse à bombarder les gens avec ses crottes ?

— Tu tergiverses.

Matthew repoussa sa tasse de quelques centimètres, en prenant soin de ne pas éclabousser la table.

— Tu veux la vérité nue, Alexander ? Tu as bien raison de nous comparer à ce couple incongru. Un perroquet et un singe ! Nous sommes aussi mal assortis. Si j'épousais Charlotte, je la couperais du monde sur lequel elle doit régner.

Le regard d'Alexander se durcit.

— Pourquoi réagis-tu ainsi ? Tu ne te prends tout de même pas pour un vrai changelin ? Ne me dis pas que tu crois à ces sornettes ?

— Bien sûr que non. Les changelins n'existent pas.

— Mais alors...

— Tenons-nous-en là, je te prie.

Alexander se renfonça contre son dossier en hochant la tête.

— Bon, très bien. Revenons alors à tes talents en arts martiaux. Et ne me parle plus de tes pérégrinations aux Amériques, s'il te plaît.

— J'ai fait escale dans presque tous les ports du Nouveau Monde. Pas étonnant que j'aie appris à me battre.

Une fois de plus, Matthew atermoyait. Il ne voulait pas qu'Alexander fouille dans sa vie cachée, et surtout pas maintenant, alors que les cousines Wick étaient sur le point de lui donner des instructions concernant sa prochaine mission.

Son ami ouvrit la bouche. À cet instant précis, Matthew remarqua que Sophia lui faisait signe de la main. Cet appel discret était justement ce qu'il attendait. Il concentra son attention sur la jeune femme et la voix d'Alexander ne fut plus qu'un bourdonnement. Damnation. Le message était arrivé et Sophia voulait le lui communiquer le plus vite possible.

Matthew secoua légèrement la tête pour lui indiquer que le moment était mal choisi, mais Sophia ne le vit pas.

— Tu refuses ? demanda Alexander dont la voix était montée d'un cran.

— Je refuse... quoi ?

Matthew comprit qu'Alexander lui avait sans doute posé une question importante à laquelle il avait répondu par inadvertance en essayant de mettre Sophia en garde.

— Tu m'écoutes, oui ou non ? rugit presque Alexander.

Matthew comprenait son exaspération. Cela faisait un moment qu'il éludait ses questions ou ne répondait que par des demi-vérités. Malheureusement, c'était maintenant Hannah qui tentait d'attirer son attention. Tandis qu'elle apportait un plateau, elle le frôla de l'épaule et donna un petit coup de menton en direction de sa cousine. Puis elle lui toucha le bras.

Matthew, qui ne quittait pas Alexander des yeux, tourna la tête et vit Sophia glisser un vélin plié sous une tasse.

— Talbot ! explosa Alexander.

— Oui ?

Alexander avait croisé ses bras musclés sur sa poitrine et le considérait d'un air belliqueux.

— Oui ou non, me caches-tu des choses en plus de cette histoire de collier ?

— Hein ?

Comment Alexander en était-il arrivé à cette conclusion ? Avait-il compris le manège des cousines Wick ? Il leur tournait pourtant le dos. Et les fois précédentes, il ne s'était aperçu de rien.

Du moins, c'était ce que Matthew avait cru.

— Tu me fais des cachotteries ?

— Moi ?

De nouveau cette voix de fausset. Matthew frémit intérieurement. On aurait cru qu'il en était à ses débuts dans l'art du subterfuge.

— Oui, toi. Je t'ai dit : « Plus de secrets entre nous, hein ? », et tu as secoué la tête. Qu'est-ce que cela veut dire ?

— Je... Ce n'est pas à toi que je m'adressais.

— À qui, alors ?

À cet instant, Hannah vint déposer une tasse entre eux deux.

— Sophia essaie une nouvelle recette. Ce café est offert, précisa-t-elle.

Puis elle s'éloigna rapidement. Alexander, qui en général ne refusait jamais un café gratuit, ne baissa même pas les yeux sur la tasse. Son regard ne quittait pas Matthew.

— Y a-t-il des choses importantes que tu ne me dis pas ?

Matthew essayait de ne pas regarder le bout de vélin glissé entre la tasse et la soucoupe. Si Alexander lisait ce billet, il comprendrait que Matthew menait une double vie depuis des années. Une goutte de sueur lui coula entre les omoplates.

— Je... euh...

— Alexander ! Matthew ! fit la voix joyeuse de Charlotte.

Matthew faillit s'écrouler sous le coup du soulagement. Il se tourna vers la jeune femme, qui arrivait en compagnie de lady Calliope.

Alexander saisit sa canne et se leva pour les saluer. Matthew l'imita un peu gauchement. Ces dernières semaines, il avait croisé à plusieurs reprises la meilleure amie de Charlotte au Mouton Noir, sans lui être officiellement présenté.

— Chère lady Calliope, c'est toujours un plaisir de vous voir, dit Alexander en s'inclinant.

— C'est grâce à des gens comme vous que cette ville horrible est supportable, milord, déclara la blonde et gracile Calliope.

Puis elle reporta son attention sur Matthew, qui essaya de ne pas se dandiner d'un pied sur l'autre. Charlotte procéda aux présentations et, terrassé par la timidité, il parvint à peine à articuler trois mots. Il ne savait pas formuler des phrases fleuries comme Alexander. Il avait déjà du mal à se rappeler son propre nom !

Et Alexander aurait voulu qu'il épouse une femme aussi mondaine et sophistiquée que Charlotte ?

— Le Dr Talbot est un camarade de pensionnat de mon frère, expliqua cette dernière. Il s'est souvent rendu en Amérique en tant que chirurgien à bord des bateaux.

— Quelle vie aventureuse ! Vous devez avoir des tas d'anecdotes à raconter, docteur Talbot. Je suis toujours en quête d'inspiration pour mes sonnets. Dites-moi, à quoi ressemblent les colonies ?

Lady Calliope souriait amicalement. Hélas, le cerveau de Matthew et sa bouche semblaient anesthésiés.

— Euh... il y a beaucoup... d'arbres. C'est très... vert, bredouilla-t-il.

Lady Calliope écarquilla très légèrement les yeux, mais elle ne pouffa pas.

— L'œil charmé par cet océan de verdure glisse sur les feuillages qui frémissent sous l'azur, dit-elle avec enthousiasme.

— Oui... voilà.

Charlotte s'approcha pour glisser son bras sous celui de Matthew, qui fut apaisé par ce simple geste.

— Il faut lire les ouvrages de Matthew, Calliope. Ses descriptions sont très détaillées, et ses dessins sont à couper le souffle.

— Lady Charlotte ! s'exclama une voix masculine à l'autre bout de la pièce.

Tous les regards se tournèrent vers Alun Powys, qui venait de faire son entrée. Matthew avait rarement l'occasion d'aller au théâtre, et pourtant lui aussi avait vu le célèbre acteur sur les planches.

Matthew et Powys fréquentaient le café depuis des années, mais ils ne s'étaient jamais parlé, même quand ils avaient partagé la même table.

Comment diable s'y était-il pris pour être présenté à Charlotte ? À la connaissance de Matthew, c'était la première fois que le comédien s'aventurait dans le salon clandestin du Mouton Noir. Et en même temps il n'aurait pas dû être surpris : Charlotte avait un don pour tisser des liens avec les gens.

— Monsieur Powys ! s'écria Charlotte, comme si elle accueillait un vieil ami.

— Vous voyez, je tiens ma promesse, me voici, dit Powys avec ce sourire dévastateur qui faisait s'évanouir les dames au théâtre. Et mieux que cela, j'ai amené mon ami M. George Belle.

Derrière lui se tenait un homme mince de haute stature que Matthew connaissait bien.

George aidait Tavish dans ses opérations secrètes. Il n'était donc pas étonnant de le trouver au Mouton Noir, mais d'ordinaire, il restait dans la grande salle.

Habituellement, Matthew aurait été heureux de le voir, mais aujourd'hui, après avoir été assailli de questions par Alexander, il se sentait très mal à l'aise.

— Vous connaissez certainement la compagnie Belle ? dit Powys à Charlotte.

— En effet. Ce sont les fiacres les plus rapides et les plus confortables de Londres.

— Légers et bien suspendus, sur tous types de routes, renchérit George avec un sourire plein de fierté.

George avait lui-même conçu ces modèles particulièrement maniables et veillait à ne sélectionner que les meilleurs chevaux. En une dizaine d'années, il était passé d'un seul équipage à une véritable flotte de véhicules. De très nombreux cochers londoniens travaillaient sous sa franchise.

— La rapidité de vos voitures m'a plus d'une fois sauvé la mise quand j'étais en retard à un rendez-vous, intervint Alexander. Je vous dois beaucoup, monsieur Belle.

— Continuez de chanter les louanges de ma compagnie et je m'estimerai largement récompensé.

Une fois les présentations faites, tous s'installèrent. Bien que George Belle et Alun Powys soient roturiers, ils discutaient sans gêne avec lady Charlotte, lady Calliope et Alexander. Powys eut même l'audace de s'engager dans une joute verbale avec lady Calliope, qui écrivait à ses heures, chacun défendant son domaine de prédilection, à savoir la satire politique pour l'un et l'élégie romantique pour l'autre.

Seul Matthew demeurait silencieux ; inclus dans le groupe, et cependant isolé. Alors que Charlotte était au cœur des débats. C'était elle que lady Calliope et Powys étaient venus voir.

Qui aurait pu croire que Matthew appartenait au même monde qu'elle ?

16

Le lendemain, Charlotte cachait sous son voile de veuve le sourire triomphant du chat du Cheshire, tandis qu'elle espionnait deux ruffians qu'elle avait vus précédemment en compagnie de lord Hawley.

Les deux compères quittaient le Mouton Noir quand son fiacre l'avait déposée à quelque distance de l'établissement. Et par chance, l'odieux vicomte n'était pas avec eux.

Charlotte s'était glissée dans une ruelle pour pouvoir épier les deux hommes. Ils marchaient avec nonchalance. L'un d'eux sifflotait un air qui ne lui était pas familier, mais que Banshee avait des chances de connaître. Surtout s'il s'agissait d'une chanson paillarde, songea-t-elle avec amusement.

À leur approche, elle se renfonça dans l'ombre et attendit que le bruit de leurs pas décroisse. Puis elle pointa la tête juste au moment où ils tournaient dans une autre rue.

Elle réfléchit rapidement. M. Powys l'avait mise en garde contre ces personnages, et elle aurait été fort imprudente de les suivre. Cela risquait de l'entraîner dans un monde dont elle ne maîtrisait pas les codes.

Elle quitta furtivement la ruelle, ce qui lui valut quelques regards intrigués des passants. Damnation. En essayant de passer inaperçue, elle était en train d'attirer l'attention sur sa personne.

La tête haute, elle se dirigea d'un pas assuré vers le Mouton Noir. Mais à cet instant, quelque chose se rebella en elle. Le duc de Lansberry serait bientôt de retour, et elle n'avait pour unique indice que le dessin du collier. C'était bien maigre. Et après tout, même si ses habits de deuil la distinguaient parmi la foule, son visage était masqué.

Prenant sa décision, elle rebroussa chemin et s'engagea dans la rue dans laquelle les deux sbires venaient de tourner.

Elle les aperçut un peu plus loin et, maintenant une distance raisonnable entre eux, elle commença à les suivre.

À plusieurs reprises, elle eut peur qu'ils ne se retournent et dut se cacher, derrière une pile d'ordures abandonnée devant un immeuble délabré, puis sous une porte cochère, puis derrière une charrette de livraison, ce qui n'était guère facile avec ses jupes volumineuses.

Tandis que les deux hommes s'enfonçaient dans Covent Garden, l'appréhension la gagna. Elle avait maintenant l'impression que ce n'était pas elle qui les pistait, mais plutôt eux qui l'attiraient sur leur territoire.

Alors qu'elle se réfugiait sur le perron d'une boutique fermée, elle les vit échanger un regard en ricanant.

Le cœur battant, elle s'adossa contre la porte. Elle ne pouvait pas se perdre dans les bas-fonds de Londres. Elle était même folle d'avoir été aussi loin.

Jetant un coup d'œil dans la rue flanquée de tavernes minables et d'estaminets louches, elle laissa les deux brutes s'éloigner. Elle attendit qu'ils disparaissent de sa vue et, avec un soupir de soulagement, redescendit les marches du perron avant de rebrousser chemin.

Soulevant ses jupes, elle se mit à courir, sans se soucier des regards des badauds.

Elle avait déjà tourné à deux reprises quand elle s'aperçut qu'elle était suivie. Des rires mauvais éclatèrent alors dans son dos, la glaçant.

Affolée, elle jeta un regard autour d'elle. Elle ne voyait que des immeubles décrépis, des détritus, des visages burinés. Personne ne viendrait à son aide. Tous ces gens vivaient dans la misère, avec leurs propres problèmes. Et elle ne trouverait pas refuge dans un café pouilleux.

— La poulette nous a vus, Eddie ! fit une voix rocailleuse.

L'homme ne cherchait nullement à chuchoter, bien au contraire. Saisie de terreur, Charlotte reconnut la voix d'un des brigands qui les avaient attaqués non loin de Ravenshall. Elle plaqua la main sur sa bouche pour s'empêcher de crier. Elle ne leur donnerait pas ce plaisir. Il ne fallait pas céder à la panique. Si elle voulait survivre, elle devait réfléchir.

— C'est encore plus drôle, tu ne trouves pas, Charley ?

De nouveau, leurs rires cruels résonnèrent, tout proches. Charlotte sentit les larmes rouler sur ses joues. Elle jeta un coup d'œil derrière elle. Les deux brutes n'étaient plus qu'à quelques mètres. Les yeux bleus du plus grand fixaient sa silhouette. Puis il remarqua qu'elle s'était retournée et un sourire salace lui barra le visage.

Charlotte réagit à l'instinct. Elle bifurqua dans une rue et courut encore plus vite, bien qu'elle n'ait aucun endroit où se mettre à l'abri.

C'est alors qu'un martèlement de sabots emplit l'air. Charlotte se plaqua contre le mur d'un immeuble croulant et vit un fiacre s'interposer entre elle et les ruffians. La portière s'ouvrit et Hannah apparut, la main tendue, le visage farouche.

— Montez. Vite !

Charlotte n'hésita pas une seconde. Elle saisit la main de sa cousine et sauta à bord du fiacre. Elle atterrit maladroitement dans les bras de Hannah, dont la mine hostile la décontenança. Charlotte se redressa et retomba sur la banquette face à Sophia.

— Pouvez-vous m'expliquer ce que vous faisiez dans le coin ?

Hannah n'avait pas élevé la voix, mais le ton cinglant fit à Charlotte l'effet d'un coup de badine.

— Je, euh... je me suis perdue.

Charlotte s'humecta nerveusement les lèvres. Elle avait peu d'espoir que Sophia et Hannah acceptent cette explication.

— Vous étiez en train de suivre deux clients du Mouton Noir, au mépris de votre vie ! Pourtant vous aviez promis que vous n'investissiez pas dans le café pour mettre du piment dans votre existence ! cria Hannah en mettant son visage à quelques centimètres du sien.

Charlotte était submergée d'émotions diverses. La colère. La peur rétrospective. La frustration. Ses membres tremblaient. Mais elle redressa la tête. Non, elle ne flancherait pas.

— Non, ce n'est pas un jeu pour moi ! répliqua-t-elle d'une voix aussi dure que celle de sa cousine. Ne l'ai-je pas déjà prouvé ? Je vous ai aidées à créer ce nouveau salon, j'ai amené des clients. Nous faisons déjà des profits, et pas qu'un peu !

— Et cependant vous suivez nos clients !

L'haleine de Hannah lui brûlait le visage.

— Vous avez peur que je les chasse ? Je vous assure que j'ai une bonne raison...

— J'ai peur que vous vous fassiez assassiner ! coupa Hannah.

Charlotte demeura interloquée, non tant à cause des propos de sa cousine qu'à cause de l'angoisse qui vibrait dans sa voix. Ne sachant comment réagir, elle jeta un regard à Sophia, qui les regardait sans intervenir.

— Cela vous émoustille d'aller flirter avec des ruffians ? reprit Hannah avec véhémence. Restez dans vos cercles dorés, ma cousine. Ne fricotez pas avec les voleurs et les assassins.

Les émotions changeantes de Hannah se répercutaient sur celles de Charlotte. Sa colère flamba.

— Si je ne vais pas chercher l'information auprès des voleurs et des assassins, je vais finir mariée à un homme qui a déjà envoyé ses deux premières épouses *ad patres* ! Je dois trouver des preuves contre lord Hawley. Voilà pourquoi je suivais ces ruffians. Je les ai vus en compagnie du vicomte il y a deux jours.

Hannah sursauta.

— Il ne faut pas jouer avec Hawley. C'est plus que dangereux, c'est suicidaire !

— Alors que dois-je faire ? L'épouser ?

— Non, refusez. Comme ma mère, quand ses parents ont voulu la contraindre au mariage.

Charlotte se tint les tempes. Elle aurait aimé que ce soit aussi simple.

— Aucun fringant pirate ne m'attend pour m'emporter vers son paradis tropical. Vous avez peut-être le sentiment que je vis dans un univers de paillettes, mais ce n'est qu'une coque brillante qui cache les barreaux d'une prison.

— Ce n'est pas à nous qu'il faut dire qu'on ne peut pas échapper à sa condition. Surtout pas à Sophia. Plus que quiconque elle a dû se battre pour se faire une place dans le monde.

— Mon peuple a été martyrisé, intervint Sophia avec ferveur. Les nations européennes ont tué les Tainos pour s'approprier leurs terres et les cultiver grâce au labeur des ancêtres africains de ma mère. C'est grâce à la sueur et aux larmes des esclaves que les aristocrates britanniques peuvent mener grand train. Leur fortune provient des plantations du Nouveau Monde et des vaisseaux qui transportent des cargaisons humaines et des marchandises volées. Mon peuple ne garde que des cendres. Et pourtant nous avons réussi à créer, à produire, à vivre, à rêver. Si nous devons survivre avec rien, vous le pouvez bien, vous, avec toutes vos richesses !

Charlotte eut honte. Elle n'avait pas voulu minimiser le combat qu'avaient dû mener les cousines Wick, en particulier Sophia. Elle avait beau avoir lu les philosophes qui traitaient de la condition humaine, elle-même n'avait pas été confrontée aux horreurs de l'esclavage en lien avec le commerce du café, des épices, du tabac, autant de frivolités luxueuses prisées par les aristocrates.

— Je ne compare pas mon existence à celle des peuples natifs du Nouveau Monde et d'Afrique qui ont tant souffert, protesta-t-elle. Par bien des aspects, je suis privilégiée, j'en suis consciente. Mais je suis comme une poupée. On m'habille, on me dit comment je dois me tenir, ce que je dois dire et faire. Et surtout, je n'ai pas le droit de prendre mes propres décisions. Quel genre de pouvoir ai-je donc, à votre avis ?

— Un pouvoir immense, rétorqua Sophia, ses yeux bruns étincelant. Votre force découle de la perception qu'a la société de votre fragilité.

— Pardon ?

— Si vous vous évanouissez, que se passe-t-il ? interrogea Hannah.

— Eh bien… les gens vont se précipiter pour m'aider, je suppose. Et l'on appellera peut-être un médecin.

— Et si c'est Sophia qui fait un malaise, que se passe-t-il à votre avis ?

Charlotte releva la tête pour affronter le regard des deux femmes. Elle connaissait la réponse : Sophia serait accusée d'avoir abusé du gin ou tout simplement de faire preuve de paresse. Le monde était injuste. Les cousines Wick n'attendaient pas qu'elle prononce ces mots tout haut, mais qu'elle intègre leur portée.

— Je vois ce que vous voulez dire, murmura-t-elle en frottant machinalement un petit éclat dans le vernis de la banquette. Je suis protégée par mon statut de femme délicate. Mais je peux me pâmer autant que je veux, cela n'empêchera pas mes parents de me marier au vicomte. J'ai investi dans votre café pour avoir à terme un revenu qui me permettra d'être financièrement indépendante. Mais j'espérais aussi découvrir la preuve des crimes de lord Hawley. J'ai peur que, si je défie l'autorité de mes parents en éconduisant le vicomte, il ne cherche à se venger de moi. Il faut trouver le moyen de l'empêcher de nuire, pour moi, mais aussi pour toutes ses futures victimes.

Sophia se rembrunit.

— Vérifier les rumeurs qui bruissent autour de Hawley, c'est comme poursuivre un fantôme. Un policier chevronné n'y arriverait pas.

— Je dois pourtant essayer ! Je ne souhaite pas me mettre en danger, mais...

— Pister des ruffians n'est pas la solution la plus raisonnable, objecta Hannah, devenue moins virulente. Vous ne pouvez pas vous frotter à ces gens-là, milady. Vous n'êtes pas de taille. Vous avez eu de la chance. Nous étions sur le point de partir en voiture quand Sophia vous a repérée dans la rue, en train de suivre ces deux types dans vos habits de corneille. Si je n'avais pas ordonné au cocher de se lancer à votre poursuite... je crois que vous n'avez pas besoin que je vous explique ce qui vous serait arrivé.

Charlotte lisait maintenant une certaine bienveillance dans le regard de sa cousine. Hannah commençait à comprendre qu'elle était dans une situation désespérée et qu'elle n'agissait pas par caprice.

— Est-ce que nous retournons au Mouton Noir ? demanda-t-elle.

Jetant un coup d'œil au-dehors, elle se rendit compte qu'ils approchaient des quais, où étaient amarrés de hauts voiliers.

Les cousines Wick échangèrent un regard.

— Nous n'avons pas le temps, répondit Sophia. Nous n'en avons déjà que trop perdu en vous secourant. Nous sommes attendues.

— Charlotte, vous allez peut-être être témoin de certaines choses... Vous ne devrez en parler à personne, pas même à Alexander, ajouta vivement Hannah.

— Des choses ? Quel genre de choses ?

— Vous comprendrez le moment venu.

Charlotte les dévisagea à tour de rôle. Elles affichaient une mine grave et semblaient déterminées, tels des soldats sur le point de monter au front. Pourtant, elle continuait à espérer voir apparaître un éclat de malice dans les yeux de l'une ou l'autre.

— Vous me taquinez, n'est-ce pas ?

Les cousines Wick secouèrent lentement la tête, sans se dérider.

— Nous n'avions pas du tout l'intention de vous emmener. Mais nous n'avons pas le choix. Nous devons être sur place et prêtes à donner un coup de main au cas où quelque chose tournerait mal ce soir.

À cet instant, la voiture s'immobilisa. Une seconde plus tard, quelqu'un cogna du poing contre la portière. Hannah l'ouvrit et le visage pâle d'un jeune garçon apparut.

Il était vêtu d'habits simples, mais en bon état. Une lueur apeurée flottait dans ses yeux bleus.

— C'est Belle qui m'envoie, souffla-t-il. Il y a des dragons partout. Le Dr Talbot va tomber dans une embuscade !

Charlotte eut l'impression qu'une main de fer se refermait sur sa poitrine. Matthew ? Des soldats ? Un piège ?

En dépit de ses jambes flageolantes, elle parvint à se mettre debout.

Matthew était en danger. Son esprit choqué ne se demandait même pas de quelle nature était ce péril qui le menaçait. Son cœur lui dictait juste de le sauver.

17

Les eaux de la Tamise clapotaient contre les piliers du quai et le bruit semblait se répercuter dans la cage thoracique de Matthew.

Il n'en était pas à sa première mission de sauvetage, et pourtant il éprouvait toujours la même angoisse abyssale. Bientôt, l'action la transformerait en une énergie farouche, mais pour l'heure, Matthew restait dans l'ombre, les yeux fixés sur son but.

Le *Vaillant* ressemblait à n'importe quel navire marchand. Sa coque sombre et massive se découpait sur le ciel illuminé par les rayons de lune et ses mâts se dressaient fièrement vers le ciel étoilé. Il était de taille moyenne, n'arborait aucun signe distinctif, ne semblait pas particulièrement menaçant ou lugubre. Rien ne le différenciait des centaines d'autres navires qui s'alignaient sur les docks de Londres.

Matthew savait pourtant que cette apparence anodine cachait d'indescriptibles horreurs. Le *Vaillant* ne transportait pas d'esclaves, mais des prisonniers britanniques, « engagés volontaires », qui allaient être expédiés au Nouveau Monde pour travailler dans les champs de tabac de Virginie ou du Maryland.

Dix de ses criminels étaient de tout jeunes garçons dont certains s'étaient fait prendre à braconner pour nourrir leurs familles. Les autres étaient de petits pickpockets qui n'avaient chapardé que de menus objets sans valeur dans les poches d'hommes riches et influents.

Ces garçons avaient certes enfreint la loi. Ils n'étaient pas d'innocentes victimes, comme les Noirs enlevés sur leurs terres africaines. Néanmoins la peine infligée était bien trop sévère. C'étaient le désespoir et la faim qui les avaient poussés à commettre ces larcins.

Matthew observait les gardes à bord du navire. Il ne s'agissait pas d'un vaisseau de la Royal Navy, aussi l'opération serait-elle moins risquée que la précédente, quand il avait libéré des gamins des rues enrôlés de force au service du roi. Cependant les militaires assignés à la protection du bateau seraient armés.

Lors de ses dernières missions, Matthew avait réussi à sauver de nombreux enfants. Depuis, une rumeur enflait : on disait que le gouvernement envisageait d'envoyer des dragons pour surveiller les quais.

Un œil doré apparut dans son champ de vision. Pan demeurait silencieux, mais manifestait son impatience en lui enfonçant ses griffes dans le cuir chevelu. Ce volatile sanguinaire n'avait jamais aimé attendre.

Matthew leva la main pour le calmer. Il reçut un coup de bec. Pan ébouriffa ses plumes et s'ébroua. Matthew reporta son attention sur le navire. Après avoir dénombré les gardes et récapitulé les grandes lignes de son plan d'attaque, il pointa l'index vers le mât de misaine.

À son signal, Pan s'envola dans un doux chuintement, pour aller se poster sur une vergue. Dans le clair de lune, Matthew distingua sa petite silhouette qui se détachait contre la clarté d'une voile enroulée. Mais les gardes en faction n'auraient jamais l'idée de lever la tête.

— *Holaaaaaa !* cria Pan avec enthousiasme.

Contrairement à Matthew, il adorait leurs escapades nocturnes.

Tous les hommes présents sur le pont supérieur se tournèrent. Matthew profita de cette diversion pour jaillir de derrière la barrique qui le dissimulait. Il fila en direction du bateau.

— *Où sont les belles pépées ? Où sont les belles pépées ?* cria Pan de la voix avinée d'un marin qui se serait mis en quête d'une prostituée sur le port.

— D'où ça vient ? Du bateau ? demanda un des soldats.

En toute hâte, Matthew se cacha derrière une autre barrique.

— *À l'assassin ! Au meurtre !* cria Pan.

On entendit un bruit de piétinement. Perplexes, les gardes tentaient de déterminer l'origine des clameurs. Profitant de la confusion qui régnait dans leurs rangs, Matthew abandonna sa cachette pour se précipiter vers la haussière d'amarrage.

Il l'attrapa de ses mains gantées, puis s'y suspendit en y accrochant ses jambes. Il avait maintenant l'habitude, et il ne lui fallut guère de temps pour se hisser à hauteur du pont.

Il n'osa pas tout de suite passer par-dessus le bastingage et demeura immobile un moment, en dépit de ses muscles qui commençaient à le brûler.

— C'est un fantôme ! s'exclama un jeune enseigne dont la voix portait étonnamment.

— Ne dis pas de bêtises ! ricana un officier au rude accent écossais. C'est juste un poivrot qui passe dans le coin.

— Ouais, ça ressemble à ce vieux loup de mer qui n'a presque plus de dents et qui lève le coude plus souvent qu'à son tour, dit un autre. Comment s'appelle-t-il, déjà ? Akerman ?

Rassuré de les entendre discuter entre eux, Matthew prit appui sur le bastingage et balança ses jambes par-dessus.

— *Où sont les belles pépées ? Où sont les belles pépées ?*

Matthew ne put s'empêcher de sourire. Les cris du perroquet s'étaient parfaitement synchronisés avec l'instant où ses pieds avaient atterri sur le pont. Courbé en deux, il longea les chaloupes de sauvetage. Heureusement, l'expérience lui avait appris comment se tapir dans l'ombre. Mais il ne risquait pas grand-chose. Sur le quai, les gardes se moquaient du jeune enseigne.

— Je vous dis que c'est un fantôme !

— Le fantôme d'un type qui serait mort avec le feu aux chausses, alors !

— *Banshee ! Banshee chérie !*

— Vous entendez ? Ça vient du ciel ! C'est le diable en personne ! geignit le jeune enseigne.

Pointant la tête derrière la poupe d'une chaloupe, Matthew vit que les gardes s'étaient attroupés sur le pont supérieur. L'enseigne pointait le doigt vers la mâture et les autres avaient le nez en l'air.

Matthew se mit à ramper en direction de l'écoutille, telle une vipère fondant sur sa proie. Dès que ses mains touchèrent la trappe, Pan se mit à grogner... ce qui pouvait passer pour les élucubrations d'un ivrogne ou les ahanements d'un spectre, mais qui couvrit fort à propos le grincement de la trappe que soulevait Matthew.

Il se glissa à l'intérieur, descendit quelques barreaux de l'étroite échelle, puis referma la trappe le plus doucement possible pour ne pas réveiller les matelots qui dormaient dans leurs hamacs. Leurs ronflements étaient heureusement assez puissants pour masquer Matthew tandis qu'il descendait dans les profondeurs du bateau.

Un relent nauséabond montait de la cale. D'après ses renseignements, les prisonniers y étaient enfermés, entassés les uns sur les autres, depuis plus d'une semaine. L'odeur de la transpiration se mêlait aux remugles vaseux de la rivière.

Lentement, sa vision s'acclimata à l'obscurité. S'aventurant plus loin dans les ténèbres, il se glissa derrière une grosse caisse, détacha la lanterne fixée à sa ceinture et l'alluma, prenant soin de n'ouvrir qu'une seule latte de la jalousie.

Puis il se faufila entre les fûts, coffres et caisses, avant de finalement atteindre une lourde porte en bois qui délimitait une petite zone située à l'extrémité de la proue.

La présence d'un guichet permettant de passer la nourriture – ou les pots de chambre – lui confirma qu'il s'agissait bien de la geôle.

Positionnant la lanterne de manière à éclairer le cadenas, il prit ses outils dans le sac qui pendait à sa hanche. Le mécanisme n'était pas très compliqué et il réussit à l'ouvrir en deux temps trois mouvements.

Lentement, il ouvrit le battant de chêne.

Le mince faisceau lumineux de sa lampe éclaira des visages pâles et émaciés. Certains avaient des traits grossiers, burinés par les ans, d'autres avaient encore un air juvénile. Les captifs étaient confinés dans cet espace exigu où ils n'avaient aucune liberté de mouvement, et où les enfants étaient mélangés aux criminels violents.

Leurs conditions de détention avaient beau être épouvantables, elles n'approchaient pas l'horreur dont Matthew avait pu être témoin sur le bateau négrier que Mary la Brave – la mère de Sophia – et son équipage avaient arraisonné pour libérer des esclaves africains. Matthew avait aidé le Dr Diaz, le chirurgien du bord, lui-même un esclave en fuite, à soigner les blessés.

Mais il n'avait pas le temps de s'appesantir sur ses souvenirs. La Garde royale patrouillait sur le pont et il avait dix gamins à sauver.

Les hommes qui semblaient les plus valides bougèrent à la vue de Matthew, et l'on entendit le cliquetis des chaînes qui les entravaient. Ils inspectèrent son visage masqué et sa tenue sombre, sans donner l'alerte.

Sans doute espéraient-ils qu'il était venu pour les libérer tous. Mais Matthew voulait sauver les enfants, pas les criminels endurcis qui méritaient leur peine. Les gamins risquaient de tomber malades durant la traversée, ou d'être victimes de maltraitance. Tandis que les adultes pourraient peut-être prendre un nouveau départ aux colonies et mener une vie meilleure que celle qu'ils auraient connue dans une prison anglaise.

— Je suis venu chercher les petits, dit-il à voix basse. Si vous vous taisez, les gardes ne se rendront pas compte de leur absence avant que le bateau soit en haute mer. Vous aurez plus d'espace, et j'ai apporté de la nourriture et de l'argent pour payer votre silence. Mais si vous donnez l'alerte, les soldats confisqueront ce que je vous ai apporté et vous n'aurez pas le temps de les empocher.

Personne ne répondit, mais les types les plus proches se déplacèrent pour lui permettre d'entrer. Bien qu'enchaînés, ils pouvaient toujours l'attaquer. Matthew essaya de ne pas se focaliser sur cette pensée et se concentra sur les cadenas des chaînes qui retenaient les enfants.

Comme toujours, il commença par le plus jeune. Il avait fait cela tant de fois qu'il avait presque l'impression d'avoir une clé.

Une fois le dernier libéré, il recula vers la porte, puis sortit de son sac des morceaux de morue séchée, des biscuits, et quelques pièces qu'il distribua dans les mains tendues.

Enfin il referma la porte et remit le cadenas en place. Il n'éprouvait aucun soulagement. Tout danger n'était pas écarté.

Lorsqu'il pivota, il se retrouva face à dix paires d'yeux dans lesquelles se reflétait la lumière de la lanterne. Ces regards exprimaient à différents degrés la peur, l'espoir et l'incrédulité.

— Je ne vous veux aucun mal. Je vous emmène dans un endroit plein de jeunes garçons comme vous. Vous serez en sécurité, personne ne viendra vous y chercher. Si vous vous enfuyez quand nous serons à quai, vous devrez vous débrouiller seuls pour échapper aux autorités, expliqua-t-il à mi-voix.

Il savait qu'il était loin d'avoir gagné la confiance des enfants. Cela viendrait avec le temps. Ils devraient d'abord voir les logements que Tavish avait fait construire pour héberger les fugitifs pendant qu'ils apprenaient un métier.

— Ne faites pas de bruit, intima-t-il en leur faisant signe de le suivre.

Lentement, en prenant garde à respirer de manière égale, il retourna vers l'écoutille. Les garçons étaient déjà apeurés, il ne fallait pas que sa propre tension s'ajoute à la leur.

En haut de l'échelle, il souleva la trappe, marqua une pause en dressant l'oreille.

Ce bon vieux Pan vociférait toujours.

— *À l'assassin ! Les belles pépées !*

— On a regardé partout, fit la voix d'un officier.

— Jenkins a peut-être raison. Peut-être que c'est un fantôme ? plaisanta un autre, avec quand même avec une pointe d'inquiétude.

— Ah ! Vous voyez ! Je vous l'avais dit !

— Sornettes ! Tu ne vas pas t'y mettre, Davis.

Matthew avait compté les voix. Tous les gardes étaient là et, d'après la direction du vent, ils se trouvaient toujours sur le pont supérieur.

Prudemment, les nerfs tendus comme une corde, il ouvrit plus largement la trappe pour glisser un coup d'œil au-dehors.

La voie était libre.

Faisant signe aux enfants de ne pas bouger, il traversa le pont inférieur en rampant dans la direction opposée au quai. Il trouva un petit tonneau, le jeta par-dessus bord et se cacha vivement derrière une chaloupe.

En entendant le bruit d'éclaboussures, Pan exécuta aussitôt ce pour quoi on l'avait entraîné. Il s'envola au-dessus des flots et se mit à crier.

— *Un homme à la mer ! Un homme à la mer ! Ohé, du bateau !*

Les gardes accoururent au bastingage pour scruter les flots sombres. Courbé en deux, Matthew retourna vers l'écoutille et fit signe aux enfants de sortir. Cette fois, il les entraîna du côté du quai.

Heureusement les petits pickpockets et les braconniers avaient l'habitude de se déplacer le plus discrètement possible en profitant des coins d'ombre.

Matthew fit signe au plus grand de se laisser glisser le long de la corde d'amarrage. Le gamin descendit avec agilité, et sept autres suivirent. Mais le neuvième s'immobilisa à mi-chemin, tétanisé par la peur.

Matthew hésita. Devait-il laisser le plus jeune tout seul le temps d'aider celui qui était en difficulté au-dessus de l'eau ?

Il n'eut pas à le faire, car le plus âgé grimpa sur la corde pour rejoindre son camarade et le guider jusqu'au quai. Matthew décida de ne pas tenter le sort. Il s'agenouilla et agita la main pour dire au plus petit de grimper sur son dos.

Puis, celui-ci cramponné à son cou, il se débrouilla pour rejoindre la terre ferme le plus vite possible.

Il entraîna les enfants vers le dédale d'entrepôts. Au-delà se trouvait le point de rendez-vous où les attendaient les voitures de George Belle.

Pan venait de se percher sur son épaule quand il entendit un grondement de sabots sur les pavés.

Des chevaux. Beaucoup. Toute une escouade.

L'endroit grouillait de dragons.

Son sang se glaça dans ses veines. Il eut l'impression de revivre le moment où ses frères l'avaient jeté dans un étang et maintenu sous l'eau. Refusant de céder à la panique, il se força à analyser la situation.

Il devait éloigner les soldats, mais s'il ne guidait pas les garçons, comment ceux-ci pourraient-ils se mettre à l'abri ?

— Docteur Talbot ! siffla une voix familière au fort accent irlandais.

Matthew tourna la tête. Deux silhouettes se détachèrent de la structure massive d'un entrepôt. Avec un mélange d'irritation et de soulagement, il reconnut Seamus et John, les employés de Tavish. Les deux jeunes ingénieurs insistaient pour participer aux sauvetages, mais Matthew et Tavish leur avaient strictement interdit de quitter les voitures.

Dans les rayons de lune, Seamus était encore plus pâle que d'ordinaire. John cachait mieux sa peur, mais l'on sentait qu'il était nerveux.

— Il y a des dragons partout, chuchota-t-il avec son accent des Caraïbes.

Grâce à Mary la Brave, sa famille s'était échappée d'une plantation de canne à sucre quand il était encore bébé. Il avait grandi sur l'île où Mary avait installé un village de réfugiés, puis il avait choisi d'émigrer à Londres quelques années plus tard afin de faire des études.

— J'ai remarqué ! ironisa Matthew en jetant un coup d'œil à la troupe qui approchait.

— Nous allons les distraire pendant que vous emmenez les enfants en sécurité, dit Seamus en bombant son maigre torse.

Matthew secoua la tête. Il ne voulait pas leur faire prendre de risques.

— Non, c'est moi qui vais faire diversion. Faites monter les enfants dans les voitures.

— Mais…

Matthew fit taire Seamus d'un geste.

— Nous n'avons pas le temps de nous disputer !

Comme pour lui donner raison, cinq cavaliers déboulèrent au coin de l'entrepôt. Les boutons en laiton de leurs uniformes luisaient dans les rayons de lune.

Avant que John ou Seamus puissent réagir, Matthew s'élança vers un mur de caisses empilées sur le quai le plus proche. Il marqua une pause, le temps de s'assurer que les soldats l'avaient repéré. Ce n'était pas la première fois qu'il était poursuivi par des militaires, et il savait que ceux-ci recherchaient quelqu'un de son gabarit.

À sa vue, deux dragons s'exclamèrent :

— Le voilà !

— C'est lui !

Toujours masqué, Matthew se mit à courir pour entraîner les soldats dans la direction opposée au point de ralliement. Les griffes enfoncées dans le tissu de sa veste, Pan se mit à piailler.

— *Aux fers ! À fond de cale !*

— Tu veux vraiment leur donner des idées au cas où ils m'attraperaient ? grogna Matthew.

Il s'engagea dans une allée étroite où il serait impossible à deux cavaliers de galoper de front.

— *À fond de cale ! À fond de cale !*

— Tu sais que tu peux rejoindre les autres, hein ?

Sans l'écouter, le perroquet vitupéra de plus belle. Il avait toujours adoré les courses-poursuites à minuit dans les rues de Londres.

Matthew avait beau être rapide à la course, il ne pouvait battre un cheval de l'armée bien entraîné. Mais il savait utiliser à son profit les ruelles tortueuses du quartier. Il y avait toujours le risque de se perdre dans ce labyrinthe et de foncer dans un cul-de-sac, mais c'était toujours mieux que de s'évader par les toits. Matthew détestait cela. Il fallait sauter dans le vide, et on ne savait jamais sur quoi on allait atterrir. Se retrouver le nez dans le chaume pourri n'avait rien d'agréable.

Le passage étroit débouchait sur une rue plus large. D'autres dragons l'aperçurent au moment où il émergeait sur les pavés.

— *À fond de cale ! À fond de cale ! À fond de cale !* cria joyeusement Pan.

Le cœur de Matthew battait à un rythme fou qui se confondait avec celui des sabots martelant le sol. Près d'une taverne, il bifurqua dans une venelle, tomba sur un couple en pleins ébats contre un mur.

— Désolé ! lança-t-il au passage, en faisant de son mieux pour garder les yeux baissés.

Pan n'avait pas de telles pudeurs.

— *Bête à deux dos ! Bête à deux dos !*

— Sophia n'aurait jamais dû te lire du Shakespeare, bougonna Matthew.

— *Bête à deux dos ! À fond de cale ! Bête à deux dos ! Où sont les belles pépées ?*

Les dragons le talonnaient. Matthew tourna dans une ruelle, puis dans une autre. Il avait parcouru une centaine de mètres quand il vit qu'il arrivait dans un cul-de-sac.

Il savait néanmoins que céder à la panique le conduirait tout droit à la mort. Fébrile, il chercha une issue du regard.

— *Toit ! Toit ! Toit !*

Pan adorait quand Matthew sautait d'un immeuble à l'autre.

Matthew repéra un bâtiment plus bas que les autres qui semblait tenir à peu près debout. S'il grimpait dessus, il pourrait peut-être rejoindre une autre ruelle, ou au moins se cacher le temps de reprendre son souffle.

Il ouvrit la porte branlante, fit irruption à l'intérieur... et s'immobilisa dans un dérapage, les deux pieds dans la paille, face à un bouc qui n'avait pas l'air très content de son intrusion.

L'animal mâchait son foin sans lâcher Matthew du regard, comme s'il le mettait au défi de faire un pas de plus. Ses yeux globuleux brillaient dans les rayons de lune qui passaient par la fenêtre. Matthew pria pour qu'il ne se mette pas à bêler. La touffe d'herbe coincée entre ses énormes dents gigotait de gauche à droite dans un ballet fascinant.

Matthew fit un pas sur la gauche dans l'espoir de contourner la sentinelle à sabots. Le bouc pivota dans la même direction. Matthew se déplaça vers la droite. L'animal lui barra le passage de la même façon.

Matthew feinta sur sa gauche, puis plongea vers la droite. Mais le bouc ne se fit pas avoir et resta planté devant lui, sans arrêter de mastiquer.

La touffe de foin disparut peu à peu. Le bouc baissa la tête, comme s'il avait juste attendu d'avoir fini sa bouchée pour charger. Secouant ses cornes d'un air mécontent, il se mit à frapper le sol de son sabot fourchu en soufflant par les naseaux.

Matthew bondit sur la palissade en planches qui cloisonnait l'étable en deux. Il avança sur l'étroit rebord, écartant les bras pour garder son équilibre. Ça ne fonctionna pas. Il tomba tête la première dans un tas de paille d'une fraîcheur douteuse.

Comme il tentait de s'extirper du magma malodorant, il se consola en se disant qu'au moins il était tombé du bon côté de la palissade. Hélas, celle-ci n'avait pas l'air très solide.

— *Ennemi !* cria Pan.

Matthew tourna la tête et aperçut deux cornes qui pointaient derrière la cloison. Puis ce furent deux yeux globuleux qui apparurent. Le maudit bouc avait dû grimper sur une caisse, ou tout autre objet pouvant servir de perchoir.

Matthew réussit enfin à se dépêtrer de la paille et se précipita vers l'étroite fenêtre. Il n'eut pas le temps de se demander si l'ouverture était assez grande pour lui permettre de passer. Le bouc venait de sauter de son côté de la palissade.

Matthew s'élança vers la fenêtre, tandis que Pan s'envolait dans l'étable.

— *Ennemi ! Ennemi !*

Les épaules de Matthew restèrent coincées dans le cadre. Il recula, engagea un bras, puis l'autre. Soudain il sentit quelque chose le tirer en arrière. Ce satané bouc venait de l'attraper par son fond de culotte !

— *Stop, ennemi ! Stop, ennemi !*

Le perroquet essayait tant bien que mal de distraire le bouc, mais ses cris risquaient aussi d'alerter les dragons. Avec une énergie décuplée, Matthew se démena pour faire passer le haut de son corps à travers l'ouverture, sans faiblir malgré le bois mal dégrossi qui lui écorchait la peau.

Il finit par basculer dehors et entendit son haut-de-chausse se déchirer. Il heurta le sol, mais parvint à transformer sa chute en roulé-boulé pour éviter de se cogner la tête.

Comme il se redressait d'un bond, il vit Pan s'échapper de l'étable par la fenêtre. La seconde suivante, la tête du bouc apparut dans l'encadrement. Ses yeux dorés brillaient encore plus qu'avant. Cette fois, il ne mâchonnait plus du foin mais un bout de tissu qui disparaissait dans sa bouche un centimètre après l'autre.

Matthew n'avait pas le loisir d'attendre. Il avait à peine eu le temps de jeter un coup d'œil autour de lui quand les dragons déboulèrent à chaque extrémité de la rue. La tête du bouc pointait par la fenêtre et ses cornes redoutables dépassaient du mur. Il n'était pas question de rebrousser chemin de ce côté-là.

— *Toit ! Toit ! Toit !* s'époumona Pan qui volait au-dessus de la tête de Matthew.

— Il faut toujours que tu aies raison, hein ?

Matthew prit appui sur le bas de la fenêtre, juste sous la barbiche du bouc, et d'un bond se jucha sur la margelle. Surpris, le bouc bêla et lâcha le fond de culotte tout mâchonné et trempé de salive.

Sans lui laisser le temps de se ressaisir, Matthew se hissa sur le toit de l'étable. De là, il escalada la corniche du bâtiment voisin, puis s'enfuit dans la nuit en sautant d'un toit à l'autre, suivi comme son ombre par le fidèle Pan.

Il était rendu trois pâtés de maisons plus loin quand la charpente pourrie d'un hangar abandonné céda sous son poids. Il atterrit brutalement sur une solive. Le choc lui coupa le souffle. Serrant les dents, il parvint à se rattraper au faîtage, avant de basculer et de se retrouver par terre, cinq mètres plus bas.

Pan atterrit près de lui et pencha la tête de côté d'un air interrogatif.

— *Tooooit ?*

— Je hais les toits, grinça Matthew.

Si Pan parut amusé, lui ne l'était pas du tout.

Il entendait le claquement des sabots dans les rues environnantes. Les soldats se rapprochaient.

La peur monta en lui, décuplée par la douleur dans sa poitrine. Il devait rassembler ses forces et fuir une fois de plus. À moins qu'il ne soit trop tard ?

18

— Ça n'est pas bon, murmura Sophia en soulevant le rideau qui masquait la fenêtre de la voiture.

— Non, pas bon du tout, renchérit Hannah, avant de laisser échapper un juron à voix basse.

— Qu'est-ce qui n'est pas bon ? demanda Charlotte d'une voix aiguë.

Son angoisse grandissait et semblait entonner en elle une sorte de marche funèbre qui promettait horreur et chagrin.

— Les dragons se sont dispersés, expliqua Sophia. Ils vérifient méthodiquement les rues, les maisons et les entrepôts. Ils essaient d'acculer Matthew.

— S'ils n'ont pas déjà réussi, ajouta Hannah, la mine sombre.

Une douleur poignarda Charlotte en plein cœur. Elle s'efforça de garder son sang-froid, de rester combative. Dans l'intérêt de Matthew.

— La bonne nouvelle, c'est que nous ne sommes pas loin de la cachette de Tavish, dit Sophia.

Mais elles savaient que Matthew ne se trouvait pas là-bas. Elles avaient déjà fouillé le vieux bâtiment quelques minutes plus tôt, avant de regagner la voiture. Charlotte ne connaissait pas tous les détails, mais elle avait compris que Matthew s'efforçait de sauver des enfants condamnés par la justice à des années de travaux forcés dans les colonies. De temps en temps,

Hannah et Sophia apportaient leur aide lors d'une opération.

— Il faut faire diversion, dit Hannah qui pianotait nerveusement des doigts sur la banquette. Cela donnera à Matthew l'occasion de se mettre à l'abri.

La gorge nouée, Charlotte fixait les cavaliers. Ils étaient très impressionnants, et pourtant leurs tuniques à boutons dorés lui faisaient penser à la livrée des valets qui s'empressaient pendant un bal. Comme ces derniers, les militaires étaient habitués à recevoir des ordres et à préserver les règles sociales.

Une idée germa dans la tête de Charlotte.

— Je peux distraire les soldats.

Sa voix était calme, si factuelle qu'on aurait dit que quelqu'un d'autre venait de prononcer ces mots.

— Vous ? fit Hannah, la mine sceptique. Nous ne sommes pas dans une salle de bal, vous savez.

Charlotte regarda Sophia, qui était la plus rationnelle des deux.

— Ne m'avez-vous pas dit qu'en tant qu'aristocrate perçue comme une faible femme, je détenais un certain pouvoir ?

— Je crois deviner votre intention, mais je vous en prie, dites-m'en plus.

— Je vais jouer les demoiselles en détresse, et tous ces fringants soldats vont se battre pour terrasser le dragon sous mes yeux.

Sophia se tourna vers sa cousine.

— L'idée est intéressante. Et moins dangereuse que bien d'autres options, remarqua-t-elle.

— Savez-vous jouer la comédie, au moins ? demanda Hannah à Charlotte.

— J'ai passé ma vie à incarner les ingénues délicates.

Une lueur s'alluma dans les yeux de Hannah, sans que Charlotte puisse en identifier la raison. Sa cousine détourna la tête et toqua du poing contre le plafond de la voiture. Le véhicule tourna dans une ruelle sombre, à l'opposé de l'endroit où les dragons étaient en train de se réunir. Dès qu'il s'immobilisa, les trois femmes descendirent.

— Avez-vous concocté une histoire plausible ? chuchota Sophia. Il n'y a pas beaucoup de ladies qui traînent dans le coin.

— D'où ma détresse, répliqua Charlotte avec un aplomb qu'elle était loin de ressentir.

Elle avait un plan, mais il ne fallait pas non plus que les officiers se montrent trop curieux.

— Nous devrions peut-être nous concerter avant, objecta Hannah.

— Non, nous n'avons pas le temps, dit Charlotte sans ralentir le pas. Si vous craignez que j'échoue, vous pouvez retourner à la voiture. Il n'est pas utile que nous soyons toutes les trois accusées d'avoir aidé un fugitif.

Ni Hannah ni Sophia ne répondirent. Elles se contentèrent de continuer à avancer. Charlotte puisa du courage dans leur soutien silencieux alors qu'elles quittaient la ruelle sombre pour rejoindre l'endroit où les dragons s'étaient regroupés dans l'intention de fouiller la zone sud du quartier. Face à son escouade, le chef criait des instructions, quand Charlotte s'élança soudain vers lui en feignant de ne pas remarquer les soldats montés sur leurs chevaux piaffants. Certains lui jetèrent un regard surpris, mais la plupart écoutaient l'officier et ne lui prêtèrent pas attention.

— Oh, nous sommes sauvées ! s'exclama-t-elle d'un ton mélodramatique. Monsieur, je ne puis vous dire à quel point je suis soulagée de trouver un vrai gentleman dans cet horrible quartier !

Découvrant cette dame élégante au pied de son cheval, le capitaine ouvrit stupidement la bouche, l'air éberlué.

— Madame ?

— J'ai été trahie ! cria Charlotte d'une voix vibrante.

Elle avait conscience de surjouer un peu son personnage ; néanmoins, son plan avait l'air de fonctionner, puisqu'elle avait capté l'attention du capitaine et que cela perturbait les opérations de recherches.

— Pardon, madame, mais ce n'est pas vraiment un lieu pour vous et vos compagnes, intervint l'officier sans chercher à cacher son irritation.

Il n'appréciait visiblement pas qu'une inconnue – même une dame distinguée – vienne semer la pagaille dans ses manœuvres. Toutefois il ne semblait pas la suspecter.

— Croyez-vous que je ne le sache pas ? gémit-elle en se jetant en avant comme pour saisir sa botte.

Comme elle l'avait prévu, son mouvement brusque effraya le cheval. Le capitaine, qui avait relâché sa prise sur les rênes, eut du mal à maîtriser sa monture. Celle-ci se cabra et un sabot frôla Charlotte. Elle s'effondra par terre et se mit à sangloter bruyamment.

Hannah et Sophia poussèrent des hauts cris et s'agitèrent en se tordant les mains, tout en se gardant bien de la relever. Plusieurs soldats mirent pied à terre avec des soupirs excédés, entourèrent la jeune femme et la remirent sur pied. Bien que tout cela ressemble à une mauvaise farce, ils n'avaient toujours pas l'air suspicieux, seulement irrités.

— Comme vous êtes galants ! dit-elle en reniflant. Cela fait des jours qu'on ne m'a pas traitée avec de tels égards. Vous êtes de vrais gentlemen, messieurs.

Oubliant leurs griefs, les dragons bombèrent le torse, manquant de faire sauter quelques boutons de leurs tuniques. Mais le capitaine ne se laissa pas amadouer aussi aisément.

— Que se passe-t-il ? Que faites-vous ici, madame ? demanda-t-il d'un ton sec.

Charlotte tira son mouchoir de son réticule et se mit à le triturer de ses mains gantées.

— Tout a commencé par la mort de mon cher époux. C'était un riche commerçant... M. Thomas Smith. Peut-être avez-vous entendu parler de lui ?

Elle marqua une pause, comme si elle s'attendait à ce que l'officier reconnaisse ce nom qu'elle venait d'inventer. Il se borna à émettre un grognement évasif. Il n'avait pas l'air content, mais les larmes de Charlotte le déstabilisaient.

— C'est son associé qui a réglé ses affaires et… je me suis rendu compte que mon héritage était bien moindre que ce que m'avait dit mon mari.

Charlotte tordait si vigoureusement son mouchoir que celui-ci se déchirait par endroits. L'expression du capitaine s'adoucit. Parfait. Elle avait réussi à l'apitoyer. Au demeurant, elle avait tellement peur pour Matthew qu'il n'était pas très difficile de paraître bouleversée.

— Je n'entends rien aux affaires, et comme mon père est mort lui aussi, je n'avais personne vers qui me tourner. J'ai voulu me rendre au bureau de feu mon époux pour me renseigner auprès des employés. Et quand l'associé m'a proposé de m'y conduire, quoique méfiante, je n'ai eu d'autre choix que d'accepter. Mais par mesure de précaution, je me suis fait accompagner de deux suivantes.

Charlotte parlait d'une voix de plus en plus forte, ponctuée de sanglots. Une poignée de soldats s'était attroupée autour d'eux, soit pour écouter son histoire, soit parce qu'ils se demandaient ce qui se passait.

— Mais ce misérable nous a abandonnées ici même, près des quais ! cria-t-elle, avant de fondre en larmes de nouveau.

Le capitaine poussa un soupir résigné et mit pied à terre. Gauchement, il lui tapota l'épaule. Charlotte en profita pour agripper les pans de sa tunique et enfouir son visage contre sa poitrine.

— Il espérait que des détrousseurs nous attaqueraient ! clama Hannah.

— Qu'ils nous assassineraient ! renchérit Sophia d'une voix tragique.

— Voyons, mesdames, vous ne risquez plus rien, dit le capitaine d'un ton apaisant, comme s'il s'adressait à des enfants.

D'ordinaire, ce ton paternaliste hérissait Charlotte. Mais pas ce soir. Son plan fonctionnait ! Avec un peu de chance, sa diversion donnerait le temps à Matthew de rejoindre la propriété de M. Stewart.

Ses espoirs furent anéantis quand une voix retentit.

— Regardez ! Celui qui a libéré les condamnés ! Il est là, sur le toit !

Charlotte eut l'impression de recevoir un coup dans le ventre. Le monde parut bouger au ralenti autour d'elle. Levant les yeux, elle aperçut une silhouette qui sautait de toit en toit.

Le bras du capitaine frôla celui de Charlotte tandis qu'il dégainait son pistolet.

Non ! Elle devait l'empêcher d'agir. Car même si Matthew n'était que légèrement atteint, le tir serait fatal : le jeune médecin pouvait se tuer en tombant d'une telle hauteur. Ou bien il serait pris et pendu.

Le cerveau de la jeune femme semblait paralysé, mais non son instinct. Son corps s'élança, comme mû par une volonté propre. Elle leva le bras et porta la main à son front, comme si elle était en proie à un malaise. Mais alors qu'elle serait tombée sous le coup d'un authentique évanouissement, Charlotte s'élança dans les airs juste au moment où le capitaine pressait la détente. Elle se retrouva en plein dans la trajectoire de la balle.

Une étincelle. Une détonation. Une douleur lancinante dans son bras.

Elle s'effondra, et cette fois il ne s'agissait plus de faire semblant. Pressant son bras, elle sentit un liquide chaud et poisseux sous ses doigts tremblants. Et cela faisait tellement mal…

Mais elle ne pouvait pas se laisser terrasser par la douleur. Les autres soldats dégainaient déjà leurs mousquets Brown Bess.

— Aaaaaaaaahhhhh !

Elle avait hurlé de toute la force de ses poumons et ce fut comme si son cri trouvait un écho sur la façade des bâtiments.

— Vous m'avez tiré dessus ! gémit-elle. Je suis blessée ! Gredins ! Vous êtes tous des gredins !

Ses accusations semèrent le trouble parmi la troupe. Le capitaine était devenu tout pâle.

— Madame, je vous assure que je n'avais pas l'intention...

— Posez vos armes ! cria Charlotte, hystérique. Vous me terrifiez ! Vous disiez vouloir me protéger. Menteurs ! Fripouilles ! Mécréants !

Tout en se tordant de douleur sur le sol, elle glissa un regard furtif en direction des toits. Matthew s'était fondu dans la nuit.

L'officier fit vivement signe à ses hommes de baisser leurs mousquets. Ceux-ci obtempérèrent, puis, dans un silence tendu, le regardèrent s'agenouiller près de Charlotte.

Leur capitaine venait de tirer sur une dame de qualité.

Affolé, ce dernier arracha son écharpe et entreprit de bander le bras de Charlotte pour stopper l'hémorragie. La douleur irradiait jusque dans l'épaule de la jeune femme. Lorsque le capitaine noua le garrot, elle serra les dents pour ne pas hurler. Elle ne pouvait pas se permettre de s'évanouir... ni même de perdre sa concentration. Elle ne pouvait s'autoriser à penser à ce qui avait failli se passer tant qu'elle et les cousines Wick ne seraient pas en sécurité, loin des dragons.

— Lâchez-moi ! cria-t-elle. Vous en avez suffisamment fait. Je veux rentrer chez moi ! Trouvez-moi une voiture. Tout de suite !

Le capitaine, débordé, agita la main.

— Allez ! Faites ce que la dame demande. Trouvez un fiacre et amenez-le ici. Et dépêchez-vous ! aboya-t-il en voyant ses hommes hésiter.

Les dragons se dispersèrent dans toutes les directions. Hannah et Sophia s'approchèrent et repoussèrent le capitaine pour examiner le bras de Charlotte.

— Tout ce sang ! s'écria Hannah sous le choc, et Charlotte comprit que sa cousine avait cru qu'elle avait fait semblant d'être touchée.

— Le garrot va stopper l'hémorragie pour le moment, mais elle doit voir un chirurgien au plus vite, intervint le capitaine. J'insiste pour vous accompagner...

— Éloignez-vous de moi ! hurla Charlotte qui, malgré la douleur, se débattit sur le sol.

— Vous feriez mieux de reculer, capitaine, dit Hannah avec une autorité tranquille. Votre présence fait plus de mal que de bien à ma maîtresse.

À contrecœur, le capitaine s'exécuta. Son regard anxieux restait posé sur Charlotte. Celle-ci se calma, et Sophia lui prit la main. Charlotte s'y agrippa, puisant de la force dans ce simple contact. Ses yeux se noyèrent de larmes tandis qu'elle s'efforçait d'oublier l'atroce douleur qui irradiait dans la chair de son bras.

Heureusement les dragons revinrent rapidement avec une voiture de la compagnie Belle – celle-là même que les trois femmes avaient quittée quelques instants plus tôt. C'était évidemment la plus proche dans le voisinage.

Le cocher, qui savait lui aussi jouer la comédie, fit comme s'il ne les connaissait pas. Hannah et Sophia aidèrent Charlotte à se mettre debout. Le capitaine voulut leur prêter assistance, mais chaque fois qu'il s'approchait, Charlotte s'agitait et gémissait.

Finalement, Hannah parvint à le convaincre de s'éloigner. Le militaire reporta son attention sur le cocher et éructa qu'il voulait que Charlotte soit immédiatement conduite chez un chirurgien de bonne réputation.

Les cousines Wick firent monter Charlotte dans la voiture. Cette dernière se laissa aller contre le dossier de la banquette en grimaçant de douleur.

— Laissez-moi appuyer sur la plaie, dit Hannah en tirant un mouchoir de sa poche. Cela va vous faire mal, mais il faut absolument stopper le saignement.

Elle appliqua le mouchoir sur le bras de Charlotte, qui ne put retenir un gémissement et se mordit les lèvres. Maintenant qu'elle n'avait plus à jouer la comédie, elle voulait faire preuve de bravoure devant Hannah et Sophia. La douleur continuait à irradier dans son membre endolori et la sensation empira lorsque la voiture s'ébranla dans une secousse.

Le silence régna pendant de longues minutes. Même si les soldats étaient loin, personne n'avait envie de parler. À chaque tour de roue, les muscles de Charlotte se relâchaient, sans que pour autant sa tension intérieure diminue. Au contraire, elle mesurait peu à peu l'énormité de ce qu'elle venait de faire.

— Personne ne nous suit, annonça Sophia après avoir légèrement soulevé le rideau. Je pense que le capitaine a cru l'histoire de Charlotte et qu'il est bien soulagé d'être débarrassé de nous.

— T-t-t-tant m-m-m-mieux, dit Charlotte qui grelottait.

— Qu'est-ce qui vous a pris ? s'exclama Hannah, dont la voix tendue trahissait une réelle inquiétude. Savez-vous les dégâts qu'une balle peut faire dans le corps humain, surtout à bout portant ? Si elle vous avait atteinte dans la poitrine, vous auriez un trou à la place du cœur !

Charlotte se mit à trembler de plus belle, l'estomac retourné. Elle claquait des dents sans pouvoir se maîtriser.

— J-j-j-je dev-v-vais s-s-s-sauver M-M-Matthew…

— Vous auriez pu vous contenter de dévier le bras du capitaine.

— J-j-je ne v-v-v-voulais pas… éveiller les s-s-s-soupçons.

— Vous auriez pu perdre votre bras !

L'émotion qui vibrait dans la voix de Hannah enveloppa Charlotte. Sa cousine tenait à elle et… le savoir valait bien un petit sermon.

— Je sais, chuchota-t-elle en posant sa main valide sur son bras blessé.

Sentir qu'il était là, toujours bien attaché à son corps, la rassurait. Oui, elle avait agi follement. Comme une héroïne, mais follement. Elle avait de la chance que la balle n'ait fait que l'érafler.

— Laisse-la tranquille, Hannah, intervint Sophia à mi-voix.

Hannah laissa échapper un soupir, et son regard acéré revint se poser sur Charlotte.

— Vous ne recommencerez pas, n'est-ce pas ?

— Non... La p-p-prochaine fois, j-j-j'envisagerai... une alternative.

— Bien.

— Nous sommes arrivées, annonça Sophia. Avec un peu de chance, Matthew est là et va pouvoir soigner Charlotte.

— Êtes-vous s-s-sûres... que personne ne nous a... s-s-s-suivies ? s'inquiéta Charlotte.

Elle ne voulait surtout pas mener les dragons à Matthew.

— Oui. Faites confiance au cocher de Bell. Et Sophia l'aurait vu si tel avait été le cas. Personne ne peut la tromper.

— Maintenant, allons vous mettre en sécurité, ajouta Sophia.

Elle descendit de voiture et prit doucement Charlotte par le coude, du côté de son bras valide. Soutenue par les deux cousines, Charlotte réussit à se lever et à descendre le marchepied. Le cocher ébaucha un mouvement pour venir les aider, mais Sophia lui intima d'un geste de rester sur son siège.

— Nous allons nous débrouiller, merci.

Toutes trois gravirent les marches d'un perron qui donnait accès à un bâtiment d'apparence anodine, situé dans une rue sans prétention.

Hannah prit une clé dans sa poche et ouvrit la porte. Elles pénétrèrent dans un couloir plongé dans l'obscurité. Personne n'alluma de bougie. Avançant à tâtons, les cousines Wick guidèrent Charlotte vers une pièce de l'étage illuminée par le clair de lune.

Sophia lâcha le bras de Charlotte pour se diriger vers la cheminée. Elle appuya sur une pierre du manteau et, aussitôt, un panneau secret pivota, dévoilant un escalier dérobé éclairé par une chaude lumière dorée.

Sophia s'y engagea. Charlotte la suivit et Hannah ferma la marche en la retenant par le coude. La jeune blessée réussit à gravir les marches étroites en dépit de ses jambes flageolantes. Mais cela lui demanda tant d'efforts que la sueur perla à son front. Au moins oubliait-elle un peu la douleur…

— Sophia ! s'exclama une voix familière. Je sais que c'est vous et Hannah qui avez provoqué toute cette agitation. Je vous suis tellement recon…

Matthew s'interrompit en voyant Charlotte entrer à son tour dans la petite pièce aveugle.

— Charlotte !

Il fut près d'elle si vite qu'elle eut l'impression qu'il se matérialisait soudain. Elle sentit ses bras forts l'entourer, puis il la souleva avec douceur. Elle leva les yeux sur son beau visage crispé par l'angoisse, tandis qu'il l'emportait vers un petit lit placé contre le mur.

Charlotte dévorait des yeux ses traits qu'elle avait cru ne jamais revoir. Pour la première fois, elle nota les stries argentées qui étoilaient ses iris gris. Comment avait-elle pu ne pas remarquer leur éclat ?

Son cœur se mit à battre encore plus vite, non sous l'effet de la peur cette fois, mais sous le coup d'une émotion bien différente.

— Que faites-vous ici ? demanda-t-il d'une voix rude qui contrastait avec la douceur avec laquelle il la déposa sur la couchette.

Puis il secoua la tête et, sans lui laisser le temps de répondre, reprit d'un air affairé :

— Nous en discuterons plus tard. Vous saignez.

— Elle s'est interposée entre le mousquet du capitaine et vous, et elle a été blessée, expliqua Hannah.

— Quoi ?!

Matthew se figea un instant, la mine horrifiée. Sa main se mit à trembler sur celle de Charlotte.

— Charlotte, comment avez-vous pu...

— Hannah lui a déjà infligé un sermon, coupa Sophia. Le capitaine des dragons a posé un garrot sur son bras, mais je crois que l'hémorragie a repris.

Matthew s'empressa de défaire le bandage de fortune. Cette fois, ses doigts efficaces ne tremblaient plus. Il émit un grognement en découvrant la plaie.

— Il faut vous recoudre. Hannah, pouvez-vous aller chercher ma sacoche ? J'en garde une dans ce coffre, là-bas, en cas d'urgence.

Matthew reporta son attention sur Charlotte.

— Je vais découper votre manche. Pardon, mais je n'ai pas le choix.

En dépit de la douleur, Charlotte ne put s'empêcher de rire. La situation ne se prêtait pas vraiment aux formalités.

— Ma robe est bonne à jeter, de toute façon.

Matthew esquissa un sourire qui la rassura plus que ne l'auraient fait des mots. Puis il fouilla dans la sacoche que lui tendait Hannah et en retira une paire de ciseaux avec laquelle il découpa soigneusement le tissu. Charlotte faillit détourner la tête pour ne pas voir la blessure, mais c'était plus fort qu'elle, elle voulait voir Matthew à l'œuvre.

Il y avait quelque chose de fascinant dans ses gestes assurés et compétents, d'où se dégageait également une certaine tendresse. Et la vision de sa main bronzée sur sa peau claire était infiniment troublante. Même s'il n'y avait rien de sexuel dans ces manipulations, aucun homme ne l'avait touchée de manière aussi intime.

— La plaie est assez profonde, annonça-t-il d'une voix calme. Je vais faire des points de suture.

Charlotte lui faisait confiance. Elle ne protesta pas et hocha la tête, priant pour avoir la force de ne pas crier comme un congénère de Banshee.

— Tenez, dit Hannah en lui présentant une petite flasque.

Une odeur corsée flotta jusqu'aux narines de Charlotte. Elle eut du mal à ne pas froncer le nez de dégoût.

— Qu'est-ce que c'est ?

— Du whisky.

— Je n'ai jamais rien bu de plus fort que du xérès. J'ai peur d'être vite grisée...

— C'est le but !

Hannah secoua la flasque avec impatience et d'autres vapeurs alcoolisées s'échappèrent du goulot.

La tête de Sophia apparut devant Charlotte.

— Ce que Hannah essaie de vous faire comprendre si délicatement, c'est que l'alcool va aider à atténuer la douleur quand Matthew va vous piquer avec son aiguille.

— Je ne te trouve guère plus délicate que moi, protesta Hannah.

— Je lui explique juste pourquoi tu veux à toute force la faire boire.

— C'est un très bon whisky tourbé des Highlands. Personne ne ferait la fine bouche pour y goûter.

— Il vaudrait mieux que vous arrêtiez de vous disputer, intervint Matthew à mi-voix. Charlotte perd beaucoup de sang et je dois agir sans tarder.

— Je vais boire une gorgée...

Charlotte saisit la flasque. Après tout, si cela apaisait la douleur, peu importait que cela sente mauvais.

Elle but une première gorgée qui lui brûla le gosier et déclencha une quinte de toux. Elle eut un sursaut et la douleur fusa dans son bras. La deuxième gorgée passa mieux, et la troisième encore mieux.

— Alors, vous aimez ? s'enquit Hannah, comme si elle venait de lui servir une nouvelle recette de café. Ce whisky n'est-il pas délicieux ?

— Voulez-vous que je réponde en toute franchise ? demanda Charlotte après s'être forcée à avaler une quatrième gorgée.

— Bien sûr.

— Eh bien... je dois avouer que je préfère le champagne.

— Comme tout le monde, non ? fit Sophia en souriant.

— Non, pas moi, objecta Hannah. Je préfère les spiritueux. Plus ils sont forts, mieux c'est. Reprenez une gorgée, Charlotte. Vous allez voir. Plus on en boit, plus on apprécie.

Charlotte obtempéra. Une sensation bienfaisante avait fleuri dans son estomac et était en train de se répandre dans tous ses membres, un peu comme si elle venait de se plonger dans un bon bain chaud. Ses sens semblaient émoussés.

Soudain, elle pouffa.

— Je crois que vous avez raison, Hannah. Ce whisky est délicieux !

19

Durant tout le temps qu'avait duré le voyage jusqu'au domaine de Tavish, Charlotte avait regardé Matthew avec ce qu'il était convenu d'appeler « des yeux de merlan frit ».

Évidemment elle était encore sous l'effet du whisky, et cependant...

Son regard rêveur était rivé au visage du jeune homme, s'attardant sur ses yeux, puis sur la ligne de sa mâchoire, avant de remonter vers ses oreilles, de se perdre dans ses cheveux hirsutes, puis de retourner à ses yeux...

Elle avait esquissé un sourire aguicheur qui avait fait exploser en lui un feu d'artifice d'émotions, dont l'intensité s'était encore accrue lorsqu'elle avait focalisé son attention sur sa bouche. Elle avait fait la moue, comme pour l'inviter à l'embrasser.

Matthew, qui avait déjà chaud, s'était littéralement embrasé sous ce regard langoureux, et avait eu grand peur de réagir de manière encore plus inconvenante.

Son cœur battait la chamade, douloureusement, délicieusement. Et un espoir ténu grandissait en lui quand il osait se dire que l'attitude de Charlotte n'exprimait pas un caprice ou une lubie, mais bien des sentiments sincères.

Savoir qu'elle avait risqué sa vie pour le sauver accentuait encore son trouble et éveillait en lui des émotions contradictoires. Il était horrifié qu'elle ait été blessée à cause de lui, mais il lui était aussi éperdument reconnaissant. Le courage dont elle avait fait preuve l'époustouflait. Il lui devait la vie !

Cette force d'âme, cachée sous un vernis de raffinement, avait toujours attiré le jeune homme.

Et petit à petit, son désir s'était transformé en une passion brûlante.

Malheureusement – ou plutôt peut-être l'inverse –, ils n'étaient pas seuls. Charlotte était assise entre les cousines Wick, face à Matthew et Tavish. Ce dernier s'était précipité à Londres après avoir reçu un message l'avisant de ce qui s'était passé. Il avait ensuite estimé qu'il était plus sage de retourner à son domaine que de déposer Charlotte, blessée et ivre, chez ses parents. Hannah avait envoyé un mot à Alexander pour lui demander de faire croire au duc et à la duchesse que sa sœur passait la nuit chez lady Calliope.

À en juger par l'expression amusée de Hannah et Sophia, les cousines Wick avaient bien conscience que Charlotte ne quittait pas Matthew du regard. Il n'avait pas osé regarder Tavish depuis un moment, mais son mentor se tenait avec une raideur inhabituelle... comme s'il se retenait de rire.

Tout à coup, Charlotte se pencha... tangua sur la banquette... et bascula en avant. Hannah et Sophia la retinrent par réflexe. Sans s'émouvoir, Charlotte leva sur Matthew un regard émerveillé.

— Vos yeux zont... magnifiques ! zozota-t-elle en pointant l'index sur lui.

Matthew sentit ses joues s'échauffer, même s'il était secrètement flatté. Il se rendait bien compte qu'une fois sobre, Charlotte serait mortifiée d'avoir eu ce comportement... pour peu qu'elle s'en souvienne.

— Vous êtes bien aimable, milady. Les vôtres le sont tout autant, mais je vous conseille de les fermer. Vous avez besoin de repos.

Elle ne parut pas l'entendre et garda son doigt pointé sur lui.

— Ze ne zavais pas que des z'yeux gris pouvaient être zi... lumineux... brillants... pétillants... comme une guirlande de Noël... comme...

Elle s'interrompit, comme si elle cherchait la comparaison la plus juste. Puis son visage s'illumina.

— Magnifiques ! répéta-t-elle.

— *Magnifiiique !* pépia Pan, perché sur l'épaule de Matthew.

Tavish étouffa un rire et Charlotte reporta son attention sur lui en fronçant les sourcils.

— Vous ne les trouvez pas magnifiques ? Voyons, regardez-le !

Sophia tapota gentiment l'épaule de la jeune femme.

— Matthew a raison. Il est médecin, il faut l'écouter. Dormez un peu. Vous avez eu une journée éprouvante.

— D'accord, acquiesça Charlotte avec un grand sourire.

Elle bâilla à se décrocher la mâchoire avant de retomber le dos contre la banquette. Ses yeux papillonnèrent. Quelques secondes plus tard, sa tête roulait sur l'épaule de Hannah et elle s'assoupit en ronflant légèrement.

Conscient de la présence des autres, Matthew s'efforçait de ne pas la regarder. Malgré cela, il ne pouvait s'empêcher de glisser de temps à autre un œil à Charlotte. Pas trop longtemps, car chaque fois son cœur gonflait, menaçant de prendre toute la place dans sa poitrine.

Par chance, tous gardaient le silence. Cela lui donna le temps de réfléchir à la raison qui avait poussé Charlotte à s'interposer entre la balle de pistolet et lui. Son cerveau n'osait s'en tenir à la réponse que lui soufflait son âme. Il jonglait encore avec des conclusions évidentes et pourtant impossibles, quand la voiture s'arrêta devant le manoir de Tavish.

Hannah lui fit signe de porter Charlotte, qui dormait toujours. Ce n'était pas très correct mais, après tout, les cousines Wick étaient là pour servir de chaperons. En outre, Matthew savait que ni Tavish ni ses employés n'en souffleraient mot à quiconque.

En dépit de ses avant-bras égratignés qui le brûlaient, Charlotte lui parut étonnamment légère, bien plus que certains animaux qu'il avait l'habitude de transporter. Mais elle n'était pas sans défenses. Elle était plus farouche qu'une panthère.

En la sentant se blottir contre lui, il éprouva une bouffée de tendresse, et son instinct de protection se réveilla. Il voulait plus encore. La mettre en sécurité. Prendre soin d'elle. Et pas seulement en la soignant.

L'étrange procession pénétra dans le manoir, Tavish en tête, suivi de Matthew et de son précieux fardeau, Pan perché sur son crâne comme un plumet absurde. Hannah et Sophia fermaient la marche.

Après avoir enfilé deux volées de marches, ils parvinrent enfin devant la porte d'une grande chambre confortablement meublée.

Matthew pivota pour franchir le seuil sans risquer de cogner de Charlotte. Hannah et Sophia entrèrent à leur suite, et Tavish demeura dans le couloir afin d'offrir un peu d'intimité à Charlotte.

Matthew déposa doucement la jeune femme sur le grand lit.

— *Banshee !* cria Pan.

Charlotte ouvrit les yeux. Elle cligna des paupières en s'efforçant de reprendre ses esprits. À la lueur des bougies que tenaient les cousines Wick, Matthew vit qu'elle avait repris un peu de lucidité.

— Oh, nous sommes chez M. Stewart, remarqua-t-elle en s'étirant comme un félin.

Alors que Matthew s'efforçait de ne pas remarquer que ce mouvement découvrait sa poitrine, elle poussa un petit cri de douleur et le désir fut balayé par l'inquiétude.

— Faites attention à ne pas trop bouger votre bras. Je l'ai placé dans une attelle, il vaut mieux la garder en place.

— Comment vous sentez-vous, Charlotte ? s'enquit Sophia.

— Endolorie... et bizarre, comme si j'étais dans une sorte de cocon cotonneux.

— Je crois que c'est à cause du whisky.

— *Banshee !*

Charlotte tourna la tête. À la vue du perroquet, un grand sourire s'inscrivit sur ses lèvres.

— Oooh, vous allez emmener Pan voir sa chérie ?

— *Bansheeeeeeeeee !*

L'oiseau hochait la tête d'un air impérieux et ses griffes s'enfonçaient dans le cuir chevelu de Matthew.

— Je crois que je n'ai guère le choix, soupira-t-il.

— Je veux absolument assister à leurs retrouvailles ! s'écria Charlotte, comme si c'était exactement la chose à faire après avoir été blessée et s'être enivrée.

Quoique, à la réflexion, son ébriété explique peut-être cet enthousiasme débridé.

— Vous devez vous reposer. Vous les verrez demain matin.

Charlotte afficha une moue boudeuse qu'il ne lui avait encore jamais vue, même du temps de leur enfance. À l'évidence, elle était encore pompette.

— Mais j'étais là quand Pan a commencé à lui faire la cour. Je veux être témoin du prochain chapitre !

— *Banshee... mon amouuuuuuur !*

— Restez au lit, ordonna Hannah en tapotant le matelas avec une autorité toute militaire. Je vous promets que les ardeurs de Pan et de Banshee seront toujours aussi vives demain. Écoutez Matthew. Il est habitué à soigner les blessures par balle et il sait de quoi il parle.

— Mais...

La mine intraitable, Hannah tapa le matelas plus fermement. Charlotte écarquilla les yeux, puis, laissant échapper un soupir enfantin, retomba contre l'oreiller avant de pousser un petit cri de douleur.

Matthew examina aussitôt son pansement pour vérifier que les saignements n'avaient pas repris. Mais Hannah n'était pas aussi attentionnée.

— Voilà exactement pourquoi vous devez vous ménager, cousine.

Charlotte fronça le nez, sans toutefois protester. Elle se renfonça doucement sous les couvertures.

Une fois certain qu'aucun point de suture n'avait sauté, Matthew prit rapidement congé. Il avait beaucoup de choses à dire à Charlotte, mais en privé, et il ne voulait surtout pas que ses décisions à venir se fassent sous l'influence de l'alcool, ni qu'elle partage des secrets qu'elle aurait gardés si elle avait été dans son état normal.

— *BAN-SHEEEE ! BAN-SHEEEE !*

— Chut, Pan ! Tu vas réveiller toute la maison. Et les étudiants dans leur dortoir.

Mais le perroquet n'en faisait qu'à sa tête. Il continua ses injonctions péremptoires jusqu'à ce que Matthew capitule et gagne la serre.

Là, il alluma des bougies à chaque extrémité de la structure. Les appels de Pan, d'autoritaires, se firent plus suppliants. Un bruissement dans les arbres indiqua que Banshee les avait entendus. Et de fait, la frimousse du petit capucin ne tarda pas à pointer derrière une large feuille.

Elle retroussa les babines dans une grimace qui pouvait passer pour un sourire et Pan émit un roucoulement d'adoration. Puis, dans un battement d'ailes, il s'envola comme une flèche pour aller rejoindre sa dulcinée.

Matthew s'étant acquitté de ses devoirs d'entremetteur, il s'éloigna dans l'intention d'éteindre les chandelles.

La journée avait été particulièrement éprouvante, et il ne songeait qu'à rejoindre la chambre qu'il utilisait habituellement quand il séjournait chez Tavish.

Il venait de souffler la première bougie quand une douce voix le fit tressaillir.

— Non, n'éteignez pas. Pas tout de suite.

Matthew se figea. Une bouffée de chaleur l'envahit. Il fit volte-face.

Charlotte.

Elle portait toujours la robe dont il avait dû découper la manche, et la vision du pansement sur son bras nu lui rappela l'héroïsme dont elle avait fait preuve. Le tissu noir effrangé contrastait avec sa peau claire, qui paraissait presque nacrée dans la lumière vacillante des chandelles.

Matthew en eut le souffle coupé. Il essaya de déglutir, mais une grosse boule semblait s'être formée dans sa gorge.

Charlotte s'approcha. Sa démarche n'était pas aussi gracieuse qu'à l'ordinaire, peut-être même chancelait-elle un peu, néanmoins elle ne semblait pas sur le point de s'écrouler.

Parvenue à sa hauteur, elle sourit, et le cœur de Matthew frémit.

— Charlotte… nous ne devrions pas être ici. Vous avez besoin de repos.

— Bah ! fit-elle avec un petit geste désinvolte de la main. C'est mon bras qui est blessé, pas mes jambes.

— Vous avez aussi bu un alcool fort, ce qui est une première pour vous, si je ne m'abuse ?

Bon sang, il parlait comme un pompeux imbécile en lui expliquant des choses qu'elle savait déjà.

— Il est vrai que je ne connaissais pas le whisky. Cela procure des sensations très agréables, n'est-ce pas ? C'est… libérateur et… euphorisant. C'est le champagne qui a des bulles, mais c'est le whisky qui rend la vie pétillante.

— Je ne veux pas profiter de cette euphorie, déclara-t-il d'un ton solennel.

Charlotte pouffa, puis reprit son sérieux.

— Je ne me moque pas de vous. C'est juste que… vous êtes tellement chevaleresque !

Une douce émotion submergea Matthew. Charlotte lui faisait aveuglément confiance. Cela lui semblait prodigieux.

— Évidemment que je ne vous ferai jamais de mal, Charlotte. Mais je ne veux pas que vous me fassiez des confidences que vous ne souhaiteriez pas partager en temps normal.

De nouveau, un sourire flotta sur ses lèvres. Matthew eut l'impression que tous ses sens s'aiguisaient. L'atmosphère parfumée de la serre lui parut encore plus capiteuse et moite. Il avait l'impression que les battements de son propre cœur couvraient les piaillements des singes.

— Vous n'êtes quand même pas inquiet parce que nous sommes seuls ici ?

— Les employés de M. Stewart sont très discrets. Même s'ils nous voyaient, ils ne diraient rien. Votre réputation ne risque rien.

Charlotte eut une petite moue presque déçue.

— J'aimerais que vous ne vous souciiez pas autant de ma réputation. C'est très agaçant.

— J'avoue que j'ai été soulagé quand j'ai détruit la mienne en devenant médecin, dit Matthew avec un petit rire.

— Ce n'est pas tout à fait pareil…

Charlotte se rembrunit, parut chercher ses mots. Puis son front se dérida, comme si sa parole se libérait.

— Ma pureté est mon unique valeur aux yeux de la société. Si ma réputation est ternie, je ne serai plus rien. Plus personne ne voudra de moi en tant qu'épouse ou que mère.

La brutalité de ces propos frappa Matthew. Intellectuellement, il savait combien la position d'une femme était précaire, mais en cet instant, il en mesurait toutes les implications.

— Votre réputation ne vous définit pas, Charlotte. Vous êtes une personne merveilleuse, pleine de courage, intelligente et drôle. Vous vous êtes interposée devant le pistolet du capitaine. Vous êtes une véritable héroïne !

— Certes, ce sont de vraies qualités. Pour un homme, ajouta-t-elle avec une grimace ironique. Elles font son honneur. Mais les qualités appréciées chez une femme sont l'humilité, la docilité et surtout la virginité. Souvent ce qui est considéré comme une vertu chez un homme est vu comme un vice chez une femme.

Matthew ouvrit la bouche, mais aucun son n'en sortit. Il ne voyait pas comment exprimer l'injustice patente de cette réalité.

— Mais j'ai appris ce soir que j'étais mieux lotie que les autres femmes, reprit Charlotte. Étant une dame de qualité, je peux me servir de ma vertu comme d'une arme, pour obliger les autres à se plier à ma volonté sous prétexte de me protéger. Je suis un bel oiseau en cage, et tous mes besoins doivent être assurés. Je n'ai pas à lutter pour me frayer un chemin dans le monde, je n'ai pas à commettre des actes que la société réprouve pour survivre, comme ces femmes de basse extraction qu'on méprise. Du moment que je suis jolie, que je me tais ou que je parle sans élever la voix, on m'estime et on me dorlote.

Matthew lui avait pris la main. Dans son souci de lui prouver qu'elle ne se réduisait pas à sa réputation, il en oubliait de cacher son admiration éperdue.

— Votre bravoure m'a toujours fasciné. Ainsi que votre charisme, votre vivacité d'esprit et votre générosité.

Charlotte se laissa aller contre lui et il fut pris au dépourvu. Par réflexe, il lui glissa un bras autour de la taille pour la retenir. Elle leva sur lui ses beaux yeux verts débordants d'un désir qu'il n'avait jamais espéré lui inspirer.

— Pouvez-vous m'embrasser, Matthew ? Pas parce que c'est bien ou mal, mais parce que j'en ai envie.

Le cœur de Matthew se mit à vibrer. Une émotion délicieuse éclata dans sa poitrine. Il mourait d'envie de dire oui, de poser sa bouche sur la sienne, de goûter… non, de *boire* sa bouche.

— Je ne peux pas, articula-t-il d'une voix rauque.

Charlotte recula, les traits crispés. À cette vue, Matthew eut l'impression que des éclats de verre s'enfonçaient en lui.

— Je… je ne vous plais pas ? balbutia-t-elle.

La vérité jaillit avec une force que Matthew était bien incapable d'endiguer.

— Je vous chéris depuis le premier jour où je vous ai vue dans le hall, chez vos parents. Vous portiez une robe en soie bleu pâle et vous avez dévalé l'escalier pour vous jeter au cou de votre frère. Vous étiez si pleine de vie et de fraîcheur que vous avez ranimé quelque chose en moi… Quelque chose qui ne s'est jamais éteint depuis.

Miséricorde. Avait-il vraiment dit cela ? On aurait dit un benêt énamouré qui déclamait des vers à sa belle.

Mais Charlotte ne riait pas. Ses yeux s'étaient écarquillés et sa bouche, arrondie, formait un O parfait. Il avait encore plus envie de l'embrasser maintenant, et pourtant il demeurait immobile, le souffle court.

Un sourire radieux naquit sur les lèvres de Charlotte et illumina son visage. Elle eut un rire de gorge joyeux. Puis, passant son bras valide autour de son cou, elle l'attira contre elle.

— À présent, il faut vraiment que vous m'embrassiez.

La bouche de Matthew n'était plus qu'à quelques millimètres de la sienne. Oubliant leurs différences, leurs univers si éloignés, et même la menace que représentait son frère, il lui fit une promesse.

— Demain. Si vous le souhaitez toujours, je vous embrasserai demain.

Charlotte s'écarta d'un pas dansant. Elle lui fit penser à une fée espiègle. Parvenue sur le seuil de la porte, elle s'immobilisa, darda sur lui son regard plus vert que les plantes qui foisonnaient dans la serre.

— Dix heures. Ne soyez pas en retard, murmura-t-elle.

Puis elle disparut dans la nuit.

Matthew demeura immobile. Les hommes de Tavish patrouillaient sur la propriété et il savait qu'elle ne courrait aucun risque en retournant jusqu'à la maison principale.

Il s'assit sur un petit banc de pierre, le regard fixe, ébranlé tout à la fois dans son corps, dans son esprit et dans son âme par ce qui venait de se passer.

Charlotte s'en souviendrait-elle le lendemain matin ? Et si oui, regretterait-elle les mots qu'elle venait de prononcer ?

Une chose était sûre. Matthew serait ici même, dans cette serre, à dix heures précises. Ou plutôt non, un quart d'heure avant !

20

Charlotte se réveilla dans un grand lit à baldaquin sculpté qui, à l'évidence, n'était pas le sien.

Les yeux fixés au dais, elle essaya de se remémorer les événements de la veille. Son bras gauche était raide et endolori, souvenir de sa rencontre avec le régiment de dragons. Mais ses réminiscences devenaient floues à partir du moment où Hannah l'avait obligée à boire du whisky.

Des images lui revinrent lentement. Le trajet en voiture jusqu'au domaine de Tavish. Matthew qui abaissait sur elle un regard anxieux. Des rires. Pan qui réclamait Banshee à cor et à cri. Le clair de lune qui illuminait l'orangerie.

Soudain ces images s'organisèrent dans un défilement régulier qui formait une scène bien réelle, même si les contours demeuraient encore un peu brumeux. Sa conversation avec Matthew, ce presque baiser, ses doux aveux...

Charlotte aurait dû rougir de honte. Il n'en fut rien. Ses joues ne s'échauffèrent même pas. Elle avait demandé à un homme qu'elle désirait de l'embrasser. Ce n'était ni mal, ni dévergondé, ni même audacieux. Personne n'aurait reproché à un homme de manifester son désir, alors pourquoi pas elle ?

La jeune femme en avait assez des conventions hypocrites. Elle ne voulait plus que la société lui impose de museler ses émotions.

À cette pensée, elle sentit un monde de possibilités s'ouvrir à elle, et un frisson de plaisir la traversa.

« Je vous chéris depuis le premier jour où je vous ai vue dans le hall, chez vos parents. » Le souvenir de sa voix rauque revint comme une caresse et elle fut parcourue d'un tremblement. Avec son bras blessé, elle attrapa un oreiller et le pressa contre sa poitrine.

Les mots précis de sa confession lui revenaient en mémoire. Il ne s'était pas entiché d'elle récemment. Il tenait à elle depuis des années. Plus de dix ans, durant lesquels ils s'étaient très peu vus ! Elle mesura comme cela était long.

Une pointe d'inquiétude tempéra son euphorie. En général, les gens ne voyaient d'elle que la façade qu'elle leur présentait. Ils admiraient sa beauté et son élégance, sans rien savoir de la femme – d'ailleurs, ils s'en moquaient bien. Hormis Alexander et quelques amies comme Calliope, personne ne souhaitait connaître la véritable Charlotte. Alors ? Matthew l'avait-il en quelque sorte idéalisée ? S'était-il vraiment langui d'elle durant toutes ces années, ou avait-il juste fantasmé ?

Elle eut un petit rire chevrotant. Elle était déjà en train de douter des sentiments de Matthew alors qu'elle n'avait même pas pris le temps d'analyser les siens.

Quoi qu'il en soit, paresser au lit ne mènerait à rien. Il fallait qu'elle le voie… et le plus tôt serait le mieux.

« Dix heures. Ne soyez pas en retard. »

Quelle heure était-il ? Entre le whisky, son escapade nocturne et sa blessure, elle était incapable de dire combien de temps elle avait dormi.

Elle se redressa dans un sursaut, ignorant la douleur qui fusait dans son bras, et écarta les courtines. Le soleil entrait à flots dans la chambre par la grande fenêtre. Charlotte chercha du regard une horloge et en avisa une en porcelaine. Posée sur le manteau de la cheminée, elle faisait entendre son tic-tac régulier. M. Stewart devait être décidément très riche s'il pouvait se permettre de mettre une horloge dans une simple chambre d'amis.

Son attention se focalisa sur les aiguilles en cuivre. Il était dix heures moins le quart. Un frisson d'excitation la parcourut.

Elle ébauchait un mouvement vers la porte quand elle aperçut son reflet dans le grand miroir à cadre doré ouvragé.

Seigneur, elle était dans un état épouvantable !

Son chignon s'était défait et des mèches rousses caracolaient sur ses épaules. Elle n'avait plus de poudre sur les joues. Un bout de sa manche pendait sur son bras et s'était teinté de rose au contact du pansement. Sa robe était toute chiffonnée.

Dieu sait où était passé son panier qui contenait ses affaires de rechange. Sans doute avait-il été oublié dans le fiacre de M. Belle. Charlotte n'avait d'autre choix que de rejoindre Matthew dans cet état lamentable… à moins qu'elle ne décide de rester dans sa chambre jusqu'à ce qu'on lui apporte des vêtements décents.

Tapotant du pied sur le parquet, elle réfléchit face au miroir. Puis elle vit un sourire s'inscrire sur les traits de son reflet. Pourquoi pas ? Pourquoi ne pas se présenter telle quelle et, pour une fois, ne pas chercher à tout prix à être parfaite ?

L'idée semblait encore plus scandaleuse qu'un rendez-vous secret dans une serre.

Un éclat de rire effronté lui échappa. Sans se laisser le temps de changer d'avis, elle se laissa porter par ce vent d'audace. Le temps d'enfiler ses souliers, elle quitta la chambre et gagna le grand hall.

Une fois dans le jardin d'agrément, elle eut du mal à s'empêcher de courir. Elle ne s'était pas sentie aussi libre depuis l'enfance, et elle avait l'impression d'être de nouveau une adolescente en quête d'aventures dans les bois.

Elle parvint aux abords de la serre et, à travers la verrière, aperçut Matthew, assis sur le banc de pierre, un livre à la main.

Elle marqua une courte pause pour le contempler. Son héros. Cet intellectuel si calme, si cérébral, qui enflammait son âme… et que la veille elle avait vu s'enfuir en sautant de toit en toit.

Elle se remit en marche d'un pas plus lent. Lorsqu'elle ouvrit la porte de l'orangerie, une bouffée d'air chaud et parfumé lui sauta au visage.

Dans la pièce à sa gauche, les singes jacassaient. Pan surgit des frondaisons et se mit à voler au-dessus de Charlotte. Il la jaugea un moment de son œil suspicieux, puis, apparemment satisfait, retourna aux côtés de Banshee.

Plongé dans son livre, Matthew ne remarqua pas tout de suite l'arrivée de Charlotte. Il tourna une page de son livre.

Elle était sur le point de parler quand, quelque part sur la propriété, une cloche se mit à tinter. M. Stewart avait dû installer une chapelle sur son domaine.

Lorsque Matthew leva les yeux, Charlotte était prête.

— Il est dix heures. Je suis venue chercher mon baiser, dit-elle simplement.

Le livre tomba des mains de Matthew, juste au moment où la cloche sonnait le dixième coup. Le lourd volume heurta le sol dans un bruit mat, sans provoquer aucune réaction chez son propriétaire. Les yeux gris de celui-ci étaient rivés à ceux de Charlotte.

Il se leva lentement, comme s'il était devant un chat sauvage qui risquait de déguerpir au moindre mouvement brusque.

Puis il fit un pas hésitant dans la direction de la jeune femme. Et un autre. Et encore un autre. Chaque fois, sa foulée était plus assurée.

Charlotte attendait. Elle voyait la poitrine de Matthew se soulever à un rythme rapide, comme s'il venait de courir sur une longue distance. Et tout à coup, elle se sentit portée elle aussi, embarquée dans un tourbillon merveilleux, le cœur gonflé de douceur.

Matthew s'immobilisa face à elle. Ses chaussures touchaient presque les siennes et elle perçut sa chaleur corporelle en dépit de la moiteur qui régnait déjà dans l'orangerie.

Pendant quelques secondes, aucun d'eux ne parla.

Ils se dévisageaient.

Charlotte ignorait qu'un simple regard pouvait exprimer tant de choses. Un lent frisson la parcourut, sans qu'elle en comprenne vraiment la nature, mais elle l'accueillit avec délice. L'intensité de ses émotions lui coupait le souffle. Elle avait l'impression que des petits papillons iridescents voletaient en elle.

— Vous êtes sûre que c'est ce que vous voulez, Charlotte ?

Sa voix profonde était aussi sensuelle que l'atmosphère de la serre chargée de parfums exotiques. Charlotte lui glissa son bras droit autour du cou, puis enfouit les doigts dans ses cheveux soyeux, qui s'échappèrent du catogan. Enhardie, elle caressa la joue ombrée d'une barbe naissante.

Il battit des paupières et inspira bruyamment.

— Oui Matthew, j'en suis sûre.

Tournant la tête, il commença par poser sa bouche au creux de sa paume. Ce contact léger la fit tressaillir de plaisir. Puis il la lécha et elle tressaillit encore, non de surprise, mais de ravissement.

Comme les lèvres du jeune médecin descendaient le long de son poignet, elle sentit le contact de ses dents sur sa peau. Lorsqu'il lécha la petite veine bleuâtre qui palpitait là, Charlotte ne put retenir un gémissement.

C'était la première fois qu'un tel son franchissait ses lèvres. Elle ne s'en serait jamais crue capable, parce qu'elle ignorait que de telles sensations existaient.

Elle aurait voulu lui nouer les bras autour du cou, mais son bras gauche emprisonné dans l'attelle ne le lui permettait pas. Matthew l'enlaça. Elle perçut la dureté de ses muscles et eut envie qu'il la serre davantage.

La bouche de Matthew trouva enfin la sienne. Chaude, exigeante, elle ne tarda pas à attiser son désir. Charlotte n'avait connu que des baisers à la sauvette, et ce n'était rien en comparaison. Leurs bouches s'épousaient à la perfection, mais cela ne lui suffisait pas. Elle glissa sa langue à la rencontre de la sienne et, alors qu'il resserrait son étreinte, elle se hissa sur la pointe des pieds pour mieux l'explorer.

Mais ce n'était toujours pas assez.

Pour Matthew non plus, manifestement. Il la souleva par la taille et, d'instinct, elle eut envie d'enrouler ses jambes autour de ses reins. Ses jupes et ses jupons l'en empêchaient, hélas.

Sa bouche soudée à la sienne, il l'emporta vers le petit banc. Elle aurait dû se sentir ridicule d'être ainsi transportée, les pieds à vingt centimètres du sol, mais toute son attention était concentrée sur la saveur de Matthew, la sensation de son corps pressé contre le sien, le bruit de sa respiration, et son odeur de frais.

Il voulut la déposer sur le banc, mais sa robe tire-bouchonnée forma une espèce de capiton rigide sous ses fesses qui, refusant de céder sous son poids, se détendit en la propulsant contre Matthew. Il se prit les pieds dans l'ourlet de sa jupe, perdit l'équilibre, entraînant Charlotte dans sa chute. Ils se retrouvèrent par terre, Matthew étalé sur le dos, Charlotte en travers de sa poitrine, ses seins pressés contre son avant-bras musclé.

Bien qu'elle se soit servie de son bras valide pour amortir le choc, elle ne put retenir un petit cri de douleur. Matthew se redressa aussitôt pour l'aider, mais étant donné leur position, il se retrouva presque le nez sur son postérieur.

Charlotte ne put contenir son hilarité.

— Ça va… Je n'ai rien, parvint-elle à articuler entre deux rires.

— Vous êtes sûre ? Je devrais peut-être inspecter votre blessure.

— En ce moment, je préférerais un tout autre genre d'inspection, rétorqua-t-elle avec une effronterie qu'elle ne se connaissait pas.

Matthew écarquilla les yeux et ses iris prirent une teinte plus argentée encore. Il avait l'air si stupéfait qu'elle se mit à rire de plus belle. Finalement, il se laissa contaminer et joignit son rire grave au sien plus cristallin, dans un duo joyeux parfaitement harmonisé.

— Ce n'était pas comme ça que j'avais rêvé notre premier baiser, avoua-t-il. Mais j'adore rire avec vous.

Ces mots rendirent son sérieux à Charlotte. Ses inquiétudes rejaillirent. Avait-il soupiré après la vraie Charlotte ? Elle ne voulait plus jouer les femmes parfaites.

— Parlez-moi de ces rêves, dit-elle tout en arrangeant les plis de sa jupe pour pouvoir s'asseoir près de lui sur le sol.

Matthew s'empourpra. Il se remit debout et, gauchement, lui tendit la main dans un geste un peu cérémonial – comme s'ils n'étaient pas emmêlés par terre l'instant d'avant.

D'habitude elle trouvait cette timidité adorable, mais à cet instant, elle espérait que ce n'était pas le signe qu'il l'avait mise sur un piédestal.

Il lui fit signe de s'asseoir et elle obtempéra, lissa ses jupes d'une main nerveuse. Ses craintes s'apaisèrent un peu lorsqu'il vint s'asseoir tout à côté d'elle. Elle posa sa tête sur son épaule et il ne chercha pas à se dégager. Il semblait avoir perçu son trouble.

— Inutile de vous alarmer. Ces rêves étaient bien innocents. Quelques baisers, et peut-être un menuet ou deux.

Charlotte n'avait pas envie qu'il pense à elle de manière innocente. Elle en avait assez d'être traitée comme un bibelot en porcelaine. Comment Matthew réagirait-il si elle ne se comportait pas comme une ingénue vertueuse ?

— Mes rêves étaient beaucoup moins sages, rétorqua-t-elle en tirant doucement sur sa cravate.

— Pardon ?

Il s'était étranglé et le lobe de ses oreilles était devenu écarlate.

— Mes fantasmes. Ils n'avaient rien d'innocent, insista-t-elle en dénouant son nœud de cravate.

Il ne chercha pas à l'en empêcher. Il regardait ses doigts agiles, les yeux écarquillés de surprise. Heureusement, quand son regard plongea dans le sien, il ne paraissait pas indigné. Plutôt transfiguré.

— Vous avez fantasmé sur *moi* ?

Charlotte tira doucement sur l'extrémité de la cravate en soie, qui glissa autour du cou de Matthew, révélant sa gorge juste au moment où il déglutissait. Sa pomme d'Adam remua. Charlotte y posa le bout de son doigt, puis descendit sur son torse pour tapoter le premier bouton du gilet.

— Quand je vous ai vu au Mouton Noir, j'ai remarqué que vous aviez changé physiquement. Vous êtes plus vigoureux et… je me suis surprise à me demander à quoi vous ressembliez sous vos habits bien empesés.

Elle triturait machinalement le petit bouton de laiton. Matthew baissa les yeux et, de nouveau, sa pomme d'Adam remonta dans sa gorge.

Charlotte retenait son souffle dans l'ambiance surchauffée de la serre. Matthew allait-il s'offusquer ? Était-elle pour lui un simple trophée ou une vraie femme ?

— Je vous en prie, explorez, dit-il d'une voix enrouée qui était comme une délicieuse caresse sur sa peau.

Frissonnante, Charlotte s'efforça de faire passer le bouton à travers la boutonnière. Matthew ne chercha pas à l'aider. Il se contentait de l'observer en la laissant prendre l'initiative, à son rythme. Il renonçait à tout contrôle.

Une bouffée d'excitation envahit Charlotte. Elle devint maladroite et les fils cédèrent. Elle eut un petit sursaut de surprise et le bouton vola, tombant par terre dans un cliquetis.

Charlotte le regarda rebondir sur les dalles de terre cuite. Un rire lui échappa lorsqu'elle s'aperçut qu'elle venait littéralement de déchirer le gilet de Matthew.

— Ne vous inquiétez pas, chuchota-t-il à son oreille, je suis tout à fait capable de le recoudre. Je suis très doué pour les travaux d'aiguille.

— Ah. Et pour quoi d'autre êtes-vous doué ?

— En général, je me distingue dans les épreuves théoriques, mais j'espère me perfectionner bientôt en pratique, répliqua-t-il avec un charmant mélange de timidité et d'audace.

Les mains de Charlotte s'étaient figées. Elle aurait pu déboutonner entièrement le gilet en un rien de temps, mais elle ne voulait pas brusquer les choses.

Elle procéda lentement, un bouton après l'autre, révélant peu à peu la blancheur de la chemise. Lorsque le gilet s'ouvrit enfin, elle posa sa main sur sa poitrine. Seule une mince épaisseur de coton séparait sa paume de la peau de Matthew. Elle percevait sa chaleur, le dessin de ses pectoraux, le mouvement de sa cage thoracique qui bougeait au rythme de sa respiration.

Une merveilleuse sensation la parcourut tout entière, lui donnant le vertige. Relevant la tête, elle lut la même émotion intense dans les yeux de Matthew. Les stries autour de sa pupille étincelaient.

Puis sa bouche fondit sur la sienne et Charlotte eut l'impression d'être emportée par une tempête de volupté.

Sous ses doigts, le cœur de Matthew battait à une cadence infernale qui donnait le tempo à leur baiser. Le monde s'était réduit à leurs deux bouches collées l'une à l'autre, à leurs langues qui s'affrontaient dans un ballet sensuel et à leurs mains qui ne cessaient d'explorer l'autre.

Bonheur et magie. Merveille et délices. Feu et désir.

Ils s'embrassèrent jusqu'à ce que retentisse non loin un fort toussotement.

Charlotte tressaillit et le pauvre Matthew sursauta si fort qu'il bondit sur ses pieds avec la puissance d'un chat, l'agilité en moins, hélas. Son genou heurta le banc de pierre et, dans un cri de douleur, il retomba brutalement sur la pierre.

— Ça va ? s'inquiéta Charlotte.

— Oui, grinça-t-il en grimaçant.

Mais il ne semblait pas sérieusement blessé.

D'un même mouvement, ils pivotèrent en direction de la voix.

Charlotte avait à demi espéré qu'il s'agissait de Pan s'amusant à imiter une voix humaine. Mais elle se retrouva face à son frère, visiblement très mal à l'aise.

— Je vous demande pardon. J'ai pourtant fait beaucoup de bruit en ouvrant et en refermant la porte, dit-il avec un mélange d'humour et d'embarras. Et auparavant j'avais frappé plusieurs fois, mais apparemment pas assez fort pour vous déranger dans vos... euh... je crois qu'il vaudrait mieux que je ne termine pas cette phrase.

— Effectivement, opina Charlotte.

Elle s'efforça de retrouver une contenance. Elle-même se sentait très gênée, sans toutefois éprouver le moindre sentiment de culpabilité. Alexander n'avait pas l'air outré, c'était déjà ça. Et il ne cherchait pas non plus à jouer les grands frères protecteurs.

Appuyé d'une main sur sa canne, Alexander se gratta la tête de l'autre.

— J'ai reçu un message plutôt énigmatique de Hannah hier soir, puis Tavish m'a envoyé sa voiture ce matin. Il m'a expliqué que tu avais été blessée, Lottie. Mais je constate que tout va bien.

— En effet.

Si Alexander préférait éviter tout sujet embarrassant, elle entrait volontiers dans son jeu.

— Tavish m'a demandé d'aller vous chercher. Il voudrait que nous discutions tous ensemble des événements de la nuit. Comme tu n'étais pas dans ta chambre, Hannah a suggéré que vous étiez peut-être allés dans la serre voir Pan et Banshee. Alors... je suis venu.

— Je... euh... hum..., bredouilla Matthew.

Charlotte eut envie de lui presser la main pour l'apaiser. Mais étant donné les circonstances, cela aurait certainement eu l'effet inverse.

— Comme je vous l'ai déjà dit à chacun séparément, je serais le plus heureux des hommes si mon meilleur ami et ma sœur se mariaient, reprit Alexander.

Charlotte sentit sa poitrine gonfler de bonheur. Mais son frère ne la laissa pas profiter de cette émotion.

— Toutefois, je vous conjure d'être prudents. Charlotte est quasiment fiancée à lord Hawley et, tant que nous n'avons pas trouvé le moyen de la libérer de ces chaînes, vous devez rester discrets. Si le vicomte apprend que vous avez de tendres sentiments l'un pour l'autre, il cherchera à se venger de la manière la plus cruelle qui soit.

Charlotte frissonna. Sa belle euphorie était retombée. Entre les événements de la veille et ceux de la matinée, elle avait presque oublié l'existence de Hawley. Elle ne lui avait pas accordé une seule pensée quand elle s'était précipitée dans la serre pour rejoindre Matthew. Dans la mesure où elle n'était pas officiellement fiancée et où cette union lui était imposée, elle n'éprouvait aucun remords. Néanmoins, elle comprenait le danger pour Matthew et elle.

— Je te promets que cela ne se reproduira plus, du moins pas avant que nous ayons réglé le problème, assura Matthew.

Consciente que ses propos étaient motivés par la prudence, Charlotte ne put cependant s'empêcher d'éprouver de la frustration. Elle mourait d'envie de l'embrasser de nouveau, de le serrer dans ses bras, et peut-être plus… même si elle n'arrivait pas à verbaliser ce « plus ».

Alexander eut ce sourire chaleureux qui le caractérisait.

— Je ne vous demande pas de ne plus vous voir. Juste de restreindre votre champ d'exploration. Et la prochaine fois, ayez le bon sens de ne pas vous isoler… derrière une verrière, conclut-il avec malice.

— Je tâcherai de m'en souvenir, dit Charlotte en tâchant d'adopter un ton aussi léger que celui de son frère.

Son inquiétude revenait. L'épisode tumultueux qu'ils avaient vécu la veille l'avait momentanément détournée de sa mission. Elle devait rester sur ses gardes tant qu'elle n'était pas libérée de la menace que représentait Hawley.

Mais, alors même qu'elle prenait cette résolution, elle pressentait qu'elle serait bien incapable de garder ses distances avec Matthew. Et au diable la prudence !

21

Le dos raide, Matthew était assis dans un fauteuil recouvert de soie, au milieu du salon où Tavish aimait recevoir ses invités. Aujourd'hui, il ne puisait aucun réconfort dans cet environnement familier où il avait passé des heures fort agréables à discuter de sciences.

Charlotte occupait toutes ses pensées et il avait l'impression que tout avait changé. Elle avait complètement chamboulé son existence.

Une demi-heure après avoir quitté l'orangerie, il ressentait encore dans sa chair l'effet de ses caresses. Il avait des fourmis dans les membres, comme s'il s'éveillait d'un long sommeil. Son cœur n'avait toujours pas repris un rythme régulier. Il frissonnait, aussi excité qu'un jeune lièvre au printemps. Et il revivait sans cesse leurs baisers en esprit, bien qu'il soit actuellement en présence d'Alexander, Hannah, Sophia et Tavish.

Il essayait pourtant de se rappeler la mise en garde du frère de Charlotte. Une idylle, même innocente, ferait d'elle une cible pour Hawley. Et au-delà de cela, Matthew savait qu'il n'était pas l'homme qu'il lui fallait. Mais il ne pouvait s'empêcher de vouloir la reprendre dans ses bras, sentir son corps souple et mince contre le sien et...

Damnation ! Il devait se concentrer sur la conversation, pas sur la femme qui était assise à moins d'un mètre de lui.

— Maintenant que nous voilà tous réunis et que les rafraîchissements ont été servis, quelqu'un peut-il m'expliquer comment ma sœur jumelle a fini avec un bras dans une attelle ? s'enquit Alexander avec sa bonne humeur coutumière.

Sa mauvaise cheville calée sur son genou, il avait l'air très détendu, mais Matthew se doutait que sous ses airs détachés, il était inquiet.

— J'ai été touchée par une balle quand un dragon a voulu tirer sur Matthew qui se sauvait par les toits, expliqua Charlotte, le visage impassible.

Mais Matthew devinait qu'elle riait sous cape de la stupeur de son frère. Alexander aurait fait exactement pareil s'il avait eu une telle histoire à raconter. La malice de Charlotte apaisait un peu son sentiment de culpabilité. Il s'en voulait tellement de l'avoir mise en danger, même involontairement. Mais Charlotte faisait preuve d'un cran admirable.

La nonchalance d'Alexander vola en éclats. Il se redressa brusquement. C'était Alexander-le-valeureux, prêt à défendre sa sœur contre n'importe quel ennemi.

— Comment ? s'écria-t-il. On t'a tiré dessus ? Mais dans sa lettre, Tavish disait qu'il s'agissait d'un accident sans gravité !

— La balle n'a fait que m'érafler. Matthew m'a recousue très habilement. N'est-ce pas, Matthew ?

Charlotte mordit négligemment dans un scone et adressa un clin d'œil à Matthew, qui réprima un sourire.

Alexander, en revanche, ne trouvait rien de drôle à la situation. Son regard glissa sur chacune des personnes présentes et il pivota dans son fauteuil comme un automate bien huilé.

— Matthew a été obligé de te recoudre ? Et puis qu'est-ce que c'est que cette histoire de fuite par les toits ? Êtes-vous tous devenus fous ? Où étais-tu réellement hier soir, Lottie ? Où étiez-vous tous ?

— Il me semble que nous étions en train de prêter main-forte à des enfants sur le point d'être déportés aux colonies. Mais je ne connais pas tous les détails, l'informa Charlotte, avant de boire une gorgée de café.

— Es-tu en train de dire que tu as affronté un régiment de dragons et que tu ne sais pas au juste pourquoi ?

L'air farouche, Alexander croisa les bras sur sa poitrine.

— Est-ce que quelqu'un peut donner un semblant de sens à ce galimatias ?

— Hum... Il faudrait commencer par le début, il me semble, intervint Hannah.

— Oui, mais quel début ? Il y en a plusieurs, objecta Sophia.

— Oh, commencez juste quelque part !

Matthew prit pitié d'Alexander.

— Tavish. L'histoire commence par lui, dit-il en se tournant vers son mentor. Seriez-vous d'accord pour la raconter, monsieur ?

Un certain calme retomba dans le salon. Hannah et Sophia ne connaissaient pas tous les secrets du philanthrope. Une question flotta dans les yeux bleus de ce dernier, à l'intention de Matthew. Après tout, leurs passés respectifs s'entremêlaient dans des proportions que personne ne connaissait.

Matthieu eut un petit hochement de tête. Le soulagement l'envahit à la perspective de révéler enfin ce qu'il avait tu pendant des années. Il avait toujours brûlé de se confier à Alexander, mais s'y était toujours refusé pour ne pas mettre son ami en péril.

Néanmoins Alexander était désormais impliqué au même titre que Charlotte, et les demi-vérités devenaient plus dangereuses que l'histoire dans son intégralité.

— Mes parents étaient fermiers sur le domaine écossais du père de Matthew, expliqua Tavish. Ils étaient pauvres et ils ont en plus subi de mauvaises récoltes. Mon père s'est engagé dans l'armée, mais il est revenu malade des colonies et il ne pouvait plus quitter son lit. Ma mère faisait de son mieux pour nous faire vivre, moi, mon père et mes deux grands-mères, mais il n'y avait jamais assez de pain pour nous nourrir. Enfant, je me suis mis à braconner, d'abord avec des collets, puis avec une arbalète. Un jour, la mère de Matthew m'a surpris en train de poser un piège. Je devais avoir environ sept ans. Plutôt que de me dénoncer à son époux, elle m'a offert du travail au château, contre un salaire qui m'a permis d'aider ma famille. La duchesse s'est prise d'affection pour moi. Elle m'a appris à lire et à écrire. Elle aimait beaucoup la nature et elle m'a enseigné ce qu'elle savait sur les bois qui entouraient le domaine. Je suppose qu'elle s'entraînait en quelque sorte pour le jour où elle aurait elle-même des enfants...

Tavish marqua une pause et jeta un regard à Matthew pour lui demander la permission tacite de poursuivre. Ce qui suivait en révélait plus sur la vie de Matthew que sur la sienne.

Matthew se racla la gorge. Il détestait parler de sa famille, de son éducation, mais... il n'était pas obligé de tout exposer, juste ce qu'il fallait pour permettre à ses amis d'assembler les pièces du puzzle.

— Mon père était pour une éducation très stricte. À sa demande, sa propre gouvernante s'est occupée de son aîné et de son cadet. Comme j'étais le benjamin, ma mère espérait jouer un rôle plus actif dans mon éducation, mais elle est morte peu de temps après ma naissance.

Les mots étaient sortis de sa bouche avec un détachement qu'il était loin d'éprouver. C'était si factuel, si éloigné de la perte immense et dévastatrice que représentait l'absence de cet amour maternel qui aurait pu changer tant de choses à son enfance catastrophique ! Car son père, très superstitieux, l'avait tenu pour responsable du décès de sa femme, le soupçonnant même d'être un changelin en raison de son aspect chétif.

— J'ai pu parler une dernière fois à la duchesse avant qu'elle s'éteigne, reprit Tavish qui, contrairement aux autres, était au courant de ce que Matthew taisait. Elle m'a demandé de transmettre à Matthew tout ce qu'elle m'avait enseigné et de lui faire aimer la beauté du monde. J'ai continué de travailler sur le domaine, mais quand le duc s'est rendu compte que je faisais découvrir à Matthew les merveilles de la faune et de la flore, j'ai été renvoyé sans lettre de recommandation. Et comme je ne pouvais plus subvenir aux besoins de ma famille, j'ai recommencé à braconner.

— Je ne comprendrai jamais l'aristocratie, fit Hannah en secouant la tête. C'est absurde ! Le duc aurait dû se réjouir que son fils étende son champ de connaissances !

— Pas si son professeur était un simple fils de paysan.

Alexander et Charlotte hochèrent la tête d'un air entendu. Ils comprenaient. La famille d'Alexander l'avait rejeté à cause de son pied bot, et Charlotte menait une vie sous haute surveillance. Mais contrairement à ce que pensaient les jumeaux, ce n'étaient pas seulement par snobisme que le duc avait licencié Tavish – c'était surtout par crainte que Matthew ne soit un être surnaturel. Il redoutait que l'étude de la nature ne réveille en lui de sombres pouvoirs.

— Je me suis fait prendre et j'ai été arrêté, condamné à être déporté aux colonies. Le transfert a été... brutal. Les prisonniers étaient maltraités, malades... Bref, ce ne sont pas de bons souvenirs.

C'était le père de Matthew et ses frères qui étaient responsables de toute cette souffrance. Aujourd'hui, ils continuaient d'envoyer aux colonies les braconniers pris sur le domaine, qui étaient pour la plupart de très jeunes garçons. Matthew en avait toujours été rongé de culpabilité, même avant d'apprendre quel sort avait été réservé à Tavish. Plus tard, il avait rejeté sa propre classe quand, poussé par l'envie d'aider les autres, il avait embrassé la profession de médecin. À ses yeux, c'était une façon de racheter le mal causé par sa famille.

C'est alors que Tavish lui avait offert un moyen encore plus concret de rendre justice.

— Quand je suis arrivé au Nouveau Monde, poursuivit Tavish, j'ai été acheté par un planteur de tabac du Maryland. Ou plus exactement, il a payé ma traversée et, en échange, j'ai dû travailler chez lui pendant quatorze ans. Mon sort était quand même préférable à celui des esclaves noirs qui trimaient dans les champs. Ils étaient et sont toujours piégés à vie, comme le seront leurs enfants et les enfants de leurs enfants. La loi protège un minimum les travailleurs asservis, même si mon maître n'en avait cure. J'ai réussi à échapper aux pires horreurs. Ensuite, grâce à l'éducation que j'avais reçue, j'ai pu faire fortune et créer ma propre compagnie maritime. Et quand je suis rentré à Londres, j'ai décidé d'aider les jeunes délinquants qui se trouvent dans la situation où j'étais.

— Non seulement il leur rend la liberté, mais il leur offre un hébergement, ici, sur le domaine, précisa Matthew d'un ton admiratif. C'est pour leur apprendre un vrai métier que nous nous sommes lancés dans l'imprimerie.

— Voilà pourquoi il y a tant de monde ici ! s'exclama Charlotte, qui bondit presque sur sa chaise, dans une réaction pleine d'exubérance qui rappela à Matthew la sauvageonne qu'elle était jadis. Je savais bien qu'il se passait quelque chose de bizarre !

— J'ai aussi fondé une école plus classique qui permet d'obtenir un niveau d'études universitaire, avec un enseignement orienté vers les sciences. On y étudie plus les mathématiques que la philosophie ou le théâtre antique.

— Il accepte aussi les étudiants que ma mère et son équipage libèrent des bateaux négriers, ajouta Sophia.

— Est-ce ainsi que vous vous êtes connus ? s'enquit Charlotte.

Tavish eut un petit rire.

— J'ai fait la connaissance de Sophia et Hannah quand Mary la Brave a arraisonné mon navire.

— Maman s'est vite rendu compte que Tavish refusait de transporter des esclaves ou des forçats. Il refusait également les cargaisons de sucre et de tabac. Il y avait à bord plusieurs fugitifs qu'il emmenait en sûreté en Angleterre.

— Mary a tout de suite compris que nous avions les mêmes intérêts. Elle s'est surtout donné pour mission de sauver les esclaves africains, mais elle libère aussi des forçats, et c'est ainsi qu'elle a rencontré son mari et son beau-frère. Elle accueille ces hommes sur une île des Caraïbes, et il arrive que certains préfèrent aller chercher fortune dans les grandes villes. Elle a toujours eu envie de créer à Londres une sorte de sanctuaire pour tous ces gens.

— Le Mouton Noir !

Alexander donna un coup de canne par terre en tournant vers Matthew un regard peiné.

— Je n'arrive pas à croire que tu m'aies caché tout ça !

— J'ai eu envie de tout te dire tant de fois...

— Je le lui avais interdit, intervint Tavish d'une voix ferme. C'est à cette condition seulement que je l'avais engagé comme chirurgien.

— Que faisiez-vous exactement durant ces voyages, Matthew ? demanda Charlotte.

— Je soignais l'équipage en cas de besoin, et j'organisais des expéditions scientifiques dans les terres, mais ce n'était pas seulement pour collecter des informations sur la faune et la flore. Je me renseignais aussi sur les plantations.

Matthew parlait à mi-voix. Il n'aimait pas se dépeindre comme une sorte de vaillant Robin des Bois.

— Pour aider les esclaves et les forçats à s'évader, compléta Tavish.

— Nombre d'autochtones me prêtaient main-forte, objecta Matthew avec une certaine raideur. Je n'étais qu'un messager.

Sophia eut un petit rire.

— Quel euphémisme ! Charlotte vous a vu voler de toit en toit. Elle est assez intelligente pour se rendre compte que vous avez une sacrée expérience dans le domaine de l'évasion.

Matthew était un scientifique. Ces actions spectaculaires constituaient une sorte d'aberration dans sa vie. Il ne voulait pas que Charlotte le voie comme un héros romantique.

Il changea délibérément de sujet.

— À propos, que faisait lady Charlotte avec vous hier soir ?

Matthew n'avait pas eu l'occasion de poser la question quand il avait fallu soigner la jeune femme. Et ce matin, dans la serre, il avait eu tout autre chose en tête.

Sophia et Hannah lui racontèrent rapidement comment elles avaient sauvé Charlotte, poursuivie par des ruffians. Matthew fut horrifié d'apprendre qu'elle avait suivi les sbires de Hawley dans une zone malfamée de Covent Garden.

— Pourquoi diable avez-vous fait quelque chose d'aussi insensé ? s'exclama-t-il avant de songer à formuler sa pensée de manière plus correcte.

— Je n'ai pas le choix si je veux empêcher mes fiançailles. Le temps presse. Votre père rentrera dans moins de deux semaines. Il fallait agir ! répondit-elle, une note de désespoir dans la voix.

— De la façon dont vous vous y prenez, vous serez morte avant d'arriver à l'autel, ironisa Hannah.

— Oh, voyons, ne sois pas si dure ! la tança Sophia.

Matthew frémit en imaginant le corps sans vie de Charlotte. Il avait envie de la prendre dans ses bras pour s'assurer qu'elle n'avait pas été blessée par ces forbans.

— Hannah a raison, objecta Alexander, même si sa franchise est un peu brutale, je vous l'accorde. Mais apparemment tu en as besoin, Lottie. Je t'avais dit de ne pas approcher Hawley. Je t'ai promis de prendre les choses en mains.

Matthew s'efforçait de refouler sa peur rétrospective. La logique. Il devait recourir à la logique.

— Pourquoi vous mettriez-vous en danger, l'un comme l'autre ? raisonna-t-il. Alexander, tu sais que j'essaie de coincer Hawley depuis des années. C'est mon frère. Nous ne sommes pas proches, mais j'ai grandi avec lui. De nous tous, c'est moi qui ai le plus de chances de le démasquer.

À sa grande surprise, les jumeaux échangèrent un de ces regards de connivence qui, depuis toujours, lui donnaient l'impression d'être un étranger en leur présence. Et jamais plus qu'en cet instant.

— Je n'étais pas sûre que vous n'étiez pas complice de Hawley, avoua enfin Charlotte, la mine penaude.

Une douleur inattendue transperça Matthew.

— Vous avez cru… que j'étais capable de… Tous les deux ? balbutia-t-il, tandis que son regard incrédule passait d'un jumeau à l'autre.

— Pas de votre plein gré, s'empressa de préciser Charlotte. J'ai pensé que peut-être votre frère vous avait forcé à faire quelque chose quand vous étiez jeune, et que maintenant il vous faisait chanter en exigeant votre silence.

Matthew tressaillit. Il ne voulait pas qu'elle le considère comme un héros, mais il ne voulait pas non plus qu'elle le voie comme un lâche ou une mauviette !

— Si je détenais la preuve que mon frère est un assassin, je n'aurais jamais gardé le silence.

— Je n'aurais pas dû douter de votre moralité, Matthew, mais je ne voulais prendre aucun risque, vous comprenez ? Vous vous comportiez de manière étrange et j'avais l'impression que vous cachiez quelque chose. Et j'avais raison, n'est-ce pas ?

De nouveau, Matthew dut lutter contre ses émotions pour réfléchir de manière rationnelle. Charlotte avait le droit de se protéger contre le puissant Hawley, bien sûr. Et ce qu'elle avait redouté, cette histoire de chantage, était somme toute plausible.

Au lieu de se vexer, il aurait dû la féliciter d'avoir fait preuve de prudence.

Il reporta son attention sur Alexander.

— Toi aussi, tu as cru que je couvrais les agissements de mon frère ?

— Eh bien, je trouvais cela très improbable, mais... il y a eu cette histoire de collier.

— Oh, encore ? Je croyais que le problème était réglé !

— Tu ne me l'as toujours pas montré, rétorqua Alexander, rembruni. Et tu ne m'as pas expliqué comment il se trouve en ta possession. Même si j'en ai une petite idée, maintenant que je sais que tu es doué pour courir sur les toits.

Charlotte sursauta en laissant tomber son scone dans son assiette.

— Mais... tu as parlé du collier à Matthew ? Pourquoi ne me l'as-tu pas dit ?

— J'avais l'intention de le faire. Je t'attendais au Mouton Noir, mais tu as préféré pourchasser des criminels dans les coupe-gorge de Londres !

L'agacement d'Alexander était palpable.

— De quel collier parlez-vous ? demanda Hannah.

Matthew se sentait lui aussi gagné par l'irritation. Il en avait assez de cette ambiance de défiance. Glissant la main dans sa poche, il en retira le collier et le posa brutalement sur la table, à côté des scones et des tranches de cake aux graines de carvi.

— De celui-ci ! répondit-il. Mais ça ne nous aidera pas à prouver que Hawley a tué sa dernière épouse.

— Euh... puis-je faire une remarque ? intervint Sophia. On dirait bien que vous avez mené l'enquête chacun de votre côté, sans rien dire pour protéger les autres. Ne serait-il pas plus judicieux d'unir vos efforts ? Si chacun garde ses secrets, vous risquez de vous nuire mutuellement. Il me paraît moins dangereux de collaborer.

Matthew s'obligea à respirer avec calme, comme il le faisait avant chaque mission. Son instinct l'incitait à supplier Charlotte de ne plus prendre d'initiative et de le laisser faire. Mais ce n'était pas lui qui luttait pour sa liberté. C'était elle.

De manière aussi concise que possible, il expliqua comment il avait découvert le ras-de-cou dans un tiroir secret, chez son frère.

— Je suis sûr que c'est lui qui a envoyé ces bandits masqués nous attaquer l'autre jour.

— Moi aussi, dit Charlotte. Les hommes que j'ai suivis hier étaient ceux que vous avez combattus, Matthew.

Matthew ne s'autorisa pas à la sermonner de nouveau.

— Je le suspectais déjà quand Hawley est venu au Mouton Noir, mais je n'en étais pas certain. Hélas, nous ne pouvons pas prouver que ces types nous ont attaqués ou qu'ils ont agi sur l'ordre de mon frère. Le collier est mon seul indice concret, mais je ne sais pas encore à quoi il peut me servir. Il n'y a aucune gravure ou marque qui pourraient indiquer qui l'a fabriqué.

— J'ai montré un dessin de ce collier à mes amies, et aussi à M. Powys. Personne ne l'a identifié. M. Powys m'a juste dit qu'à son avis il datait de l'époque Tudor.

— Cela expliquerait que je n'ai pas trouvé la signature du joaillier. Et regardez ça, murmura Matthew en jouant avec le pendant en onyx. C'est très étrange. J'ai observé ce camée sous tous les angles, mais je n'arrive pas à déterminer quel est l'animal représenté.

— Un lion ? suggéra Charlotte.

— Un blaireau ? dit Alexander en même temps. Oui, c'est ça, un blaireau.

— Oh voyons, ça ne ressemble pas du tout à un blaireau ! s'exclama sa sœur en levant les yeux au ciel.

— Un dragon difforme ? proposa Hannah. Quoique… le nez est vraiment aplati.

— Ce pourrait être un écureuil vraiment mal dessiné avec une queue ébouriffée, dit Sophia en prenant le camée pour l'étudier de plus près. Ou un singe en colère.

— Je vote pour le singe, puisque vous avez écarté la possibilité du blaireau, déclara Alexander d'un air vexé.

Sophia reposa le bijou dans un soupir.

— On dirait que la représentation de l'animal est délibérément grossière, alors que par ailleurs l'artiste a travaillé tout en délicatesse.

Tavish se pencha pour saisir à son tour le collier et le placer dans la lumière.

— Qu'y a-t-il ? demanda Matthew.

— C'est bizarre. Cela me rappelle des rochers sculptés près desquels je jouais quand j'étais jeune, en Écosse. Le style est le même.

— De quand dataient ces sculptures ? De l'époque Tudor, peut-être ? s'enquit Charlotte.

— Oh, je pense qu'elles étaient bien plus vieilles. Sans doute faut-il remonter à l'époque des Romains.

Tavish rendit le collier à Matthew.

Charlotte se redressa soudain, les yeux brillants.

— Je connais quelqu'un qui pourra nous aider ! Mlle Georgina Harrington. Nous avons fait nos débuts ensemble. Elle était passionnée d'histoire. Les Romains, les Normands et les Anglo-Saxons n'ont pas de secrets pour elle. Je me souviens l'avoir entendue parler à lord McAllister de pierres pictes qui avaient été découvertes sur son domaine. La conversation assommait visiblement lord McAllister, mais personnellement je trouvais cela très intéressant.

— Peut-on faire confiance à cette Mlle Harrington ? s'enquit Matthew.

— Oui. Elle n'a pas quitté l'Essex depuis des années, et c'est un bas-bleu, pas vraiment le genre de femme à retenir l'attention de Hawley. Mais il serait peut-être plus simple de parler à son cousin, M. Percy Pendergrast. Il est antiquaire. Il connaît bien Alexander et il est souvent au Mouton Noir.

Alexander toussota pour manifester son désaccord.

— Je pense qu'il vaut mieux écrire à Mlle Harrington.

— Pourquoi ? Pendergrast a l'air d'être quelqu'un de bien, et ce n'est pas un proche de mon frère. Tu crois que je devrais me méfier de lui ? s'étonna Matthew.

Alexander semblait mal à l'aise.

— Non, ne t'inquiète pas. Il ne fait pas partie de l'entourage de Hawley. C'est juste que... il vaudrait mieux écrire à Mlle Harrington.

— Cela m'a toujours étonnée que M. Pendergrast soit expert en vestiges de l'Antiquité, murmura Charlotte. Il s'intéresse plutôt au sport, comme Alexander.

— Croyez-vous que ce soit Mlle Harrington qui détienne en réalité le savoir ?

— Elle ne serait pas la première femme à se servir d'un homme-écran pour exercer ses compétences, remarqua Hannah.

— Eh ! ce n'est pas le mystère qui nous occupe aujourd'hui, intervint Alexander en claquant dans ses mains. Nous devrions plutôt dresser un plan pour découvrir les secrets de Hawley.

— Pourquoi ne pas réunir une équipe afin de discuter stratégie, comme Tavish et moi le faisons avant chaque mission de sauvetage compliquée ? suggéra Matthew.

— Autant en discuter maintenant, objecta Hannah. D'autant que nous ne serons nulle part plus en sécurité qu'ici.

— Non, nous avons besoin de plus de monde, insista Matthew. Hormis Charlotte, aucun de nous n'est admis dans le cercle de connaissances de Hawley. Certains de ses amis huppés sont amis avec le demi-frère de lady Calliope. Elle saura peut-être nous conseiller. Et puis bien sûr, il y a George Belle et ses précieuses voitures.

— Alun Powys pourrait aussi nous aider, ajouta Sophia. Nous avons pu compter sur lui à plusieurs reprises quand nous étions en difficulté. Et il y trouvera aussi un intérêt personnel : une des maîtresses de Hawley, morte dans un incendie criminel, était actrice dans sa troupe. Alun a des accointances avec les milieux hédonistes, mais aussi avec la pègre locale.

Matthew pivota vers Charlotte. Malgré sa robe déchirée et ses cheveux en désordre, elle était magnifique. Elle n'avait nul besoin d'être parfaite pour irradier de beauté.

— Êtes-vous d'accord ?

— Oui. Retrouvons-nous au Mouton Noir dès que nous aurons eu des nouvelles de Mlle Harrington, répondit-elle d'un ton résolu.

*

* *

— Lottie a demandé que vous voyagiez tous les deux dans le second véhicule, dit Alexander à mi-voix, au moment où Matthew s'apprêtait à monter en voiture.

Surpris, celui-ci se tourna vers son ami.

— Ce n'est pas correct.

— Oh, rien n'a été correct depuis que ma sœur a décidé de poursuivre deux ruffians dans les rues de Londres, objecta Alexander avec un petit rire. Si les cousines Wick ou Tavish se montrent trop bavardes – ce dont je doute –, la réputation de Lottie sera définitivement ruinée. Ce n'est pas un voyage en voiture qui y changera grand-chose.

— Mais si quelqu'un nous reconnaît devant le café ?

Un sentiment proche de la panique gagnait Matthew. Il avait envie de rejoindre Charlotte, mais la puissance de ses émotions – de *leurs* émotions – le submergeait.

Il n'avait pas eu le temps d'analyser les implications de ce qui était survenu dans la serre.

— La voiture est sans signes distinctifs et Lottie porte un voile, lui rappela Alexander. Elle a conscience du risque, et elle est prête à le prendre.

Matthew jeta un coup d'œil à la voiture d'apparence anodine dans laquelle Charlotte venait de monter. Il porta la main à sa cravate et desserra le nœud d'un geste nerveux.

— Tu crois vraiment que c'est raisonnable ? murmura-t-il, plus comme s'il se parlait à lui-même qu'à son ami.

— Je sais que tu es digne de confiance, Matthew. Ma sœur est parfaitement en sécurité avec toi si c'est ce qu'elle désire.

— Tu as toujours confiance en moi, alors, malgré mes omissions ?

Alexander caressa la tête de lion qui ornait le pommeau de sa canne.

— Je te mentirais si je prétendais ne pas avoir été blessé. Tu m'as caché tout un pan de ta vie. Je sais que tu obéissais aux consignes de Tavish et que tu voulais me protéger, cependant je n'en suis pas moins froissé. Mais avec le temps, cela s'apaisera.

— Je te sais gré d'adopter une vision rationnelle des choses, sans chercher à nier tes sentiments. Sache que pour moi, rien ne pourra jamais entacher notre amitié.

Alexander eut ce sourire juvénile qui était sa marque de fabrique et fit un clin d'œil à son ami.

— Tu ferais mieux de garder tes déclarations grandiloquentes pour ma sœur. Elle lit tout un tas de romans et attend un langage fleuri de ses soupirants.

Puis, en sifflotant, il monta dans la voiture de tête, où se trouvaient déjà les cousines Wick et Tavish.

Matthew lui enviait sa décontraction. Il était soulagé qu'ils aient décidé de tourner la page, mais il avait beaucoup plus d'incertitudes quant à sa relation avec Charlotte.

Partagé entre la peur et l'impatience, il s'approcha de l'autre voiture.

Charlotte avait déjà tiré les rideaux, mais la portière était ouverte et la clarté du jour illuminait son visage d'ange. À la vue de son sourire mutin, il resta paralysé une seconde, avant que ses muscles acceptent de se remettre en mouvement.

— C'est le deuxième rendez-vous secret que j'organise, dit-elle, les yeux brillants de malice. Cela s'est un peu fait dans la précipitation, mais je ne savais pas si l'occasion se représenterait. Ne trouvez-vous pas que je me débrouille bien ?

Matthew émit un son étranglé. Mais Charlotte ne parut pas contrariée par ce manque d'éloquence, bien au contraire. Elle se mit à rire.

— Je prends cela pour un « oui » !

Au moment où la voiture s'ébranlait, elle se pencha pour lui prendre les mains et le tira brusquement vers elle. Matthew faillit lui dégringoler dessus. Heureusement, elle le lâcha juste à temps pour qu'il puisse s'appuyer sur le dossier de la banquette, une main de chaque côté de ses hanches.

Ils étaient les yeux dans les yeux, et seuls quelques centimètres séparaient leurs lèvres. Chaque fois qu'elle inspirait, sa poitrine se soulevait et se pressait contre le torse de Matthew. Leurs jambes étaient emmêlées dans le flot de ses jupes et jupons.

— Je suis encore plus douée pour les rendez-vous galants que je ne le soupçonnais, chuchota-t-elle.

Puis elle l'embrassa.

D'ordinaire, Matthew avait toujours l'esprit encombré de pensées, même quand il souhaitait se reposer. Cette fois, il fit le vide d'un coup. Ou plutôt, il se retrouva saturé par Charlotte. Le parfum de rose de sa peau... La chaleur qui se dégageait de son corps... Le contact de sa bouche sur la sienne, de ses doigts dans ses cheveux... Le poids léger de son bras sur ses épaules...

Il se perdit dans ces sensations, comme il l'avait fait dans l'orangerie. Ses doutes s'évaporèrent, balayés par le désir. Il cessa de s'inquiéter, de se demander s'il était l'homme qu'il lui fallait, pour se contenter de savourer le bonheur d'être dans ses bras.

Matthew avait passé sa jeunesse à étudier, et une grande partie de sa vie d'adulte en mer ou dans les contrées les plus reculées d'Amérique. Cela lui avait laissé peu de temps pour courtiser les dames. Pourtant son manque d'expérience avec le beau sexe n'inhibait pas ses réactions. Sa passion longtemps retenue jaillit avec impétuosité sous forme de caresses et de baisers brûlants.

Les soupirs de Charlotte le guidaient, lui soufflaient où la toucher, où s'attarder, où la taquiner. C'était comme si son cœur était un astrolabe spécifiquement conçu pour lui donner du plaisir.

Sa bouche quitta la sienne, descendit sur le contour de sa mâchoire. Il adorait explorer la douceur de sa peau. Elle tressaillit, et il aurait juré que son corps vibrait en résonance avec le sien.

De son côté, elle le parcourait de ses mains, et il avait l'impression que ses doigts laissaient des étincelles dans leur sillage. Elle caressa sa nuque, ses épaules, son dos, puis sa poitrine, comme si elle établissait une carte de son anatomie.

Tandis que Matthew butinait sa chair à la jonction de son cou et de son épaule, Charlotte tira sur sa cravate. Il se mit à trembler de désir. Jamais il n'en avait connu de plus violent. La main de Charlotte s'immisça sous sa chemise, frôla sa peau nue. L'intimité de ce geste faillit le rendre fou.

La jeune femme émit un petit son de gorge, qui le rendit dur comme le marbre. Elle se pressa contre lui, et ce fut à lui de gémir. D'instinct, il arqua les hanches. Bien qu'étourdi par le feu de la passion, il prenait soin de ne pas toucher le bras blessé de la jeune femme. Se servant de sa main droite, elle écarta une à une les épaisseurs de vêtements : redingote, gilet, chemise... dont il se débarrassa docilement, entre deux baisers.

Le souffle court, elle fit descendre ses doigts le long de sa colonne vertébrale. La bouche de Matthew s'égara sur le renflement de ses seins comprimés par le bustier, et il perçut les battements précipités de son cœur.

En tant que médecin, il connaissait parfaitement le corps humain, mais il ne s'agissait pas d'un examen clinique, de simples tendons, d'os et de vaisseaux sanguins. C'était bien plus profond, magique, bouleversant.

Un brusque cahot le ramena à la réalité. Charlotte émit un petit cri de douleur et dégagea sa main pour la porter à son attelle.

— Je vous ai fait mal ? s'inquiéta-t-il.

— Non, c'était la secousse.

Le corps frémissant comme un diapason, Matthew se laissa tomber sur la banquette à côté d'elle.

— J'aurais dû être plus raisonnable. Mais je crois... que je n'étais pas en mesure de réfléchir, murmura-t-il.

— Moi non plus.

Elle posa sa tête sur son épaule, leva les yeux sur lui et sourit.

— Je sais que c'est très imprudent, mais c'est tellement excitant !

De nouveau, l'inquiétude saisit Matthew. N'était-ce pas le danger qui précisément attirait Charlotte ? S'intéresserait-elle encore à lui quand elle se rendrait compte qu'il passait plus de temps à lire et rédiger des articles qu'à sauter de toit en toit ?

— En général, je préfère les activités plus calmes, dit-il sans réfléchir.

— Pardon ?

Elle le regarda en écarquillant les yeux. Matthew se sentit rougir. Quel maladroit ! Elle ne pouvait pas avoir deviné le cheminement de sa pensée.

— Je ne voulais pas dire... Je... J'aime beaucoup vous embrasser ! Et j'ai très envie de recommencer.

Elle se détendit et lui sourit.

— Moi aussi, dit-elle en lui prenant le visage entre les mains.

— Ce que je voulais dire, c'est que… je suis un biologiste et un médecin. Mon quotidien est bien plus ennuyeux que l'action d'éclat dont vous avez été témoin hier soir. Je ne voudrais pas que vous vous imaginiez que je suis une sorte de héros fringant et romantique.

— Oh, je vous trouve absolument fringant et romantique !

Avec ses joues rosies, elle ne lui avait jamais paru plus belle. Il aurait voulu se griser des mots qu'elle venait de prononcer, mais il ne devait pas. Dans leur intérêt à tous deux, mais surtout celui de Charlotte. Il ne voulait pas lui mentir.

— Je vous assure que je ne suis pas comme ça, dit-il avec sérieux. Mon aura d'aventurier ne tardera pas à s'éteindre, et vous vous apercevrez que je mène une vie très tranquille, voire casanière. Je ne cours pas les bals, je ne fréquente pas l'opéra ni les salons littéraires… même si l'on m'y invite. Quand je suis à Londres, la plupart du temps, je passe mes soirées à lire des manuels poussiéreux, ou bien j'assiste à des conférences scientifiques.

Une lueur d'indignation s'alluma dans les yeux de Charlotte.

— Vous devez me penser bien superficielle si vous croyez que je suis incapable de profiter d'une soirée tranquille au coin du feu. Ou bien m'estimez-vous trop idiote pour assister à une conférence ?

— Non, pas du tout ! Vous êtes intelligente, ouverte d'esprit, généreuse. Ce sont toutes ces qualités qui m'ont attiré chez vous en premier lieu.

Son regard vert s'adoucit, mais il voyait bien qu'elle était blessée. Dans un élan, il prit ses mains dans les siennes.

— Ce que je veux dire…

La voiture s'immobilisa, l'empêchant de finir sa phrase. Fébrile, il chercha ce qu'il pourrait dire pour la convaincre, avant qu'ils soient obligés de descendre. Mais il n'avait jamais été vraiment doué avec les mots.

Alors qu'il tentait de dompter ses émotions chaotiques, Charlotte dégagea ses mains.

— Nous ferions mieux de mettre de l'ordre dans notre tenue, dit-elle en rajustant son corsage. Connaissant mon frère, il peut ouvrir la portière d'une seconde à l'autre. Le tact n'est pas la première de ses vertus.

— Euh... vous avez raison, bredouilla Matthew.

Sa poitrine semblait sur le point d'exploser sous la pression des sentiments qu'il brûlait de dévoiler. Hélas, il ne savait pas du tout comment s'y prendre. Il voulait ce qu'il y avait de mieux pour Charlotte, même si cela devait lui coûter tout ce à quoi il tenait.

22

Cinq jours plus tard, il restait moins d'une semaine avant le retour du duc. Charlotte se rendit au Mouton Noir pour la réunion dont ils étaient convenus. Hannah et Sophia avaient fermé le café, et ils seraient tranquilles pour échafauder leur plan contre le vicomte.

Charlotte avait dans la poche la lettre de Mlle Georgina Harrington, qu'ils avaient questionnée au sujet du collier. Il lui restait juste à convaincre Calliope, M. Powys et M. Belle de se joindre à leur petit groupe de conspirateurs.

Elle se rendit compte qu'elle était la dernière à arriver et glissa un coup d'œil à Matthew. Elle ne l'avait pas revu depuis leur retour à Londres. Il était encore plus raide qu'à l'accoutumée et ses joues étaient légèrement empourprées.

À sa vue, une bouffée de chaleur envahit la jeune femme.

— Qu'avez-vous au bras ? s'exclama Calliope, qui était assise sur un sofa rose, à côté d'Alexander. Cela a-t-il un lien avec le message que m'a adressé Alexander la semaine dernière pour me demander de dire à votre mère que vous passiez la nuit à Estbrook House ?

— Avant que Charlotte réponde à cette question, organisons-nous, intervint Sophia. Monsieur Powys et monsieur Belle, voulez-vous bien vous joindre à nous ?

Les yeux bruns de Calliope s'écarquillèrent. On voyait bien qu'elle brûlait de poser d'autres questions, néanmoins elle garda le silence pendant qu'on déplaçait chaises et canapés afin de former un cercle.

Puis Charlotte fut désignée pour expliquer la situation aux nouveaux arrivants.

Cette fois, elle n'était pas l'hôtesse d'un salon littéraire. Elle parlait au nom d'un groupe.

Quand elle eut fini, la blonde Calliope ne tenait plus en place. La perspective de vivre une aventure l'enthousiasmait visiblement.

— Il s'agit d'une vraie conjuration ! s'exclama-t-elle, les yeux brillants d'excitation.

M. Powys ricana. Avec ses cheveux aile de corbeau, ses yeux bleus perçants et sa mine concentrée, il formait l'exact opposé de la radieuse Calliope.

— Nous parlons de la vie de votre amie, pas d'une de ces bluettes que vous écrivez, objecta-t-il avec son accent gallois qui pouvait être aussi tranchant qu'une épée.

Calliope haussa un sourcil doré.

— Voulez-vous dire que vous lisez mes pièces de théâtre avant de refuser qu'elles soient montées dans votre précieux théâtre ? Vous avez peur de mettre un peu de douceur dans vos productions dramatiques et vos histoires grivoises ?

Charlotte les observait avec surprise. Calliope composait surtout des poèmes épiques et lyriques, mais de temps à autre elle écrivait une pièce de théâtre. Charlotte ignorait que son amie avait proposé ses œuvres à M. Powys… et qu'il les avait refusées.

Les écrits de Calliope étaient très populaires et susceptibles d'attirer une foule de spectateurs enthousiastes. Mais il est vrai qu'il s'agissait d'histoires d'amour passionnées et chimériques, qui n'avaient rien à voir avec les comédies lestes mais mordantes ou les tragédies privilégiées par M. Powys.

— On m'a dit que trop de sucre pouvait déclencher des crises de goutte, aussi j'évite tout ce qui est trop sirupeux, rétorqua M. Powys.

— Il est vrai que le vinaigre préserve, mais aussi longue que soit votre vie, il serait dommage de la passer dans l'aigreur, riposta Calliope.

La voix sèche de Hannah interrompit cette joute oratoire.

— Vous vous êtes donc déjà rencontrés ?

— Brièvement, au Mouton Noir, il y a une semaine, répondit Calliope.

— Mais nous avons échangé des lettres, ajouta M. Powys. Bien que lady Calliope préfère correspondre avec mes associés.

— Parce que vous ne répondez pas à mes missives !

— Bien, êtes-vous capables de mettre de côté votre différend le temps que nous résolvions nos problèmes ? s'enquit Hannah, manifestement irritée par cette digression.

— Ma cousine a raison, intervint doucement Charlotte, avant d'ajouter d'un ton plus ferme : Nous ne pouvons pas permettre des dissensions au sein de notre groupe.

M. Powys se rembrunit. Son charme de façade se fissura pour dévoiler cette brutalité qui lui avait permis d'échapper à son destin de gamin des rues et de devenir le propriétaire associé d'un des théâtres les plus courus de Londres, juste derrière le Drury Lane en popularité. À présent il faisait penser à un des quatre cavaliers de l'Apocalypse : beau comme un dieu, mais prêt à tout détruire sur son passage.

— Hawley est un assassin. Il a causé la mort d'Althéa, même si ce n'est pas lui qui a allumé l'incendie dans lequel elle est morte. J'en suis certain ! La pendaison est encore trop douce pour lui. De toute façon, on n'exécutera pas un noble. Mais je ferai tout pour qu'il n'ait plus aucun pouvoir de nuisance.

— Quant à moi, je suis prête à endurer n'importe quoi pour vous sauver, Charlotte, déclara Calliope en se penchant pour presser la main de la jeune femme. Et je sais être aimable quand il le faut.

— Moi aussi, dit M. Powys.

— Alors, par quoi commençons-nous ? demanda Charlotte en jetant un regard circulaire autour d'elle.

— Hawley est très doué pour effacer les indices qui pourraient mener à lui, dit M. Powys avec amertume. Je n'ai trouvé aucune preuve qu'il ait commandité cet incendie meurtrier.

— Moi non plus, soupira M. Belle. Il y a deux ans, après la mort d'Althéa, j'ai ordonné à mes hommes de le pister dans ses allées et venues. Ils l'ont fait pendant six mois. Il a rencontré toutes sortes de ruffians, mais aucun de mes employés ne l'a vu commettre un crime de ses propres mains.

— Exactement comme moi quand je l'ai suivi, dit Matthew. Mais c'était il y a plus d'un an, car ensuite je suis parti aux colonies.

— Ce collier est certainement la clé, dit Charlotte en tirant une lettre de sa poche. J'en ai la conviction. Mlle Harrington n'a pas reconnu le bijou, mais elle a identifié la créature sur le camée. Laissez-moi vous lire ce qu'elle a écrit :

Je fus surprise, je l'avoue, de recevoir de vos nouvelles, lady Charlotte. Et je me suis même étonnée que vous vous soyez souvenue de moi après mes débuts dans le monde fort peu glorieux. La gentillesse dont vous avez toujours fait preuve à mon endroit adoucit le souvenir de cette période désastreuse. Je suis ravie de vous remercier en répondant à vos questions. Je ne connais pas le collier qui figure sur ce dessin, mais je me suis toujours intéressée aux vestiges du passé. Vous avez raison, ce bijou date de l'époque Tudor, ce qui est encore trop moderne à mon goût. Néanmoins j'ai identifié sur le camée un symbole païen ancien qui représente un chat sauvage écossais. Il n'est pas picte, comme vous le suggérez, mais catte. Les Cattes étaient une tribu germanique qui a été chassée par les Romains de la région aujourd'hui devenue le landgraviat de Hesse-Darmstadt. Pline l'Ancien et Tacite ont tous deux évoqué les Cattes, mais je m'égare. Certains ont fui en Écosse, et quelques clans des Highlands en descendent. Le camée n'a pas été sculpté dans l'Antiquité, je suppose qu'il a été exécuté il y a un siècle et demi et que l'artiste a voulu rendre hommage à cette culture presque oubliée.

— Matthew, ta famille a-t-elle un lien avec ce chat sauvage ? demanda Alexander. Après tout, tu as du sang écossais dans les veines.

— Si ma famille s'est intéressée à cet animal, c'est juste pour hâter son éradication, répondit Matthew, qui examinait le collier. Tu as bien vu la réaction de mon frère quand j'ai évoqué les félins chez la duchesse. Il n'aime pas les animaux, et il ne porte certainement aucun intérêt à un camée gravé. Je m'étonne même qu'il ne s'en soit pas débarrassé.

— Néanmoins c'est un symbole important pour certains clans, comme le précise Mlle Harrington, remarqua Charlotte. Attendez… Je me souviens que le jour de cette conférence, lady Fiona a dit que cet animal figurait sur le blason de sa famille.

Charlotte eut un petit frisson d'excitation. Les pièces du puzzle commençaient à s'assembler, mais elle n'arrivait pas encore à reconstituer une image cohérente.

Calliope saisit le collier et l'observa en fronçant les sourcils.

— Cela ne ressemble pas du tout au blason des Sutherland. Il est vrai qu'il y a une sorte de chat sur leurs armoiries, mais cette chose ressemble à un cochon difforme.

— Les Keith aussi disent descendre des Cattes, remarqua Matthew. Vous rappelez-vous cette jeune fille timide qui a dit qu'un de ses ancêtres avait été sauvé par un chat sauvage ?

— Lady Margaret !

Charlotte avait pratiquement crié. Tout venait de s'ordonner dans sa tête. Sous le coup de l'émotion, elle oublia toute discrétion et agrippa le bras de Matthew.

— Sa grand-mère était lady Chattiglen, poursuivit-elle. Une dame plutôt vieux jeu, du genre à porter un collier de l'époque Tudor. Elle a été tuée par un bandit de grand chemin. Tous ses bijoux ont été dérobés. Croyez-vous que... Cela semble improbable, mais...

— Eh bien quoi ? demanda Hannah avec impatience.

— Lord Hawley pourrait-il être ce bandit ? Imaginez que feu lady Hawley ait découvert le collier dans les affaires de son mari et qu'elle ait compris ce que cela impliquait. Elle aurait menacé de le dénoncer et il aurait demandé à ses hommes d'orchestrer ce pseudo-accident de voiture. Cela paraît absurde, mais...

— C'est tout à fait probable, au contraire. Mon frère adore faire souffrir.

Matthew s'était exprimé d'une voix blanche. Charlotte se demanda quelles maltraitances il avait pu endurer de la part de ses frères. Elle se rappela certaines anecdotes que lui avait racontées Alexander à propos de Hawley, Henry et leurs camarades. Plus d'une fois, ils lui avaient volé sa canne. Ils l'avaient aussi contraint à traverser un ruisseau en marchant sur une étroite planche, au cœur de l'hiver. Puis ils avaient secoué la planche et Alexander était tombé dans les eaux glacées. Qu'avait donc subi Matthew, qui avait vécu près de ces monstres durant toute son enfance ?

L'estomac noué, elle eut un frisson d'horreur. Elle dut se retenir de prendre Matthew dans ses bras. Il valait mieux attendre qu'ils soient seuls.

— Je suis d'accord avec Matthew, intervint Alexander, qui triturait le pommeau de sa canne. Hawley serait tout à fait capable de faire quelque chose comme ça.

Cela l'amuserait beaucoup d'entendre les gens s'interroger sur l'identité du bandit de grand chemin.

— Hawley détestait lady Chattiglen. Je l'ai entendu dire à Henry qu'il ne la supportait pas. Quand il était à Oxford, il a oublié de la saluer un soir de bal, et elle le lui a reproché. Elle s'est moquée de lui en disant qu'il devait avoir une mauvaise vue. Cela a provoqué des rires et il ne le lui a jamais pardonné.

— Depuis l'année dernière, il y a eu une recrudescence de vols sur les routes près de Londres, ajouta M. Powys. On en parle presque tous les soirs au théâtre.

— Il faudrait faire la liste des attaques et vérifier si Hawley avait un litige quelconque avec les victimes, suggéra Charlotte.

— J'allais dire la même chose, renchérit Sophia.

Ils discutèrent encore une demi-heure et, en recoupant leurs informations, ne tardèrent pas à trouver un lien entre Hawley et de nombreux membres de l'aristocratie qui avaient été victimes d'une agression au cours des douze mois précédents.

— Quelle est la prochaine étape ? s'enquit M. Belle. Nous ne pouvons pas nous contenter de remettre le collier à la justice, puisque nous n'avons pas la preuve qu'il était en possession de lord Hawley.

— Et je ne peux pas expliquer comment j'ai mis la main dessus, soupira Matthew. Je pourrais le remettre là où je l'ai trouvé, mais je suppose que Hawley s'en débarrasserait cette fois, au lieu de le garder comme trophée. Je pourrais fouiller sa maison à la recherche d'autres indices, mais il trouvera toujours le moyen de s'en tirer, quitte à payer un pauvre ivrogne qui s'accusera à sa place pour permettre à sa famille de se nourrir.

Une idée germa dans l'esprit de Charlotte. Elle savait exactement comment se libérer de l'emprise de Hawley. Il lui faudrait simplement faire preuve de beaucoup d'audace.

— Il faut le prendre sur le fait, et c'est moi qui vais servir d'appât, déclara-t-elle. Ainsi nous serons maîtres du moment et du lieu où se déroulera la prochaine attaque. J'ai mon idée sur la manière d'organiser ce traquenard, mais je vais avoir besoin de votre aide à tous.

*
* *

— N'oubliez pas de vérifier le pansement de Charlotte, Matthew ! lança Hannah avec un clin d'œil, avant de refermer la porte pour rejoindre avec Sophia leurs appartements privés.

— En tout cas, nous ne manquons pas de bonnes fées aux talents d'entremetteuses, remarqua Charlotte dès que leurs pas se furent estompés dans l'escalier.

Matthew eut un petit rire.

— Je me sens un peu comme Cendrillon avec son soulier de verre !

— Est-ce que cela me laisse le rôle du prince charmant ? Car moi aussi, je me sens assez proche de Cendrillon. Je ne balaie peut-être pas les cendres devant la cheminée, mais vous me sauvez d'un funeste destin.

— C'est vous qui vous sauvez vous-même, corrigea-t-il en se penchant pour prendre son visage entre ses mains. Vous n'êtes ni un prince ni une princesse, vous êtes maîtresse de votre destinée.

Une émotion tumultueuse comme les flots d'une rivière envahit Charlotte. Elle s'inclina vers lui et leurs lèvres se rencontrèrent. Grisée, elle perdit toute notion de prudence et se laissa emporter par le tourbillon de ses sensations.

Bientôt leurs souffles se précipitèrent et ils s'embrassèrent éperdument. Charlotte ne s'était jamais sentie si vivante, en harmonie avec son propre corps. Pour la première fois, elle comprenait le plaisir qu'il pouvait lui procurer. C'était comme jouer d'un instrument pour composer une musique envoûtante.

Pourtant, une fausse note résonnait dans cette glorieuse symphonie et lui rappelait le danger qu'ils couraient.

Elle s'écarta.

— Je ne suis pas la seule impliquée. Vous allez tous prendre des risques pour moi.

Matthew ramena une mèche rousse derrière l'oreille de la jeune femme. Sa main s'attarda un instant sur la joue de Charlotte. Il y avait tant de tendresse dans ce geste, tant d'adoration, qu'elle en eut presque les larmes aux yeux.

— Je suis prêt à mener cette bataille, dit-il d'une voix rauque. Nous avons tous eu affaire à Hawley, à l'exception de Sophia et Hannah. Nous nous étions séparément donné pour mission de le démasquer, de l'empêcher de nuire. Et vous nous avez rassemblés. Quant aux cousines Wick... ce sont de vraies guerrières. Elles ont voué leur vie à défendre les faibles contre les oppresseurs. Nous sommes de tout cœur avec vous, Charlotte.

La main posée sur son bras, elle perçut sous ses doigts la dureté de son biceps, qui reflétait sa force d'âme. Matthew était aussi féroce et loyal que le lion légendaire qui figurait sur les armoiries de l'Angleterre... ou, plus précisément, il avait la ténacité du chat sauvage écossais. Il ne jouait pas les gros bras, beaucoup passaient à côté de sa vaillance et de sa détermination, mais ses qualités n'en étaient pas moins réelles.

Il la contemplait, le regard farouche, protecteur. Prêt à se battre, comme elle.

— Je ne pourrais jamais me pardonner s'il vous arrivait quelque chose dans la mise en œuvre de mon plan totalement loufoque, dit-elle.

— Il n'est pas si loufoque. Vous oubliez que j'ai l'habitude de monter sur des bateaux où patrouillent des gardes. Du moment qu'il ne faut pas se jeter dans le vide et sauter sur des toits, je suis partant !

Il souriait. Charlotte sentit son courage renaître. Elle l'embrassa sur la joue.

— Je ne peux pas vous promettre qu'il ne faudra pas s'échapper par les toits. D'ailleurs, il ne me déplairait pas de voler dans les cieux étoilés à vos côtés.

— Je vous garantis que l'envie vous passera dès que vous aurez atterri sur un toit de chaume pourri !

— Mmmm... je crois que je préférerais faire un tout autre genre d'acrobaties avec vous.

— Et moi donc ! répondit-il dans un franc éclat de rire.

— Nous y songerons quand tout sera fini. Oh Seigneur... à cause de vous je suis en train de devenir une vraie dévergondée ! Mais... j'aime ça, s'esclaffa-t-elle.

— Et moi donc, répéta-t-il.

Sa voix profonde fit naître chez elle un délicieux frisson. Elle s'inclina pour l'embrasser et un grondement sourd s'échappa de la gorge de Matthew. Il enlaça Charlotte et celle-ci oublia ses doutes et ses peurs pour s'abandonner à son étreinte.

Pour une fois, elle ne cherchait pas à brider ses sentiments. Elle les laissait jaillir en un flot désordonné, sans honte, avec la conviction intime que Matthew faisait de même. Il y avait une forme de désespoir et de sauvagerie dans leur baiser, mais aussi une profondeur tout à la fois grisante et rassurante.

Enfin ils se séparèrent, haletants.

— Nous vaincrons Hawley, affirma Charlotte. Pour moi. Pour vous. Pour tous les gens qu'il a fait souffrir. Plus jamais il ne vous fera de mal, Matthew. Je ne le permettrai pas.

— Et moi, je ne permettrai pas que vous viviez sous son joug diabolique.

De nouveau, leurs bouches s'épousèrent, et le plaisir rendit les mots futiles, même si leurs gémissements étaient autant de promesses.

Dans cet instant de béatitude, ils entrevoyaient la possibilité d'un avenir heureux... qui demeurait cependant hautement improbable au regard de la réalité crue.

23

Matthew avait le ventre noué par l'appréhension lorsqu'il gravit le perron de la résidence du duc et de la duchesse de Falcondale en compagnie d'Alexander. Ce dernier semblait d'une humeur aussi sombre que la sienne.

Le premier s'immobilisa au sommet des marches pour attendre son ami, qui se déplaçait plus lentement en prenant appui sur la balustrade.

— Dire que nous sommes sur le point de nous imposer dans un dîner réunissant mon père, mon frère, tes parents et ta sœur ! soupira Matthew. J'ai du mal à le croire.

— Moi aussi, mais cela fait partie du plan de Charlotte.

Alexander rejoignit Matthew. Ce dernier attendit encore avant de soulever le heurtoir.

— Fallait-il vraiment amener Pan ? demanda-t-il en jetant un coup d'œil au volatile qui sifflotait, perché sur son épaule.

— Je te rappelle que le but est d'irriter Hawley et de perturber le dîner afin d'empêcher toute demande en mariage officielle. N'est-ce pas, Pan ?

— *Bête à deux dos ! Bête à deux dos !*

— Le plan exige aussi que Charlotte fasse semblant de flirter avec moi. Et je crains pour sa réputation…

— Qu'elle fasse *semblant* ? Je ne suis pas sûr de comprendre ce que tu veux dire.

— *Bisou ! Bisou ! Bisou !*

— Oh, ce n'est pas le moment de faire de l'humour. Charlotte veut provoquer Hawley pour lui faire perdre ses nerfs, mais c'est dangereux.

— Je ne vois pas de meilleur moyen. Rien ne le fera plus enrager que de voir son petit frère lui voler sa fiancée. La fureur le rendra imprudent.

Avant que Matthew puisse répondre, Alexander frappa à la porte pour annoncer leur arrivée.

Un majordome guindé vint les accueillir.

— Nous sommes venus dîner avec mes parents et ma sœur, déclara gaiement Alexander.

Le majordome pinça les lèvres en une mimique réprobatrice.

— Je regrette, le duc et la duchesse ne sont pas disp…

Alexander ne le laissa pas finir. Il plaça le bout de sa canne de façon à empêcher le domestique de refermer la porte. Puis il força le passage et entra dans l'immense hall, aussi vite que le lui permettait sa claudication.

Matthew lui emboîta le pas, tandis que Pan émettait des ricanements grinçants.

— Milord ! s'indigna le majordome avec un mélange d'indignation et d'impuissance.

— Inutile de nous montrer le chemin. Je le connais, même si je dîne rarement avec mes parents, décréta Alexander, dont la canne claquait sur les dalles du hall.

— *Inutile ! Inutile !*

Le majordome tenta encore de s'interposer.

— Milord, le duc et la duchesse…

Mais Alexander avait déjà ouvert la porte de la salle à manger.

Pan choisit ce moment pour quitter l'épaule de Matthew et s'envoler dans la pièce.

— *Bienvenue ! Bienvenue ! Bienvenue !*

La première personne que Matthew vit fut son frère, trônant sur sa chaise dans une posture arrogante, tel le roi George lui-même. Pourquoi aurait-il adopté une attitude humble, au demeurant ? Il avait le pouvoir, l'argent, et il était unanimement respecté en dépit des rumeurs qui tournaient autour de sa personne telles des mouches autour d'un fruit pourri.

Matthew eut envie d'aller lui coller son poing dans la figure pour effacer le sourire fat de ses lèvres.

Mais il ne pouvait pas. Et pas seulement parce qu'il lui fallait respecter le plan de Charlotte. La vérité, c'était qu'en dépit des années écoulées, Hawley avait encore le pouvoir de l'intimider.

— Que fais-tu ici ? s'exclama le duc de Lansberry à sa vue.

Son visage aux traits patriciens avait blêmi. Il regardait tour à tour Matthew et Pan, sans que l'on sache vraiment lequel des deux lui répugnait le plus. Cet homme avait terrorisé Matthew durant toute son enfance, et pourtant il avait peur de lui. Si Matthew avait vraiment été un être surnaturel détenteur de pouvoirs magiques, ne se serait-il pas volatilisé depuis longtemps ?

— Oh, c'est moi qui ai invité le Dr Talbot, intervint Charlotte.

Pan choisit cet instant pour atterrir sur sa tête. Elle ne tressaillit même pas.

— Bonsoir, Pan. Quel plaisir de te revoir, dit-elle en souriant.

Hawley regardait le perroquet comme s'il était face à son ennemi mortel. Lansberry recula sa chaise sans grande discrétion. Quant au duc de Falcondale, il fixait sa femme avec l'air d'attendre qu'elle prenne les choses en main pour régler la situation.

Mais cette dernière, d'ordinaire si digne et maîtresse d'elle-même, affichait une expression horrifiée.

Enfin elle se ressaisit et retrouva sa mine avenante.

— Que veux-tu dire, Charlotte chérie ?

— Quand vous m'avez dit que vous comptiez inviter le duc de Lansberry et son fils, j'ai mal compris, maman. J'ai cru que vous vouliez parler du Dr Talbot, aussi lui ai-je envoyé une invitation à dîner avec nous ce soir.

— Comment diable... avez-vous pu faire cette méprise ? bredouilla Lansberry.

La tête penchée de côté, Pan l'observait avec un extrême intérêt. Matthew se rapprocha de quelques pas et le duc devint encore plus nerveux.

— Je ne pouvais pas savoir de quel frère parlait ma mère, répondit Charlotte d'un air candide. Le Dr Talbot est un érudit. Vous avez sûrement lu ses livres. Personnellement, après sa conférence, je les ai tous dévorés.

— Je ne lis pas ces balivernes contre nature, rétorqua Lansberry, sans quitter des yeux Pan qui se démanchait le cou de façon extraordinaire.

— Votre fils écrit sur la faune et la flore, il n'y a rien de plus naturel que cela, objecta Charlotte, l'air désorientée.

Matthew retint son souffle. Son père allait-il encore l'accuser d'être un changelin, sous le coup de l'émotion ? Il ne voulait pas que Charlotte sache à quel point son enfance n'avait été qu'une suite de souffrances et d'humiliations.

— Pourquoi cet oiseau me fixe-t-il comme ça ? s'exclama Lansberry.

— Père, ce n'est qu'un perroquet, jeta Hawley d'un ton irrité.

— Si vous cessez de le regarder, il se désintéressera de vous, Votre Grâce, assura Charlotte d'un ton enjoué.

— Alexander, je te prie d'emmener cette bestiole ailleurs, intima la duchesse, qui avait du mal à cacher le dégoût que lui inspirait le volatile.

— Obéis à ta mère, ajouta Falcondale d'un ton sans réplique.

Mais Pan se moquait éperdument des injonctions ducales. Il quitta la tête de Charlotte pour aller se poser sur la table.

Son œil unique fixé sur Lansberry, il avança dans sa direction, piétinant au passage les filets d'esturgeon présentés dans un grand plat en porcelaine.

La duchesse perdit ses nerfs.

— Non, pas le poisson ! cria-t-elle.

Imperturbable, l'oiseau continua à avancer vers le duc.

Celui-ci repoussa brutalement sa chaise et se leva.

— Toutes mes excuses, chers amis, mais je crains de devoir vous quitter sur-le-champ. Des affaires urgentes requièrent mon attention sans délai.

— Voyons, rien ne vous oblige à vous retirer, rétorqua Falcondale. Nous avons encore beaucoup de choses à nous dire. Ces importuns vont partir.

Lansberry ne répondit pas. Il se dirigeait déjà vers la porte. Malheureusement, il l'atteignit juste au moment où un valet arrivait avec un énorme aspic de petits légumes.

Le domestique s'arrêta brusquement et leva son plateau pour tenter de stabiliser la pyramide de gelée tremblotante. Il y serait parvenu si Lansberry avait eu de meilleurs réflexes et ne l'avait pas percuté.

L'aspic bascula et alla s'écraser par terre dans un dégoûtant méli-mélo de légumes et d'œufs de caille, projetant tout autour des éclaboussures de gélatine.

Pan poussa un petit piaillement de joie et s'envola pour récupérer les bouts de carotte qui jonchaient le sol.

Lansberry n'attendit pas et prit la poudre d'escampette.

Atterrée, la duchesse de Falcondale se leva pour juger des dégâts. Puis, avec une raideur inhabituelle, elle se tourna vers Hawley.

— Milord, pourquoi n'emmenez-vous pas Charlotte faire un tour dans le jardin, le temps que tout ceci soit nettoyé et qu'on nous apporte le prochain plat ?

Matthew se rembrunit en comprenant les intentions de la duchesse. Il était hautement incorrect qu'un homme se promène seul en compagnie d'une jeune femme célibataire, surtout à la nuit tombée – à moins que l'homme en question ne soit sur le point de faire sa demande en mariage.

— J'en serai très honoré, Votre Grâce.

Hawley se leva aussitôt et décocha un regard ironique à Matthew.

— Dans ce cas, nous allons vous accompagner, proposa Alexander avec bonhomie. Nous ferons office de chaperons.

*

* *

— Et ainsi je suis retourné à la civilisation de la même manière que je l'avais quittée : en canoë. Parvenu à l'embouchure de la rivière, j'ai troqué ma pagaie contre une couchette sur le navire de M. Stewart, et vogue la galère.

Matthew marchait au côté de Charlotte et bavardait, tout en ayant une conscience aiguë de la présence de leurs frères respectifs derrière eux.

Lorsqu'ils avaient rejoint le jardin, Charlotte avait glissé son bras sous le sien et ils avaient aussitôt pris leurs distances avec Alexander et Hawley, qui étouffait de rage.

Matthew avait beau savoir que cela faisait partie du plan destiné à faire sortir le vicomte de ses gonds, il n'aimait guère que la fureur de ce dernier soit dirigée vers la jeune femme.

Tandis qu'il racontait ses aventures aux Amériques, il percevait de manière presque palpable les ondes de colère qui irradiaient dans leur direction.

— Mon petit frère a l'imagination fertile, ricana Hawley.

Charlotte se serra ostensiblement contre Matthew et lui pressa le bras.

— Marchons un peu plus vite, s'il vous plaît, docteur. Écouter ces anecdotes me donne une énergie folle.

Lorsqu'ils se furent encore un peu plus éloignés, Charlotte approcha sa bouche de l'oreille de Matthew comme si elle voulait lui faire une confidence, tout en se débrouillant pour que sa voix porte.

— Êtes-vous prêt pour le bal du duc de Blackglen qui aura lieu demain soir ? Une certaine reine Elizabeth y cherchera son Francis Drake.

Ils en étaient à l'étape finale de leur plan. Il fallait donner à Hawley l'occasion d'attaquer leur voiture. À la demande de Charlotte, lady Calliope avait prié son demi-frère de donner un bal masqué. Charlotte espérait que le vicomte ne pourrait résister à la tentation. Elle contrôlait la situation, mais cela ne signifiait pas qu'il n'y aurait aucun danger.

Une brusque douleur traversa l'épaule de Matthew, comme quelqu'un le tirait brutalement en arrière. Il se retrouva face à son frère, dont les yeux brûlaient d'une haine viscérale. Mais Matthew avait l'habitude.

— Les bouffons ne se déguisent pas en pirates, gronda Hawley en mettant son nez à quelques centimètres du sien. Il n'est pas question que tu ailles chez Blackglen, surtout pas déguisé en Francis Drake, et encore moins avec ma fiancée.

Matthew faillit laisser échapper un rire amer. Il n'était peut-être pas un vrai boucanier, mais il avait pris la mer avec nombre d'entre eux et il ressemblait plus à un pirate que Hawley à un bandit de grand chemin. Son frère n'était qu'un imbécile imbu de lui-même qui se cachait derrière un masque pour terroriser les autres.

— Corsaire.

— Hein ? fit Hawley.

— Sir Francis Drake avait des lettres de marque de la reine Elizabeth, ce qui signifie qu'il n'agissait pas en dehors de la loi. La loi anglaise, bien sûr, pas la loi espagnole. Néanmoins, ce n'était pas un vulgaire pirate…

— Oh, tais-toi ! aboya Hawley en le saisissant à la gorge. Personne ne t'a demandé un cours d'Histoire !

Charlotte et Alexander ébauchèrent tous deux un mouvement, mais Matthew leur lança un regard d'avertissement pour les empêcher d'intervenir. Hawley se méprit sur ce regard et crut que Matthew paniquait. Un sourire triomphant déforma sa bouche et la pression de ses doigts s'accentua sur la gorge de Matthew.

— Il est temps que tu te rappelles où est ta place, Bouffon... juste sous le talon de ma botte ! grinça-t-il.

— Lord Hawley, intervint Charlotte d'une voix nerveuse, je suis sûre que votre frère ne pensait pas à mal.

— C'est un minable ! Je ne le reconnais pas comme mon frère.

Hawley pivota vers Charlotte en souriant, comme si ses mots excusaient son comportement, et même les justifiaient par une sorte de logique perverse. Ses doigts pressaient toujours le larynx de Matthew tandis qu'il discutait avec la jeune femme sur le ton banal de la conversation.

— Mon père croit que Matthew est un changelin. Une domestique de notre domaine écossais a essayé toutes sortes de remèdes, en suspendant un tisonnier près de son lit et en concoctant toutes sortes de mixtures avec des coquilles d'œuf. Elle les faisait bouillir dans de l'eau ou du lait, et un jour elle a même fait du pain avec. Henry et moi avons demandé à notre père si nous pouvions concevoir nos propres épreuves à l'intention de Matthew et il nous a montré les livres de la bibliothèque qui traitaient des êtres surnaturels. Ces tests étaient très amusants, n'est-ce pas, Bouffon ? Te rappelles-tu le jour où nous t'avons appliqué un tisonnier chauffé au rouge sur la jambe pendant que tu dormais ? Ou la fois où nous t'avons plongé dans la mare ? Tu pleurais, tu nous suppliais d'arrêter, mais tes amis changelins ne sont jamais venus à ta rescousse, pas vrai ?

Matthew retint un haut-le-cœur. Il avait peur de vomir. La honte le submergea, corrosive comme du sel jeté sur des blessures qui n'avaient fait que suppurer avec les ans.

Il se rappelait l'odeur du fumoir, du ragoût qui mijotait et la chaleur qui régnait dans la cuisine en été – une pièce où son père s'aventurait seulement pour juger du résultat des « remèdes » que la jeune domestique concoctait. C'étaient d'ailleurs les rares fois où Matthew voyait le duc.

Pourtant ces souvenirs étaient presque plaisants comparés à ceux des épreuves que ses frères lui faisaient subir. Non seulement son père les avait autorisés à le brûler et à le plonger sous l'eau au risque de le noyer, mais il les avait encouragés – comme si cela avait pu ramener à la vie sa défunte épouse, une femme qu'il avait traitée comme une poupée de porcelaine et non comme un être de chair et de sang.

Ou peut-être avait-il voulu faire un homme endurci de ce fils qui fuyait les cours d'escrime pour s'installer à l'écart et dessiner tranquillement des plantes et des animaux.

Étourdi par le flot de souvenirs, à demi étranglé par la main de Hawley qui lui écrasait la trachée, Matthew réagit d'instinct. Il saisit le poignet de son frère et le tordit brutalement.

Leur plan ne prévoyait pas qu'il se batte avec Hawley, mais à présent il était hors de lui. Il lui ramena le bras dans le dos et Hawley fut obligé de se mettre sur la pointe des pieds. Bien qu'il soit beaucoup plus lourd et râblé que Matthew, il était dans l'incapacité de se libérer. Il serrait les dents de douleur et la sueur commença à lui couler sur le front.

— Je ne suis pas un changelin, articula Matthew, avant de le lâcher brusquement.

Hawley faillit tomber, mais réussit à garder son équilibre. Ses yeux flamboyèrent. L'espace d'un instant, Matthew crut qu'il allait lui foncer dessus, mais finalement

Hawley se contint – sans doute parce qu'il ne voulait pas risquer une autre humiliation publique.

Après lui avoir jeté un regard qui promettait mille vengeances, il se tourna vers Charlotte.

— Je devrais vous interdire d'aller à ce bal masqué, milady, surtout si nous devons nous marier. Les réceptions costumées de Blackglen sont scandaleuses. Néanmoins, je vous avoue que je suis assez émoustillé par l'idée de danser avec ma promise. Vous n'êtes pas exactement celle que je croyais, mais cela ne fait qu'attiser mon désir.

Hawley remua ses doigts endoloris et jeta un coup d'œil venimeux à Matthew.

— Nous n'en avons pas terminé, Bouffon. Tu me paieras ça.

Puis il s'en alla.

— Je retourne dans la maison pour m'assurer qu'il ne dira rien à mes parents, dit Alexander en s'éloignant.

Le souffle court, Matthew s'appuya contre le tronc d'un arbre. Il avait du mal à réprimer les tremblements qui agitaient ses mains. On aurait pu croire que c'était la première fois de sa vie qu'il affrontait le danger.

— Ça va ? lui demanda doucement Charlotte.

Il releva la tête, le cœur battant. Il n'avait pas envie qu'elle le voie dans cet état. Ni elle ni personne. Alexander avait déjà assisté à ce type de scène, mais ils étaient adolescents à l'époque, et son ami était lui aussi dans une situation de faiblesse.

Matthew ne savait que dire à Charlotte. Son cerveau semblait l'avoir complètement abandonné.

24

Le cœur en miettes, Charlotte tira doucement sur la main de Matthew. Tel un somnambule, il la suivit jusqu'à son banc préféré, caché derrière un bosquet.

Sans un mot, il s'assit et elle s'installa à côté de lui. En silence, elle chercha le moyen de le réconforter. Un mot mal choisi pourrait le blesser encore plus, et il n'avait déjà que trop souffert. Il avait honte qu'elle sache que sa famille l'avait traité comme un pestiféré et lui avait même infligé de terribles sévices.

D'un autre côté, elle ne pouvait pas faire comme si elle n'avait rien entendu.

Déchirée, elle se demanda comment il avait fait pour supporter tout cela. Les larmes lui montèrent aux yeux, mais elle ne les laissa pas couler. Matthew le remarquerait. Et s'il avait eu la force d'endurer des années de calvaire, elle pouvait bien contenir son émotion.

Enfin il releva la tête. Son expression trahissait une immense vulnérabilité. Elle comprit qu'il s'attendait à être rejeté et mesura alors la violence de son traumatisme. Les tortures infligées n'avaient pas seulement atteint son corps.

Elle savait combien il était douloureux de vouloir à tout prix se conformer à une image parfaite, combien il était difficile d'être vu comme un idéal et non comme une personne. Mais Lansberry ne considérait même pas son fils comme un être humain. Il le voyait comme un être diabolique qu'il fallait « exorciser ».

Elle posa sa main ouverte sur le bois vermoulu du banc. Matthew la fixa sans ébaucher un geste. À chaque seconde, la douleur enflait dans la poitrine de Charlotte. Elle s'apprêtait à enlever sa main quand les doigts de Matthew se refermèrent sur les siens. Il les serra avec force, comme s'il avait peur qu'elle ne s'évapore dans les airs.

Charlotte fit glisser son pouce sur ses phalanges, cherchant à lui faire comprendre par cette caresse qu'elle ne l'abandonnerait jamais.

— Les changelins n'existent pas, dit-il soudain.

— Je sais.

— Je ne suis pas un changelin.

On aurait dit qu'il se parlait à lui-même.

— Bien sûr que non. Et même si vous en étiez un, cela ne changerait pas les sentiments que j'éprouve pour vous.

Il eut un rire bref teinté d'amertume.

— Vous n'avez donc pas peur que je vous enlève pour vous garder prisonnière dans ma forêt enchantée ?

Charlotte comprit soudain quelque chose que son cœur savait déjà. Matthew n'avait jamais cru qu'elle était une femme frivole incapable de se passer d'une vie de luxe. Il pensait qu'ils appartenaient à des mondes différents. Littéralement.

Oh, elle savait bien qu'il ne croyait pas être un changelin, mais sa famille avait réussi à le convaincre qu'il était un marginal dont personne ne voulait. Un étranger, une sorte d'anomalie vivante. Ces épreuves absurdes qu'on lui avait fait subir avaient provoqué en lui une fracture et abîmé son amour-propre.

À cette pensée, l'âme de Charlotte saignait.

— Je ne serais pas prisonnière, Matthew. J'irai volontiers là où vous déciderez de vous installer.

Il dégagea doucement ses doigts. Charlotte ravala une protestation. Elle sentait qu'il était en train de se retrancher en lui-même. Et de façon définitive, irrémédiable.

Il se passa la main sur le visage. Il avait l'air épuisé.

— Cela signifierait abandonner votre vie pleine de bals, de musique et de lumière. Ce serait le contraire d'un conte de fées, j'en ai peur.

— Matthew, j'ai été plus heureuse dans le salon clandestin du Mouton Noir que je ne l'ai été au bal, au concert ou dans n'importe quel salon. J'ai économisé sur mes deniers propres pour entamer une nouvelle vie, mais il me semble que vos talents de médecin, d'écrivain et d'illustrateur nous permettraient de vivre dans un certain confort. J'ai toujours rêvé de quitter la haute société londonienne.

Elle posa sa main sur l'épaule de Matthew pour lui faire sentir la force de sa résolution.

— En m'épousant, vous deviendriez une réprouvée vous-même. Je sais ce que cela fait d'être rejeté de toutes parts. Je ne voudrais pas vous imposer cela, Charlotte.

— Rien ne me retient ici. Je vis dans une cage dorée.

— Mais avec moi, ce serait une cage en bois ! s'écria-t-il soudain. Je ne pourrai pas vous offrir la vie pour laquelle vous êtes née et que vous méritez. Je ne suis pas pauvre, mais je ne possède pas la fortune de vos parents. Je ne peux pas m'acheter un grand manoir, de belles voitures, ou...

Gagnée par la colère, Charlotte s'efforça de se contrôler. Il ne s'agissait pas d'elle, mais de Matthew, qui avait été maltraité par des personnes censées lui donner de l'amour.

— Mes parents m'ont laissée livrée à moi-même sur le domaine ancestral jusqu'à ce que je sois en âge de servir leurs ambitions. Personne ne voulait de moi quand j'étais enfant. Plus tard, j'ai été célébrée et admirée, mais seulement pour mes attributs physiques. Quand je suis avec vous, j'ai enfin l'impression d'être à ma place, et cela me plaît. Ne me repoussez pas, Matthew. Ne tirez pas un trait sur nous. Je peine à imaginer ce que vous avez souffert, mais vous avez survécu et vous méritez de fonder votre propre famille. Je serais très honorée de porter votre nom.

Matthew déglutit avec difficulté. Elle lui faisait mal au lieu de le rassurer, et elle en fut dévastée. Que pouvait-elle dire ou faire pour lui prouver qu'il comptait à ses yeux, que leur couple avait un avenir ?

— Que peut vous offrir un homme comme moi ? murmura-t-il.

On lui avait appris à se dénigrer, et elle comprit soudain que, tant qu'il ne s'accepterait pas tel qu'il était, il n'y aurait effectivement pas de futur pour eux. Il redouterait toujours qu'elle ne se lasse de lui. Elle ne pouvait pas guérir ses blessures par des mots ou des caresses. Certes, elle pouvait l'aider et le soutenir, mais le véritable travail, il devrait l'effectuer seul.

Les larmes brillaient dans les yeux de Matthew.

— J'aimerais avoir votre foi, Charlotte, mais je ne sais pas si j'en suis capable. Je ne veux pas détruire votre bonheur en forgeant le mien.

— L'un n'exclut pas l'autre, objecta-t-elle d'une voix enrouée par l'émotion. Mais il ne tient qu'à vous de faire en sorte que cela soit possible.

Elle se leva lentement. Matthew l'imita dans un mouvement raide. Ils restèrent immobiles un moment, dans le parfum des vieux ifs. Il n'avait pas plus qu'elle envie de partir, mais tous deux savaient qu'il n'y avait rien à ajouter.

Matthew était persuadé d'être incompatible avec elle, et avec tout autre partenaire de vie d'ailleurs. Et Charlotte ne parviendrait pas à le convaincre du contraire.

— Je vous verrai demain au bal masqué chez Blackglen ? demanda-t-il finalement.

— Oui. J'y serai. Et je vous promets que nous coincerons Hawley.

Parce que, même si elle ne réussissait pas à délivrer Matthew de ses chaînes, elle avait la ferme intention de se libérer des siennes.

25

— Je vois que le fameux Dragon des mers est arrivé, fit une voix masculine à l'accent gallois prononcé.

Matthew, déguisé en Francis Drake – ou El Draque, comme les Espagnols le surnommaient –, se tourna et découvrit un Merlin en robe noire dont le masque était incrusté de joyaux de pacotille.

Quand il n'était pas sur scène, Powys ne se donnait pas le mal de corriger son accent qui, de fait, s'accordait parfaitement avec le personnage de Merlin, magicien des légendes celtiques.

Powys inspecta la robe déchirée et le bâton noueux d'Alexander. Un sourire naquit sous son masque.

— Prospero[1] ?

— Lui-même, dit Alexander avec une petite courbette.

— Nous formons l'équipe idéale pour déchaîner la tempête sur la tête du vicomte, remarqua Powys en montrant son bâton de magicien, un objet ouvragé qui sortait sûrement des coffres de l'habilleuse du théâtre.

Ses faux bijoux étaient de qualité et scintillaient à la lueur des chandelles, dont les flammes se reflétaient dans les grands miroirs de la salle de réception.

Tous trois rejoignirent l'alcôve confortable que Calliope leur avait décrite au Mouton Noir. Des tentures

---

1. Personnage de *La Tempête* de William Shakespeare.

en protégeaient l'entrée et permettaient en cas de besoin d'avoir un peu d'intimité.

Des alcôves et des niches comparables étaient disposées sur tout le pourtour de la salle. Bien que la soirée ait à peine débuté, certains avaient déjà jugé utile de tirer les tentures.

L'orchestre installé sur la mezzanine jouait une mélodie entraînante.

Tous les invités portaient un masque... et certains ne portaient pas grand-chose d'autre. Des déesses grecques et romaines côtoyaient des nymphes, des fées, des naïades et autres créatures mythiques dont les tétons rougis au fard pointaient sous les robes diaphanes. Des hommes paradaient torse nu, déguisés en satyres, faunes, centaures, Minotaures, dieux grecs et gladiateurs romains.

Leurs costumes étaient cependant taillés dans les tissus les plus précieux. Même ceux qui étaient costumés en paysans et petits propriétaires terriens s'étaient parés d'habits en lin et délicats lainages qu'aucun humble fermier n'aurait pu se payer. Des matelots se pavanaient parmi la foule en chemise de percale ouverte et pantalon de soie.

— Notre proie n'est hélas pas encore arrivée, fit une voix féminine.

La dame en robe bleue arborait un masque doré qui ne dévoilait que sa bouche aux courbes sensuelles.

D'instinct, Matthew devina qu'il ne s'agissait pas de Charlotte, bien que sa chevelure soit couverte par un voile en soie verte dont les pans vaporeux évoquaient des plantes aquatiques.

Ce ne pouvait être que lady Calliope, car les cousines Wick n'avaient pas les moyens de s'offrir une toilette aussi somptueuse, dont le satin avait été teint avec des lapis-lazuli broyés.

Apercevant Powys, lady Calliope brandit en riant sa fausse épée sur laquelle était gravé le nom *Excalibur*.

— Je suis votre *Dame du Lac*[1], messire l'Enchanteur. Prenez garde : selon la légende, je vais vous séduire !

Une expression orageuse s'inscrivit sur ce qu'il était possible de voir des traits de Powys. Manifestement, il n'appréciait pas que lady Calliope se soit costumée de cette façon ni qu'elle ait présenté ce personnage de légende galloise sous son nom français. On pouvait comprendre sa réaction, étant donné que Calliope descendait des aristocrates normands qui avaient soumis ses ancêtres gallois. Mais comme la légende arthurienne était chantée partout en Angleterre et sur le continent, Calliope n'imaginait sans doute pas l'impact qu'avait son costume sur le Gallois.

— Myrddin est très malin, il sait se défendre, objecta Powys en employant délibérément le nom celtique de son personnage.

Calliope s'approcha sans hâte. La soie vaporeuse de sa toilette ondoya sur les courbes de son corps, donnant l'illusion de la mouvance de l'eau. Le vêtement diaphane ressemblait plus à un déshabillé qu'à une vraie robe.

Powys déglutit bruyamment. Soit sous l'effet du désir, soit sous celui de l'irritation. Ou peut-être les deux.

Lady Calliope eut un sourire mutin sous son masque brodé de fils d'or, qui semblaient véritables, contrairement aux bijoux en toc du Gallois.

— Moi aussi, je suis maligne, musa-t-elle.

— Je me vois mal succomber aux charmes d'une Normande qui tenterait d'usurper l'identité d'Arglwyddes y Llyn, grogna-t-il.

— Je vois que vous êtes en plein cours d'Histoire, dit Hannah qui venait de faire son entrée dans l'alcôve, suivie de Sophia.

Toutes deux portaient de longues robes noires en soie ornées de faux serpents. Fièrement perché sur l'épaule de Sophia, Pan arborait un minuscule cache-œil.

---

1. En français dans le texte.

— *Histoire !* glousssa-t-il.

Powys se dérida enfin et esquissa ce sourire ravageur qui avait fait sa gloire sur les planches dans la peau de héros romantiques.

— Des Furies ! Comme c'est approprié, remarqua-t-il.

— C'est lady Calliope qui nous a prêté ces costumes.

— Mes deux sœurs et moi, nous nous sommes déguisées en Érinyes lors d'un précédent bal costumé chez mon frère, expliqua Calliope. J'ai pensé qu'il serait judicieux de ressortir ces costumes ce soir.

— J'aurais aimé être la troisième Furie, fit la voix de Charlotte.

Matthew se raidit. L'échange qu'ils avaient eu dans le jardin lui revint en mémoire, et il eut envie de la prendre dans ses bras, de la supplier d'oublier ce qu'il lui avait dit.

Pourtant, rien n'avait changé. Ils appartenaient toujours à des mondes opposés.

— Ce soir, vous en avez l'état d'esprit, assura Sophia en glissant un bras autour de la taille de la jeune femme.

— *Meurtre ! Meurtre !* cria joyeusement Pan.

À la vue de Charlotte, éblouissante dans sa robe fuchsia agrémentée d'un mantelet doré, Matthew crispa les doigts sur la poignée de sa fausse rapière.

Contrairement aux robes à la française en vogue actuellement, celle-ci n'était pas retroussée sur un jupon ornemental. Des panneaux de tissu de différentes nuances de rose avaient été habilement cousus sur les côtés et rebrodés de petites feuilles d'or qui semblaient bruire à chacun de ses pas. Sa collerette n'était pas en dentelle rigide, comme le voulait la mode à l'époque élisabéthaine, mais en douce mousseline de soie.

Ses cheveux blond vénitien n'étaient pas poudrés, en hommage à la rousseur de la souveraine qu'elle personnifiait. Son loup doré se prolongeait d'un voile de gaze rose qui masquait le bas de son visage. On distinguait à peine sa bouche fardée sous le tissu léger.

La regarder emplit Matthew d'une émotion vertigineuse. Il avait envie de la caresser, de la goûter, de la vénérer. Mais il ne pouvait se le permettre, même si elle lui en avait donné l'autorisation.

— Êtes-vous sûr que Hawley n'est pas là ? s'enquit Powys. Peut-être ne l'avez-vous pas reconnu sous son déguisement ?

— Mon frère est trop vaniteux pour se dissimuler. Ce n'est pas son genre. Il veut être vu et admiré.

— Matthew a raison, acquiesça lady Calliope. Mon propre frère préfère se munir d'un masque à poignées qu'il ne met que rarement devant son visage.

— Blackglen donne régulièrement des bals masqués, n'est-ce pas ? s'enquit Sophia, qui s'était tournée pour scruter la salle de réception.

— En effet, jusqu'à deux, trois fois par mois durant la saison.

— Seigneur, cela doit lui coûter une fortune ! s'exclama Hannah, toujours aussi pragmatique. Il doit brûler plus de chandelles qu'une famille pauvre en plusieurs années. Et elles sont en cire d'abeille !

— Sans parler de toutes ces fleurs. Il a dû dévaliser toutes les bouquetières de Covent Garden, renchérit Sophia.

— Réjouissez-vous que leur parfum capiteux masque les relents de sueur, rétorqua Powys, sarcastique. Riches ou pauvres, les gens transpirent, surtout quand il y a autant de personnes réunies sous un même toit.

— Vous pourriez faire preuve d'un peu plus de respect pour notre hôte, le gronda lady Calliope en le taquinant de la pointe de sa fausse épée.

Powys dévia la lame en carton de son bâton de druide. Lady Calliope se mit en position d'attaque et Powys, qui se battait souvent en duel sur scène, adopta aussitôt une posture défensive théâtrale.

Soudain, Charlotte retint bruyamment sa respiration.

Matthew suivit la direction de son regard et aperçut Hawley qui descendait le grand escalier, déguisé en... Francis Drake.

Deux pistolets complétaient sa tenue. Connaissant le penchant de son frère pour le chaos et le mépris qu'il avait pour la sécurité d'autrui, Matthew estima qu'il y avait gros à parier que les armes soient chargées, au moins avec de la poudre, même s'il n'y avait pas de balle à l'intérieur.

— Voici notre proie, annonça Alexander au reste du groupe.

— Oh Seigneur, on dirait un paon qui fait la roue ! murmura Hannah.

— Il a rembourré son pourpoint pour paraître à son avantage, remarqua Sophia. Il n'était pas aussi musclé quand je l'ai vu au Mouton Noir.

— À son avantage ? répéta Hannah en levant le bras pour faire mine de gonfler son biceps. Il est ridicule ! C'est une caricature ambulante de sir Francis Drake.

— *Idiot ! Idiot ! Idiot !* cria Pan.

— Je ne veux pas prendre sa défense, mais l'outrance a toute sa place dans un bal costumé, objecta Powys.

— À ce point, ce n'est plus drôle, simplement grotesque, rétorqua Calliope.

Hawley aurait été horrifié d'entendre leurs commentaires désobligeants. Mais cette pensée ne parvint pas à réjouir Matthew, aux prises avec une peur bleue.

— Ne vous leurrez pas, son ridicule n'ôte rien à sa dangerosité, dit-il. Il n'y a rien de drôle chez ce triste sire.

— Matthew a raison, intervint Alexander. Hawley n'est pas un plaisantin. Et il est puissant, tant sur le plan financier que politique.

— Matthew et moi devrions aller danser pour attirer son attention, déclara Charlotte, la mine résolue.

Le jeune médecin eut un frisson d'angoisse. Mais comme cela faisait partie de leur plan, il ne protesta pas.

Charlotte tendit son mantelet doré à Hannah. Au moins son bras était en bonne voie de guérison. Elle ne risquait pas de rouvrir la plaie en dansant.

Le regard de Hawley se fixa sur eux dès qu'ils s'approchèrent de la piste.

Le pas fanfaron, le vicomte se dirigea dans la même direction, tandis que l'orchestre jouait les dernières notes d'un rigodon endiablé.

Les musiciens enchaînèrent avec une autre danse au rythme plus doux, qui ne s'accordait pas à l'humeur maussade de Matthew.

Il aurait pourtant dû se réjouir d'être aux côtés de la femme qu'il avait tant de fois imaginée comme sa cavalière, à l'époque lointaine où il prenait des leçons de danse.

Leurs paumes se joignirent un instant, comme le voulait la chorégraphie. Alors une vague de chaleur se mêla à la tempête émotionnelle qui faisait rage en lui. Il était littéralement en feu et son corps rechignait à suivre la cadence, légère et précise, de la danse. Lui n'avait qu'une envie : prendre Charlotte par la main et s'enfuir avec elle.

Mais ce n'était pas possible. Charlotte en avait décidé autrement.

Alors ils dansèrent, affichant une sérénité trompeuse, alors que le piège était sur le point de se refermer sur le monstre.

26

Pour Charlotte, danser avec l'homme aimé pour tenter de piéger un soupirant indésirable se révélait un calvaire pour les nerfs.

— Vous êtes merveilleuse ce soir, dit gauchement Matthew quand la chorégraphie les mena à se rejoindre et à sautiller, les bras croisés dans le dos.

Dans son pourpoint chamarré et ses hautes bottes, il n'avait jamais eu autant d'allure. Et Charlotte n'en avait que trop conscience.

— Je préférerais être déguisée en Furie comme Hannah et Sophia, répondit-elle avec une légèreté qu'elle était loin de ressentir. Je ne suis pas vraiment à l'aise dans la peau d'une reine.

Elle aurait voulu écorcher vif Hawley pour tout ce qu'il avait fait subir à Matthew. Réussir à déjouer les plans maritaux de l'ignoble vicomte ne lui suffisait plus, maintenant. Elle voulait le détruire.

— La reine Elizabeth était elle aussi une sorte de furie, ne trouvez-vous pas ? Mais c'était une mortelle. Elle n'avait pas besoin de pouvoirs surnaturels pour se venger.

— Non, seulement d'un navire et d'une tempête bien commode.

— Je vous rappelle que vous êtes à la tête d'une petite armée, ce soir.

— Il ne s'agit que de deux dragons, qui ont accepté de rester dans la voiture de M. Belle avec M. Stewart uniquement parce que Sophia leur a apporté un broc de son meilleur café.

— Je ne parlais pas des vrais militaires, mais de notre petit groupe du Mouton Noir et de votre humble serviteur.

— Je n'ai pas besoin d'un serviteur. J'ai besoin d'un partenaire.

Avant qu'il puisse répondre, la danse les sépara. Charlotte rejoignit un autre cavalier déguisé en Frère Tuck. Il dansait bien et était plutôt sympathique.

Enfin elle se retrouva face à lord Hawley.

— Je vois que vous venez vous réfugier dans les bras du vrai El Draque, Votre Majesté, lui chuchota-t-il à l'oreille.

Il était censé regarder dans la direction opposée, mais il n'était pas homme à suivre les règles édictées pour le commun des mortels. Il était l'héritier d'un duc et se donnait tous les droits. Charlotte, en revanche, aurait été vivement critiquée si elle avait commis pareil manquement à l'étiquette.

La colère l'envahit. Elle en avait assez de ces règles qui protégeaient les hommes comme Hawley ! Elle ne voulait plus être captive de ce monde hypocrite. Quelle que soit l'issue de cette soirée, c'était terminé ! Ce bal était son dernier. Plus jamais elle ne danserait en minaudant, et plus jamais elle ne porterait un masque – quel qu'il soit.

En cet instant même, elle embrassait sa liberté. Et tant pis si à l'avenir elle était obligée de vivre dans un taudis de Covent Garden, jusqu'à ce que son investissement dans le café lui permette d'élire domicile dans un lieu plus confortable.

— Vous n'êtes pas mon El Draque ! lui cracha-t-elle pratiquement au visage. Vous n'êtes le héros de personne ! Vous n'êtes qu'un misérable qui se donne de grands airs !

Abasourdi, Hawley se figea au milieu de la piste.

Le gentil Frère Tuck n'eut pas le temps de l'éviter et le bouscula. Hawley tituba. Mais son regard ne quitta pas Charlotte.

— Vous osez me traiter de misérable, madame ?

Perturbés par l'incident, les autres danseurs s'étaient eux aussi immobilisés.

Une énergie étrange galvanisa Charlotte. Elle, lady Charlotte Lovett, parangon d'élégance et de politesse, était sur le point de provoquer un esclandre. Et sapristi, elle allait y prendre grand plaisir !

— Je... suis... le... vrai... El... Draque ! articula Hawley, rouge de colère.

À présent, tout le monde les regardait. La musique s'éteignit. Un violoniste s'arrêta si brutalement de jouer qu'il fit grincer son archet.

Charlotte fit glisser son regard dédaigneux sur le pourpoint exagérément rembourré de Hawley.

— Vous n'avez rien à voir avec le fameux corsaire. Vous êtes juste un idiot mal fagoté !

Hawley arracha son masque.

— Je suis le vicomte de Hawley, comme vous le savez pertinemment ! Et j'exige que vous me présentiez vos excuses !

— C'est hors de question.

Elle avait prononcé ces mots avec une telle délectation qu'elle ne résista pas à l'envie de les répéter.

— Hors de question !

— Vous allez le faire, gronda Hawley d'une voix menaçante.

Du coin de l'œil, Charlotte nota que Matthew s'était rapproché. Elle devina qu'il mourait d'envie de la prendre par le bras pour l'emmener dans un lieu où elle serait en sécurité, mais il n'en fit rien et elle ne l'en aima que plus.

— Vous ne saviez pas qu'on n'obtient pas toujours ce qu'on veut ? Eh bien, voilà ce que ça fait ! cracha-t-elle.

Des rires fusèrent dans l'assemblée. Furieux, Hawley fit volte-face pour voir qui osait se moquer de lui. Mais il ne vit que des visages masqués.

— Présentez vos excuses, madame !

Charlotte ôta son masque dans un geste théâtral.

— Non. Et je ne vous épouserai pas non plus ! Voilà ma réponse officielle à votre demande en mariage… ou plutôt celle qu'a faite votre père en votre nom.

Il y eut des exclamations étouffées parmi la foule.

Charlotte se tenait fièrement campée sur ses deux jambes, alors qu'elle venait de détruire irrémédiablement sa réputation. Il était déjà scandaleux qu'une demoiselle de la haute société assiste à un bal masqué décadent, et elle venait de révéler son identité. Pire, elle avait insulté un aristocrate.

Ses parents la déshériteraient sur-le-champ quand ils apprendraient la nouvelle.

Elle était libre.

Elle n'était pas naïve. Elle savait qu'elle paierait cher cette liberté. Mais elle était prête à affronter les épreuves qui l'attendaient.

Ces dernières semaines, elle avait appris qu'elle pouvait faire front devant l'adversité. Elle n'abordait peut-être pas toutes les embûches avec aplomb, mais elle s'attaquait toujours à un problème avec ténacité et détermination.

— Charlotte…

Matthew avait fait un mouvement dans sa direction, comme s'il pouvait la protéger de l'opprobre général. Charlotte avait prévu de titiller Hawley avec des piques à fleuret moucheté pour le faire sortir de ses gonds, mais personne n'avait imaginé qu'elle l'humilierait à visage découvert.

Pas même elle.

Pourtant, elle ne regrettait pas de s'être éloignée de son plan d'origine quand elle voyait maintenant Hawley écumer de rage.

À présent elle était sûre qu'il voudrait se venger, au mépris de la prudence la plus élémentaire. Ce faisant, il se précipiterait tête baissée dans le piège qu'ils lui avaient tendu.

Hawley fit un pas en avant, le bras levé pour la frapper. Des cris scandalisés emplirent la salle. User de violence envers une dame était inqualifiable.

Matthew bondit pour parer le coup, mais Charlotte réagit plus vite encore. Elle brandit le sceptre en plâtre qu'elle avait glissé dans sa poche. Le poing de Hawley percuta l'accessoire, qui se brisa en mille morceaux. Une pluie d'éclats dorés retomba sur le pourpoint de Hawley, et de nouveaux rires se firent entendre dans l'assistance.

Plusieurs messieurs se précipitèrent pour ceinturer le vicomte, dont Frère Tuck.

Charlotte savait que Hawley ne se relèverait jamais de ce camouflet. Déjà elle entendait des chuchotements outrés autour d'eux. Certes, en tant qu'héritier d'un duché, il ne serait pas mis au ban de la société. Néanmoins, on ricanerait sur son passage des années durant.

La voix impérieuse du duc de Blackglen s'éleva au-dessus du brouhaha général.

— Auriez-vous tenté d'agresser une dame de mes invités, Hawley ?

Déguisé en Bacchus, Blackglen avait les cheveux ceints d'une couronne de faux raisins et portait une ample robe aux pans flottants, sans aucun souci pour la décence, le tissu blanc s'ouvrant au-dessus de la ceinture pour révéler son torse musclé.

La plupart des hommes auraient eu l'air ridicules dans un tel accoutrement, mais il réussissait à garder toute sa dignité et sa prestance.

— C'est elle qui s'en est prise à moi ! se défendit Hawley.

— Avec un sceptre en plâtre ? rétorqua Blackglen, goguenard. C'est puéril !

— Je... je suis le...

Hawley postillonnait.

— Nous savons tous qui vous êtes, reprit Blackglen avec mépris. Et tous savent qui je suis. Contrairement à vous, cependant, je n'éprouve pas le besoin de jeter mon blason à la figure des gens. Mais en tant que duc dont le titre existait bien avant celui de votre père, je vous ordonne de quitter ma maison. Vous avez enfreint le peu de règles que je tiens à faire respecter sous mon toit.

— Inutile de le jeter dehors, Votre Grâce, intervint Charlotte. Je m'en vais.

Elle glissa son bras sous celui de Matthew.

À l'origine, ils avaient prévu de quitter la réception en toute discrétion. C'était raté. La réputation de Charlotte était en miettes et celle de Matthew n'allait certainement pas s'améliorer s'ils partaient ensemble.

Quel meilleur moyen de clamer qu'elle se moquait éperdument de ce qu'on pensait d'elle ?

— Vous... vous partez avec le Bouffon ? bredouilla Hawley.

— Exactement.

Blackglen se tourna vers Matthew.

— Vous êtes le Dr Talbot ? Le frère de Hawley ?

— En effet, Votre Grâce, acquiesça Matthew en baissant lentement son masque.

Un sourire s'inscrivit sur les traits de Blackglen.

— Ma sœur m'a régalé avec les histoires de vos exploits aux colonies, et j'ai même acheté votre livre, *Mystères de la faune et de la flore du Nouveau Monde*. N'hésitez pas à revenir lors d'un prochain bal masqué. Je veux tout connaître de vos aventures. Et amenez lady Charlotte. Elle est absolument charmante. Je regrette que nous ne nous soyons pas connus plus tôt.

Sur ces mots, Blackglen s'éloigna en tenant bien haut son énorme gobelet en argent, tel le dieu de l'Ivresse qu'il incarnait.

L'orchestre se remit à jouer et les gens retournèrent à leurs conversations comme si rien ne s'était passé.

À visage découvert, Charlotte et Matthew fendirent la cohue pour se diriger vers l'escalier.

Le sang de la jeune femme bouillait dans ses veines et une énergie triomphale la portait. Elle venait d'écrire publiquement sa propre histoire, et désormais il n'était plus question qu'elle confie la plume à quelqu'un d'autre.

27

Matthew aurait dû n'avoir qu'une seule chose en tête : son maniaque de frère suivant leur voiture dans la nuit. Et paradoxalement, la présence des deux dragons augmentait le risque de violence. Hawley serait prêt à tout pour éviter d'être capturé. Aussi imbu de sa personne soit-il, il avait forcément compris qu'il ne sortirait pas indemne d'un tel scandale. Il ne serait pas pendu, mais jamais il ne retrouverait sa place au sein de la haute société.

Assis à côté de M. Belle sur le siège du conducteur, Matthew aurait donc dû scruter la campagne environnante et les coins d'ombre. Mais il était encore ébloui par la vision de Charlotte arrachant son masque au milieu de la piste de danse illuminée.

Elle n'avait pas hésité une seconde. Et elle n'avait pas agi sur un coup de tête. Elle avait délibérément choisi de révéler son identité et de ruiner sa réputation irréprochable.

Il était tellement fier d'elle !

Cette femme était une merveille. Non contente de rabattre son caquet à Hawley, elle avait pris en mains les rênes de sa propre existence.

Il n'avait pas eu le loisir de lui témoigner toute son admiration. Dès qu'ils avaient quitté la résidence de Blackglen, Charlotte était montée dans la voiture où attendaient les dragons, pendant que Matthew et

M. Belle se juchaient sur le siège du cocher afin de constituer une première ligne de défense.

Les autres s'étaient rapidement habillés en bandits de grand chemin et avaient enfourché leurs montures en attendant que Hawley se lance à la poursuite de la voiture.

M. Belle menait les chevaux au petit trot pour que le vicomte puisse rapidement les rattraper. La voiture avançait à une allure tranquille et la nuit, seulement troublée par le claquement des sabots, semblait trompeusement sereine.

Soudain, une ombre se détacha d'un bosquet de frênes. En dépit de la faible luminosité offerte par le croissant de lune, Matthew parvint à distinguer la silhouette d'un cavalier.

— Doucement, murmura M. Belle.

Il parlait aux chevaux, mais Matthew avait lui aussi besoin d'entendre ces mots. Ce n'était pas le genre de mission dont il avait l'habitude. Il était concerné à plus d'un titre, et il devait rester en pleine possession de ses moyens, sans se laisser déborder par ses émotions.

Machinalement, il frotta son pouce contre la crosse en bois poli de son pistolet, une arme que lui avait donnée Tavish alors qu'il était sur le point d'embarquer pour sa toute première expédition. Matthew avait été bouleversé. Pour la première fois de sa vie, il s'était senti accepté. En famille. Il lui avait fallu deux traversées pour se familiariser avec ce sentiment d'appartenance.

Hawley surgit alors et vint se positionner au centre de la route pour leur bloquer le passage. Il était masqué. Le canon de son pistolet luisait à la lumière des lanternes.

M. Belle tira sur les rênes et la voiture s'immobilisa.

— Êtes-vous prêt ? chuchota-t-il à Matthew.

— Oui.

Matthew fut lui-même surpris de la détermination qui vibrait dans sa voix. Il était prêt à l'affrontement final. Le courage dont Charlotte venait de faire preuve lui avait donné une assurance inébranlable.

— La bourse ou la vie ! cria Hawley.

— Vraiment ? Quel cliché ! Vous auriez pu trouver mieux, se moqua Matthew en se dressant.

Interloqué, Hawley pointa son pistolet vers lui. Mais Matthew savait qu'il était encore trop loin pour viser correctement.

— Vous osez me tourner en dérision, vous, un vulgaire cocher ? Ne voyez-vous pas que je suis armé ?

Matthew ne fut guère surpris que son frère n'ait pas reconnu sa voix. Il le laissait rarement s'exprimer en sa présence, et de toute façon il ne l'écoutait jamais.

— Quelle coïncidence, car je suis moi-même armé, rétorqua-t-il.

— C'est un hold-up ! J'attaque cette voiture.

— À première vue, vous n'êtes pas très doué. Vous êtes-vous sérieusement entraîné, au moins ?

Hawley pressa la détente. Comme Matthew l'avait prévu, la balle alla se ficher dans le sol, quelques mètres plus loin.

Effrayés par la détonation, les chevaux se cabrèrent. M. Belle les calma d'une main experte, tandis que Matthew demeurait bien droit, son pistolet braqué vers son frère.

— C'était un avertissement ! prétendit Hawley.

— Holà ! cria une voix masculine.

Powys, déguisé en bandit de grand chemin, venait de faire irruption sur la route. Il avait dû cacher sa monture dans les bois environnants.

Son accent gallois avait complètement disparu, pour faire place à un fort accent cockney.

— « La bourse ou la vie » ? Je crois que vous m'avez volé ma réplique, monsieur. Mais ce cocher a raison. Seul un brigand de pacotille dirait cela. Vous vous croyez dans un roman à quatre sous, pauvre crétin ?

Son pistolet braqué sur Hawley, Powys s'approcha d'un air bravache.

— Qui êtes-vous ? s'enquit Hawley d'un ton hautain, sans même daigner se tourner vers le nouvel arrivant.

— Un *vrai* brigand, qui en a marre de ces aristos fanfarons qui viennent chasser sur son territoire.

Powys se délectait visiblement des insultes qu'il jetait à la face de Hawley. Peut-être un peu trop.

— Vous m'ennuyez, dit sèchement le vicomte. Allez-vous-en si vous tenez à la vie.

— Ça vous dérange, hein ?! Un vrai bandit qui vient se mêler de vos petites affaires ?

— Silence, ou je vous fais abattre ! Mes hommes sont juste...

Une salve de tirs retentit non loin, mais aucune balle ne crépita contre la voiture, et Powys demeura fermement campé sur ses deux pieds. Soulagé, Matthew comprit que les coups de feu provenaient du reste de leur groupe. Suivant le plan à la lettre, les autres avaient réussi à encercler les sbires de Hawley dissimulés dans les bois et leur tiraient dessus.

Hawley pivota vers les arbres.

— Comment avez-vous fait pour le rater, bande de nigauds ! cria-t-il à ses invisibles ruffians. Il est planté là, en plein milieu de la route !

— Vos hommes se sont mis à l'abri. Ce ne sont pas eux qui ont tiré, ce sont mes camarades, ricana Powys. Et ce n'était qu'un coup de semonce.

— Il dit la vérité, m'sieur ! cria une voix dans les bois.

— Impossible ! rugit Hawley, qui avait complètement perdu son sang-froid.

— Êtes-vous sûr d'être un brigand ? ironisa Matthew. Vous m'avez plutôt l'air d'un novice. L'autre est bien plus convaincant.

— Je vous garantis que je n'en suis pas à ma première attaque ! vitupéra Hawley en approchant sa monture de la voiture. J'ai rançonné plus de cinquante voitures l'an passé. Et j'ai tué au moins deux cochers qui refusaient d'obéir.

— Oh, vraiment ?

Matthew se tenait prêt à tirer. Hawley était à portée de fusil maintenant, au moins pour lui qui possédait une arme de précision.

— Attention, chuchota M. Belle. Je sais que vous voulez obtenir une confession de sa part, mais il ne faudrait pas qu'il soit pendu pour votre meurtre.

Selon sa bonne habitude, Hawley ne put résister à l'envie de plastronner.

— J'ai abattu le cocher de lord Everett. Deux balles dans la poitrine. Il n'a pas eu la décence de mourir au premier tir, et il a eu le culot de vouloir répliquer avec son mousquet ! J'ai aussi tué le laquais de lady Hascard. Simplement parce que sa tête ne me revenait pas.

Hawley était si occupé par ses rodomontades que sa prise sur son pistolet s'était relâchée. Le canon pointait vaguement vers un mur en pierre. Il s'était encore approché, sans même s'en rendre compte. Mais Matthew en avait bien conscience, et il restait d'une vigilance absolue, car le prochain coup de feu atteindrait sa cible.

Pourtant il n'avait pas peur. Au fond de lui, il jubilait. Son imbécile de frère venait d'avouer deux meurtres perpétrés de sang-froid. Et les dragons cachés dans la voiture avaient tout entendu.

Charlotte n'avait plus rien à craindre.

Et il était temps que lui, Matthew, se libère enfin de ses vieilles terreurs.

— C'est drôle, n'est-ce pas ? Père est persuadé que je suis un changelin diabolique, alors que c'est toi qui es un pervers et un fou !

— Matthew ? s'exclama Hawley, sidéré.

Sa silhouette s'était figée dans le halo des lanternes.

Tout à coup il éclata d'un rire féroce.

— C'est vraiment toi, là-haut, Bouffon ? Tu crois que tu peux me menacer impunément ? Prends ça, merdeux !

Il voulut ajuster son tir, mais une détonation retentit alors et son chapeau s'envola.

Vu la précision du coup, Matthew devina qu'Alexander en était l'auteur.

Le cheval de Hawley se cabra.

— Je suis ton frère, et pour une fois tu vas m'écouter, articula Matthew d'une voix tonnante. Ce coup de feu, c'est Alexander qui vient de le tirer, et crois-moi, il meurt d'envie de te loger une balle dans le cœur. Ce qui le retient, c'est que nous sommes en présence de deux dragons de Sa Majesté.

Hawley tentait de maîtriser son cheval tout en jetant des regards affolés autour de lui.

Entendant que des soldats se trouvaient sur place, deux ruffians à cheval jaillirent des bois, tandis qu'un troisième surgissait de derrière le mur de l'autre côté de la route. Tous trois s'enfuirent au triple galop à travers champ en cinglant la croupe de leurs montures.

— Tiens, tiens. On dirait que les rats quittent le navire, remarqua Matthew. Contrairement à mes amis, qui, eux, sont fidèles au poste.

Il entendit la portière de la voiture s'ouvrir dans son dos.

En lâche qu'il était, Hawley s'était toujours entouré de gros bras. Mais visiblement ses complices n'avaient pas la loyauté chevillée au corps.

En revanche, Matthew savait pouvoir compter sur ses camarades, prêts à le défendre au mépris de leur vie. Non pas parce qu'il était riche ou titré, mais parce qu'il avait gagné leur amitié et leur respect. Cette réalité lui donnait une force qu'il n'avait jamais pensé posséder.

Par contraste, Hawley sembla alors se rendre compte à quel point sa situation était précaire. Il parvint à maîtriser sa monture et voulut la lancer vers le champ pour s'enfuir à son tour. Mais les deux dragons lui coupèrent la route, pistolet au poing.

Hawley fit tourner bride à sa monture et l'éperonna pour revenir vers la voiture.

Le cœur de Matthew s'emballa. Bien qu'Alexander et les cousines Wick ne soient pas loin, il n'était pas certain qu'ils réussissent à capturer Hawley. Celui-ci avait avoué en présence des dragons, mais s'ils ne le démasquaient pas ici même et s'il parvenait à s'échapper, il pourrait plus tard invoquer l'erreur sur la personne.

Sans hésiter, Matthew prit son élan et sauta sur le dos de son frère. Tous deux roulèrent par terre. Terrifié, le cheval de Hawley se cabra en hennissant et ses sabots battirent l'air au-dessus de leurs têtes.

Hawley hurla une bordée d'injures, mais la peur était encore plus perceptible dans sa voix que dans les hennissements affolés de sa monture.

Matthew s'agrippait à son frère qui se démenait comme un beau diable. Pour une fois, c'était ce dernier qui voulait fuir.

— Lâche-moi ! hurla-t-il en cherchant à le frapper de ses poings et de ses pieds.

Matthew parvint sans mal à le ceinturer. Puis il le releva d'une brusque poussée en lui tordant le bras dans le dos.

À présent, il était maître de la situation.

Les dragons accoururent. Matthew relâcha son frère pour le remettre sous leur garde. Ils l'immobilisèrent en le saisissant chacun par un bras.

Hawley écumait de rage. Sous son masque, sa lèvre supérieure retroussée révélait ses dents.

— Voulez-vous le démasquer, docteur Talbot ? demanda un soldat.

— Non. Cet honneur revient à lady Charlotte. C'est grâce à son plan brillant que nous avons confondu ce scélérat. C'est à elle que revient tout le mérite.

Charlotte, qui était près de la voiture avec leurs amis, se détacha du groupe et s'approcha en faisant voleter les pans dorés de son mantelet, aussi altière que la reine Elizabeth elle-même.

Mais au lieu de se diriger vers Hawley, elle s'arrêta près de Matthew. Le regard brûlant dont elle l'enveloppa enflamma chaque fibre de son être et son âme tout entière.

Il se demanda comment il avait pu bêtement douter de la force de ses sentiments. Son manque de foi les avait tous deux desservis. Mais il entendait bien se racheter.

— Si vous êtes d'accord, Matthew, je vous propose que nous le démasquions ensemble, comme de vrais partenaires.

— Oui, de vrais partenaires, répéta-t-il sans hésiter.

— Pouvez-vous m'expliquer ce que cela veut dire ? demanda rageusement Hawley.

— À votre avis, imbécile ? jeta Hannah.

Pan perché sur son épaule, elle s'approcha pour tendre un poignard à Charlotte.

— *Imbécile ! Imbécile !* caqueta Pan.

— Avez-vous vraiment l'intention de préférer un obscur médecin à l'héritier d'un duché ? demanda Hawley à Charlotte.

— Effectivement.

Charlotte tourna la tête vers Matthew.

— Prêt ?

— Prêt, répondit-il en dégainant son propre poignard.

Ensemble, ils tranchèrent les liens du masque de Hawley. Le loup en cuir tomba par terre. Sophia décrocha une lanterne et l'approcha pour mettre le visage de Hawley en pleine lumière. Sur ses tempes, les veines saillaient et semblaient sur le point d'exploser. Son teint était violacé et un éclat meurtrier brillait dans ses yeux gris. Dans un sursaut de fierté, il redressa la tête et les toisa, comme s'il était toujours invincible.

— Mon frère ne peut rien vous offrir. C'est un minable. Il a toujours été bizarre et même notre père l'a renié.

Les piques de Hawley n'avaient plus le pouvoir d'affecter Matthew. Les paroles de Charlotte résonnaient dans sa tête et l'apaisaient.

« Je serais très honorée de porter votre nom. Il ne tient qu'à vous de faire en sorte que cela soit possible. »

Ignorant son frère, Matthew porta toute son attention sur Charlotte. Son cœur débordait d'émotions qu'il n'était plus capable de contenir.

— Je peux la rendre heureuse, lui offrir mon soutien et surtout mon amour, dit-il avec l'assurance qu'elle avait insufflée en lui.

— Matthew ! souffla Charlotte d'une voix vibrante de tendresse.

Son amour l'atteignit, se répandit dans tout son être. Il s'autorisa enfin à le savourer. Les yeux dans les yeux, ils firent un pas l'un vers l'autre. Ils ne se touchaient pas, et pourtant ils avaient l'impression de s'étreindre.

— Vous pensez vraiment que nous pouvons être heureux ensemble ? murmura-t-elle.

— J'en suis sûr, répondit-il, la gorge nouée par l'émotion.

Charlotte glissa les bras autour de son cou et ils s'embrassèrent, là, au milieu de la route, devant tous leurs amis, deux dragons anonymes, un perroquet irascible et un Hawley au comble de la rage.

— Est-ce que le monde entier est devenu fou ? beugla ce dernier.

— *Bedlam*[1] *! Bedlam !*

Pan s'envola et alla se percher sur le crâne de Hawley. Il commença à se dandiner en continuant de crier.

— *Bedlam ! Bedlam !*

— Si c'est une folie, j'y cède bien volontiers, dit Matthew, son regard rivé aux yeux verts de Charlotte.

— Moi aussi.

Leurs bouches s'unirent de nouveau.

1. Célèbre asile psychiatrique.

— C'est l'arrestation la plus étrange que j'aie jamais opérée, dit l'un des dragons en aidant son acolyte à faire monter Hawley en voiture afin de le remettre à la justice.

Au moment où le captif se baissait pour entrer dans l'habitacle, Pan s'envola et revint se percher sur l'épaule de Sophia.

— *Bedlam ! Bedlam !*

— Et moi, c'est la plus belle arrestation à laquelle j'aie assisté. Et il y en a eu pas mal ! déclara Sophia en caressant le perroquet.

— Et hop, en prison ! lança Hannah d'une voix sonore pour couvrir les vociférations de Hawley.

Les dragons claquèrent enfin la portière et, conduite par M. Belle, la voiture s'ébranla.

— Je vais vous envoyer un autre véhicule pour vous ramener après cette heureuse conclusion, lança M. Belle en inclinant son chapeau au moment où il passait devant eux.

— M. Belle a raison, dit lady Calliope alors que la voiture disparaissait dans la nuit. Je n'aurais pas pu écrire meilleure histoire. Pas plus que M. Powys, j'ose le dire.

— Je ne discuterai pas sur ce point, dit le comédien.

— Parfait. Ce moment est absolument parfait, murmura Charlotte, son regard plongé dans celui de Matthew.

Il secoua la tête.

— C'est mieux que la perfection, parce que c'est une aventure aussi chaotique qu'extravagante, et que cela ne la rend que plus réelle.

— La réalité… Oui, ça me plaît, dit Charlotte en souriant.

— À moi aussi, chuchota-t-il, avant de capturer sa bouche dans un baiser aussi scandaleux que délicieux.

*

* *

Vide de clients, le salon clandestin du Mouton Noir semblait intime et accueillant en dépit de sa disposition tout en longueur. Matthew savait que Charlotte avait spécialement conçu cet espace pour offrir aux clients une ambiance chaleureuse et détendue. Ce lieu qu'elle avait créé avec les cousines Wick la représentait bien plus qu'une salle de bal illuminée de lustres ou un salon raffiné. Ici, dans ce refuge douillet propice aux discussions érudites et aux bavardages amicaux, Matthew se sentait chez lui.

En cet instant, il était seul avec Charlotte. Les autres célébraient leur victoire dans la salle principale, également fermée à la clientèle habituelle.

Tavish et Powys avaient acheté un tonnelet dans une taverne voisine, et le vin et le café coulaient à flots. Personne – pas même Pan – n'avait rien dit quand Matthew et Charlotte s'étaient éclipsés de leur côté, bien qu'ils n'aient pas particulièrement cherché à se cacher. Ils ne s'étaient pas enfermés, mais Matthew savait que personne n'oserait venir les déranger.

Pour le moment, le salon était leur havre de paix, rien qu'à eux.

— Je suis vraiment désolé, dit-il en pressant la main de Charlotte.

Elle leva les yeux vers lui et son expression d'une parfaite transparence encouragea Matthew dans l'aveu de sa faiblesse. Même s'il était certain qu'elle avait déjà compris de quoi il parlait, il se devait de le formuler à haute voix.

— Je n'aurais pas dû vous sous-estimer. *Nous* sous-estimer, poursuivit-il. J'ai eu la vue courte. C'était idiot de ma part. J'aurais dû vous écouter quand vous disiez que vivre avec moi suffisait à votre bonheur. J'étais ligoté par mon passé, mais vous m'avez montré la voie pour me libérer.

Charlotte posa la tête sur son épaule. Cette simple marque de confiance suffit à donner à Matthew l'impression d'avoir trouvé sa place, comme jamais auparavant. Il l'entoura de ses bras et l'attira doucement à lui, se laissant pénétrer par la force qu'elle lui communiquait.

— Quand je vous ai vue enlever votre masque au bal, rejetant symboliquement le rôle que la société vous avait dévolu, j'ai compris que je devais assumer qui j'étais, casser le moule dans lequel on voulait me couler. Je ne suis pas cet énergumène bizarre et rejeté de tous pour qui ma famille voudrait me faire passer.

— Non, et vous n'êtes pas rejeté de tous, dit Charlotte d'un ton grave. Vous faites partie intégrante de la famille du Mouton Noir. Et depuis plus longtemps que moi. Vous avez sauvé des tas de gens, Matthew, en les soignant ou en leur rendant la liberté. Combien de jeunes garçons vous doivent la vie ?

Pour la première fois, Matthew s'autorisa à être fier de ses exploits. C'était une émotion étrange mais nécessaire, qui lui procurait un immense sentiment de plénitude et de satisfaction.

— Ils sont nombreux, reconnut-il.

— Songez aux étudiants en médecine que vous avez formés et qui maintenant peuvent prendre soin des malades et des blessés. Songez à vos livres qui captivent tant de gens et les éveillent aux beautés de la nature.

Matthew faillit protester par réflexe, mais il accepta finalement le compliment. Les larmes lui montèrent aux yeux. Mais avec Charlotte dans ses bras, il se sentait capable d'affronter n'importe quoi.

— Je suis heureux si j'ai pu les inspirer, admit-il.

Charlotte glissa ses bras autour de sa taille et l'étreignit avec sa fougue coutumière. Le cœur gonflé d'amour, Matthew l'enlaça à son tour et la serra contre lui.

— Moi aussi, vous m'inspirez, chuchota-t-elle à son oreille.

— Et vous, vous êtes mon héroïne. Vous vous êtes engagée dans cette aventure au mépris du danger, vous avez vaincu Hawley, et vous m'avez montré comment me libérer. Je vous aime, Charlotte Lovett.

Elle s'écarta légèrement. Ses yeux verts brillaient comme l'herbe couverte de rosée au petit matin sous la caresse des rayons du soleil.

— Je vous aime aussi, Matthew Talbot.

Cette fois, il n'était plus question d'étouffer ses sentiments. Les mots étaient nécessaires. Pour lui, pour Charlotte et pour leur avenir.

— Voulez-vous m'épouser, Charlotte ? Me ferez-vous l'honneur de devenir ma femme et ma partenaire, pour le meilleur et pour le pire ?

28

Charlotte se serait jetée à son cou si elle n'avait pas déjà été pressée contre sa poitrine. Incapable de réfréner la joie qui la submergeait, elle l'étreignit plus fort encore.

Puis elle relâcha son étreinte pour chercher son regard.

— Oui ! cria-t-elle.

Un rire joyeux s'échappa de sa gorge, auquel se joignit bientôt celui de Matthew, plus grave mais tout aussi exubérant.

Puis leurs bouches se joignirent dans un doux baiser, qui devint vite passionné et emplit Charlotte d'un indicible émerveillement.

Enfin ils se séparèrent, haletants.

— Quand ? demanda-t-elle d'une voix excitée.

— Que voulez-vous dire ?

— Quand allons-nous nous marier ?

Charlotte avait hâte de commencer une nouvelle vie. Jamais elle ne serait retournée à son ancienne existence, même si Matthew ne l'avait pas demandée en mariage. Et à présent qu'il l'avait fait, elle voulait qu'ils se tournent tous deux vers l'avenir.

Souriant, il lui prit les mains.

— Fixez la date à votre convenance, ma chérie.

— Et... le Mouton Noir ? Cela ne vous dérange pas que j'aie investi dans le café ?

— Cela fait partie de vous, et j'aime toutes vos facettes. Si vous souhaitez vous impliquer publiquement, et si Hannah et Sophia sont d'accord, je serai le premier à clamer sur les toits que mon épouse est une femme d'affaires avisée et que je suis très fier d'elle.

Charlotte l'embrassa de nouveau. Leur passion s'aviva, leurs langues et leurs souffles se mêlèrent.

— Marions-nous dès que les bans auront été publiés, dit-elle ensuite, alors que les lèvres de Matthew s'égaraient au creux de son épaule.

Il releva la tête, l'air surpris.

— Les bans ?

— Oui. C'est dans la loi, maintenant. À moins que… Oh, nous pourrions aller à Gretna Green ! Ce serait plus rapide ! s'exclama-t-elle soudain.

Il baissa la tête, et elle le sentit sourire contre sa peau sensible.

— Alors c'est décidé, nous irons à Gretna Green, chuchota-t-il.

*

* *

— Bonté divine, comment es-tu attifée ? On dirait une robe de couronnement ! Et dans quel état sont tes cheveux ? Je t'en prie, dis-moi que personne ne t'a vue dans un tel accoutrement !

Les remontrances de la duchesse de Falcondale résonnaient dans le salon familial. Son époux, visiblement contrarié d'être dérangé dans sa routine matinale, n'avait même pas daigné se lever quand le majordome avait introduit Charlotte dans la pièce. Le duc exigeait que sa fille ait des manières impeccables, mais lui-même ne se gênait pas pour être grossier.

Cela ne dérangeait pas Charlotte, car elle-même avait décidé de s'affranchir désormais des règles et des conventions. Sa liberté nouvelle la grisait. C'était jouissif d'entrer dans ce salon sans se sentir obligée de jouer un rôle. Celui de la fille obéissante ou de l'hôtesse parfaite.

Aujourd'hui elle était simplement Charlotte.

Il est vrai qu'elle portait un déguisement, mais ne l'avait-elle pas toujours fait ? Et maintenant qu'elle avait décidé d'être maîtresse de sa destinée, n'était-il pas logique qu'elle arbore les atours d'une souveraine ?

— Je suis la reine Elizabeth. Il me semblait que cela sautait aux yeux, dit-elle en pirouettant pour faire voleter les pans de sa robe. C'est lady Calliope qui m'a prêté ce costume pour un bal masqué.

L'air horrifié, la duchesse plaqua une main contre sa poitrine.

— Je t'en prie, dis-moi que tu n'as pas assisté à un de ces bals que le duc de Blackglen se plaît à organiser chez lui ? Ces soirées sont le temple de la débauche ! Ce serait déjà intolérable en temps normal, mais tu es pratiquement fiancée à lord Hawley. Que pensera-t-il s'il apprend que tu t'es rendue là-bas ?

— Oh, il n'est plus question que j'épouse Hawley.

Charlotte ne se donnait même pas le mal d'utiliser le titre du vicomte.

— D'ailleurs c'est de cela que je suis venue vous parler. Je vous annonce mes fiançailles avec le Dr Matthew Talbot.

— Comment ?

Le père de Charlotte se leva d'un bond.

— Quelles sont ces sornettes ? Le duc de Lansberry et moi, nous nous sommes mis d'accord. Nos hommes de loi sont déjà en train de rédiger le contrat de mariage.

— Je crains qu'il ne finisse au feu. Sachez d'ailleurs que Hawley n'a plus du tout envie de m'épouser. Car il se trouve qu'hier soir, j'ai été à l'origine de son arrestation.

— Son... arrestation ? bégaya la duchesse, livide.

— Oui. Pour brigandage. C'était lui, le bandit de grand chemin qui attaquait les voitures des aristocrates en vue.

Le duc et la duchesse échangèrent un regard aussi stupéfait que consterné.

— Voyons... cela n'a pas de sens ! s'écria enfin le père de Charlotte d'un ton incrédule.

— Au contraire, répliqua-t-elle en souriant. J'ai littéralement démasqué Hawley avec l'aide du Dr Talbot, en présence de deux dragons de Sa Majesté, alors qu'il venait d'attaquer notre voiture. Il a publiquement confessé ses crimes, dont deux meurtres.

— Ce ne peut être vrai ! Lord Hawley... est l'héritier d'un duché ! balbutia la duchesse, les joues écarlates.

— Il n'empêche, c'est aussi un assassin. Enfin, croyez-le ou pas, mais vous lirez bientôt la nouvelle dans les pamphlets. Ou bien vous l'entendrez de la bouche de vos amis. Elle ne va pas tarder à se répandre dans les rues de Londres.

— Si c'est vrai, nous ne pouvons pas lier notre nom à celui du vicomte ! s'exclama la duchesse en pivotant vers son époux. Vous devez immédiatement cesser toute négociation avec Lansberry !

Le père de Charlotte s'était mis à arpenter la pièce.

— Lansberry ne sera pas content. Peut-être pouvons-nous marier Charlotte à Henry, le cadet ?

— Non, papa. C'est le benjamin que je vais épouser. Matthew m'attend dehors, dans la voiture. Nous nous rendons à Gretna Green. Je voulais juste vous prévenir que Hawley avait été capturé et jeté en prison.

— Tu ne peux pas épouser un vulgaire médecin !

Le duc s'était brutalement tourné vers sa fille. Ce faisant, il renversa un guéridon et faillit trébucher.

— Si tu ne peux pas épouser lord Hawley, j'ai d'autres projets pour toi, décréta-t-il.

— Oui, sois raisonnable, Charlotte, plaida sa mère.

— Si j'avais suivi vos conseils, j'aurais fini par épouser un meurtrier. Je préfère me fier à mon intelligence.

— Si tu pars avec le Dr Talbot, nous te couperons les vivres ! éructa le duc.

Il était tellement agité que sa perruque glissa et tomba par terre.

— Peu importe, répliqua Charlotte. Nous allons acheter une maison. Le Dr Talbot a des revenus et je dispose de fonds personnels. J'ai investi l'héritage de ma grand-tante Abigaïl dans un café, le Mouton Noir. Je crois qu'elle serait très fière de moi, et grand-mère aussi.

— Tu ne peux pas t'enfuir avec un homme. C'est inconvenant !

Sa mère s'était redressée, les poings sur les hanches, dans une posture qu'elle détestait pourtant car, disait-elle, « il n'y a que les poissonnières qui se tiennent comme ça ».

— Je sais que c'est inconvenant. N'est-ce pas merveilleux ? dit Charlotte avec un sourire radieux.

Puis, sans leur laisser le temps de répondre, elle tourna les talons et quitta cette maison où elle ne s'était jamais sentie chez elle.

Son père la rappela d'une voix péremptoire, mais elle ne se retourna même pas et sortit.

Une fois dehors, elle inspira l'air tiédi par le soleil, avant de se diriger vers la voiture que M. Stewart leur avait offerte en guise de cadeau de fiançailles.

Matthew avait déjà ouvert la portière. Il la dévisagea avec inquiétude. Tout à l'heure, il lui avait proposé de l'accompagner, mais il avait parfaitement compris qu'elle veuille être seule pour défier l'autorité de ses parents.

— Tout s'est bien passé ? demanda-t-il en s'écartant pour lui permettre de prendre place sur la banquette.

— Oui, de mon point de vue en tout cas. Je suis déshéritée, évidemment. C'est très libérateur. Toutes mes chaînes sont brisées.

Elle s'assit et arrangea les plis de sa robe de reine. Matthew lissa de la main le tissu scintillant.

— Ce costume n'est-il pas trop chaud pour une si belle journée ?

— Un peu, admit-elle. Mais je me sens vraiment comme une reine et cela me plaît.

Matthew posa la main sur la sienne. À son contact, Charlotte éprouva un petit coup au cœur désormais familier. De sa main libre, il détacha l'agrafe de son mantelet. Les pans s'écartèrent, révélant son décolleté. Il pressa sa bouche contre la clavicule de la jeune femme, dans un baiser aussi tendre qu'ardent.

— Vous n'avez pas besoin d'un déguisement, Charlotte. Vous avez toujours été majestueuse et vous le serez toujours.

— Il est vrai que j'ai l'impression d'avoir pris le pouvoir. Mais ne vous inquiétez pas, j'ai l'intention de me débarrasser de cette robe au plus vite, dit-elle avec un clin d'œil coquin.

— Vraiment ?

— Oui. Il fait si chaud dans la voiture...

Espiègle, elle attrapa la cravate de Matthew et tira sur l'extrémité pour la dénouer.

— J'ai prévu tout un tas d'activités pour le trajet, et je crains que cela ne nous donne encore plus chaud, ajouta-t-elle.

— Mmm... je crois que je vais adorer ce voyage...

— Je vous promets qu'il sera torride, dit-elle en s'attaquant aux boutons de son gilet.

— Je ne voulais pas seulement parler de notre périple vers l'Écosse. Je veux que toute notre vie soit une aventure, Charlotte ; que nous voguions vers le Nouveau Monde sur l'un des vaisseaux de Tavish ou que nous soyons blottis devant un bon feu chez nous, par une nuit d'hiver.

— Les deux me font rêver. Je ne répondrai plus jamais aux attentes des autres, hormis les vôtres. C'est nous et nous seuls qui allons dessiner les contours de notre bonheur.

— Un noble but, acquiesça-t-il. Vous m'avez déjà appris à accepter le bonheur, alors que je ne m'en croyais pas digne.

Charlotte eut un sourire lumineux.

— Et vous, vous m'avez appris à regarder le monde avec bienveillance et à défendre les créatures que la société oublie ou rejette.

— Vous m'avez rendu humble... et audacieux à la fois.

Matthew lui encadra le visage de ses mains fortes et élégantes – des mains de chirurgien, d'aventurier, d'amant. Des mains aux multiples talents. Comme lui.

— À notre bonheur et à l'amour, chuchota-t-il, en écho aux mots qu'elle avait prononcés dans le jardin de ses parents, quand elle avait voulu le convaincre qu'ils devaient se battre pour leur avenir.

— À notre bonheur et à l'amour, répéta-t-elle, dans un vœu fervent qui les liait à jamais.

Épilogue

Ses doigts entrelacés à ceux de Matthew, Charlotte se servit de sa propre clé pour ouvrir de sa main libre la porte du Mouton Noir.

C'était la première fois qu'elle y entrait sans chercher à cacher son identité.

Les bien-pensants – et pas seulement ceux des cercles les plus huppés – avaient poussé les hauts cris en apprenant qu'elle avait investi de l'argent dans un négoce. Mais Charlotte et Matthew avaient décidé de ne pas s'en préoccuper.

Durant leur absence, qui avait duré un mois, le café était devenu une véritable légende.

Tandis qu'ils redescendaient vers le sud, dûment mariés, ils avaient entendu chanter les louanges des célèbres cousines Wick, qui avaient confondu lord Hawley et l'avaient fait arrêter pour meurtre. Bien sûr, le nom de Charlotte était souvent cité. Tout le monde, de la plus humble servante à l'aristocrate le plus fortuné, savait qu'une dame de qualité avait arraché le masque du forban. Et le fait que le propre frère du vicomte ait été sur place rendait l'histoire encore plus croustillante.

Partout l'on voyait des dessins et des caricatures illustrant l'arrestation de Hawley. Certains réclamaient qu'on le pende. D'autres parlaient de déchoir le duc de son titre. Une chose était sûre, Hawley ne retrouverait jamais sa position au sein de la bonne société. Charlotte, Matthew et leurs amis avaient maintenant l'assurance qu'il ne pourrait plus nuire à personne.

— Bienvenue à la maison, docteur et lady Matthew Talbot !

Cette exclamation tira Charlotte de ses pensées. Elle faillit trébucher. À sa grande stupeur, elle découvrit leurs amis réunis autour d'une grande table.

Même Pan et Banshee étaient là, juchés sur une poutre du plafond.

Charlotte avait envoyé un message à Hannah et Sophia pour les prévenir de leur retour, mais elle ne s'attendait pas à ce que les deux cousines aient organisé une fête de retrouvailles.

— Oh, c'est merveilleux ! s'exclama-t-elle, ravie. Vous avez même fait un gâteau de mariage !

— Que nous avons défendu au péril de notre vie, remarqua M. Powys. Nous avons des séquelles qui le prouvent.

— Vous êtes blessés ? s'inquiéta Matthew.

— Mais non. Nous avons seulement essuyé une petite attaque de la part de Pan et de Banshee. Mais nous les avons achetés avec des fruits secs, et maintenant ils se tiennent tranquilles, expliqua Alexander en levant les yeux vers le plafond.

— Hello, Banshee ! Tu m'as manqué, dit Charlotte.

Au son de sa voix, le capucin émit des petits cris de joie. Abandonnant Pan, il quitta la poutre pour venir s'accrocher au cou de la jeune femme.

Celle-ci entreprit de raconter à leurs amis le voyage jusqu'à Gretna Green. Matthew la laissait parler, se contentant de lui tenir la main sous la table.

— Comment vont les affaires au Mouton Noir ? demanda Charlotte quand elle eut fini.

Comme si elle sentait que l'histoire était terminée, Banshee la relâcha pour aller rejoindre son amoureux.

— Depuis l'arrestation de Hawley, nous avons eu une recrudescence de clients, annonça Sophia.

— Des canailles, des polémistes et de maudits aristos, grommela M. Powys.

— Il y a tant de gens qui demandent qu'on les dépose ici que mes cochers s'interrogent sur la raison d'un tel engouement pour un café, ajouta M. Belle.

— De plus en plus de dames fréquentent le salon clandestin. Elles se passent le mot en toute discrétion, déclara Hannah.

— Je suis peut-être en partie responsable, avoua Calliope avec un sourire complice.

— Mais le Mouton Noir n'est pas seulement un lieu pour la noblesse. Des comédiennes y ont pris leurs habitudes, dit M. Powys.

— Tant mieux, se réjouit Charlotte, qui s'empressa d'enchaîner, de peur que Calliope et le dramaturge ne commencent à se chamailler. Mes amis, je dois vous dire que Matthew et moi avons eu une idée concernant l'avenir du Mouton Noir. Il faudrait que Hannah et Sophia soient d'accord, évidemment. Cela vous concernerait tous.

— De quoi s'agit-il ? s'enquit Hannah.

— Le café a toujours été un sanctuaire pour les gens de tous horizons, et même pour les marginaux. C'est l'un des rares endroits où je me suis toujours senti à l'aise, intervint Matthew.

— C'est ici que j'ai pu réfléchir à mon avenir et à mon désir d'échapper à ma vie toute tracée, reprit Charlotte. Mais je n'aurais jamais pu réussir seule. C'est à vous que je dois ma liberté, mes amis.

— Nous avons donc pensé que le Mouton Noir pourrait devenir un refuge, une sorte d'asile pour les gens qui ont besoin d'aide et ne savent pas vers qui se tourner.

Charlotte tourna la tête vers les deux cousines, consciente que la mise en œuvre de ce projet leur ferait courir un risque. Elles pourraient perdre leur licence, voire se retrouver en prison.

— Mais évidemment, nous ne voulons pas vous mettre en danger, dit-elle.

Sophia eut un large sourire.

— Nous vivons pour le danger. En ouvrant ce café à Londres, nous voulions contribuer à la justice sociale. Aider les personnes en détresse ne va pas à l'encontre de cette mission, bien au contraire.

— Alors il faut trinquer à notre nouveau projet, dit Hannah. Mais d'abord, buvons à la santé des jeunes mariés.

— *Santé ! Santé ! Santé !* cria Pan, tandis que Banshee l'encourageait de la voix.

Charlotte ouvrit son réticule et en tira un petit bouquet de fleurs séchées.

— Ce qui me fait penser... Si nous nous embarquons dans cette nouvelle aventure, il nous faudra de la chance. À Gretna Green, Matthew a ramassé ces fleurs sauvages pour me faire un bouquet de mariée. Je l'ai rapporté jusqu'ici. Dois-je le lancer en l'air ou donner une fleur à chacun de vous ?

— Lancez-le, répondit Hannah. Ce sera plus amusant. Et si vous voulez, vous pouvez même faire semblant de franchir le seuil de votre nouvelle maison. Vous n'avez qu'à utiliser la porte de l'arrière-cuisine.

— Et vous devez porter Charlotte dans vos bras, docteur Talbot, ajouta M. Powys.

En riant, Matthew souleva Charlotte qui, serrant le bouquet dans sa main, jeta un coup d'œil par-dessus son épaule, avant de le lancer en l'air.

Cette envolée suscita la convoitise de Banshee, qui tendit ses bras velus. Aussitôt, Pan prit son essor pour satisfaire le désir de sa bien-aimée.

Juste à cet instant, la porte du café s'ouvrit.

Une mince jeune femme vêtue d'une robe en simple lainage entra dans la salle. Charlotte reconnut Mlle Georgina Harrington, qui les avait aidés à identifier l'animal représenté sur le camée. Le regard de cette dernière se fixa aussitôt sur Alexander.

Pan poussa un piaillement triomphant au moment où son bec saisissait au vol le bouquet de fleurs sèches. Hélas, celui-ci se désintégra sous le choc et une pluie de marguerites, de bleuets et de colchiques tomba sur la tête de Mlle Harrington.

Sa coiffe blanche se retrouva parsemée de pétales multicolores, telle une couronne sertie de joyaux. Quelques pétales se collèrent à ses joues et une feuille fripée atterrit sur le bout de son nez.

Une fleur mauve coincée dans le bec, Pan poussa un cri indigné et décida de se venger en se posant sur la tête de Mlle Harrington. Puis, selon sa bonne habitude, il se pencha entre les deux yeux de la jeune femme.

Imperturbable, celle-ci dévisageait toujours Alexander. Elle leva l'index et l'agita dans sa direction.

— Vous, là-bas ! À qui avez-vous parlé de mon heaume ancien plaqué or ? Et qu'avez-vous fait avec mon cousin Percy ?

Note de l'autrice

En imaginant le Mouton Noir, j'ai pris quelques libertés avec l'histoire. En effet, à l'époque, seuls les hommes pouvaient fréquenter les cafés. Les clients s'installaient à de grandes tables pour boire un café amer qui n'avait pas grand-chose à voir avec les breuvages chics que nous concoctent aujourd'hui Starbucks et ses concurrents.

Pour la modeste somme d'un penny, des individus de tous horizons se côtoyaient dans ces lieux étonnamment égalitaires (du moins pour les hommes). On y abordait de manière plus ou moins éclairée des sujets éclectiques : politique, religion, sciences…

Aux XVIIe et XVIIIe siècles, ils étaient des centres sociaux, politiques et économiques. La Lloyds, la Bourse de Londres et la Royal Society sont nées d'établissements similaires.

En préparant ce livre, je me suis demandé ce qui se passerait si une dame de qualité poussait la porte d'un tel café pour fonder un sanctuaire où les femmes pourraient se retrouver en secret.

Je me suis inspirée des bars clandestins des années 1920. Puis je me suis dit : « Pourquoi ne pas améliorer un peu les choses en faisant servir un café plus raffiné qu'il ne l'était en réalité à l'époque ? »

Ainsi est né le Mouton Noir, avec son salon caché, ses canapés cosy et ses recettes expérimentales.

Matthew est l'archétype des érudits qui fréquentaient ces cafés à quatre sous. Il ressemble un peu aux savants de la Renaissance, époque à laquelle les universitaires étudiaient souvent plusieurs disciplines. Il en fut de même pendant l'ère suivante, le siècle des Lumières, période durant laquelle se déroule ce roman.

Les médecins étaient souvent botanistes, ingénieurs, écrivains, philosophes... Erasmus Robert Darwin (le grand-père de Charles) était médecin de métier, mais aussi poète et inventeur. Il a conçu par exemple un dispositif de direction pour les véhicules. Si les médecins sont des professionnels respectés de nos jours, cela n'a pas toujours été le cas. Au Moyen Âge, ils ont pris le titre de « docteur » pour profiter du respect accordé aux intellectuels grâce à leurs diplômes. On faisait le distinguo entre les médecins (qui avaient fait leurs études à la faculté) et les chirurgiens (qui se formaient sur le tas). Ces derniers étaient une émanation des barbiers de l'époque médiévale qui, en plus de raser leurs clients, drainaient les abcès et pratiquaient des saignées. Henri VIII fusionna la guilde des chirurgiens et celle des barbiers en 1540, et les choses restèrent en l'état jusqu'en 1740, c'est-à-dire une dizaine d'années avant le cadre temporel de ce roman. Toutefois, dans les colonies anglaises, ces frontières étaient plus floues et les médecins exerçaient également la chirurgie, comme c'est le cas de Matthew.

Pendant la période des Lumières, les gens se détournèrent du folklore et lui préférèrent la science pour expliquer les phénomènes naturels. Certaines personnes, à l'instar du père de Matthew, se cramponnaient cependant à leurs vieilles superstitions. On pensait par exemple que des fées volaient les bébés pour les remplacer par leur propre progéniture. Les épreuves imposées à Matthew ont hélas été infligées à de malheureux enfants – à l'exception de l'épisode où ses frères le suspendent par les pieds à la fenêtre.

Aux XVIIe et XVIIIe siècles, on trouvait des travailleurs asservis un peu partout dans les treize colonies. Même s'ils n'étaient pas bien traités, il est important de souligner que la situation des esclaves noirs était bien pire et qu'elle ne doit pas être vue à travers le même prisme. En effet, ces derniers ne bénéficiaient d'aucune loi pour les protéger, alors que le travail des asservis blancs était quand même encadré. Les contrats qui les liaient à leur employeur étaient limités dans le temps (ils duraient en général entre quatre et sept ans pour les adultes, plus pour les enfants). Beaucoup se faisaient berner durant la traversée. On leur demandait de verser de l'argent et ils le faisaient en croyant racheter leur dette. Certains étaient des gamins pauvres kidnappés dans les rues des grandes villes anglaises, d'autres, des prisonniers politiques venus d'Irlande ou d'Écosse. Le travail forcé était une peine imposée aux criminels, mais il y avait aussi des volontaires qui payaient ainsi leur voyage pour le Nouveau Monde. Les esclaves africains étaient en revanche d'innocentes victimes arrachées à leurs terres. L'exploitation de cette main-d'œuvre gratuite sur les plantations américaines a conduit au racisme systémique qui aujourd'hui encore hante les États-Unis.

La pirate Mary la Brave n'a pas réellement existé, mais m'a été inspirée par plusieurs figures historiques : Laurent de Graff, Black César, Ching Shih, Grace O'Malley et Anne Bonny. Les pirates n'étaient pas vraiment ces héros romantiques tels que les dépeint souvent Hollywood. Toutefois, des gens de toutes couleurs de peau, hommes et femmes, se sont distingués dans leurs rangs pour devenir de redoutables capitaines.

George Belle est un personnage fictif et quelque peu anachronique. Son parc de fiacres rapides m'a été inspiré par une société de transport créée en 1834. Les cabriolets de Joseph Hansom ont fini par remplacer les fiacres de louage.

J'ai pratiquement inventé le symbole du chat sauvage, bien que la tribu des Cattes ait bel et bien existé.

Les clans Sutherland et Keith affirment en descendre. On trouve une image de chat sauvage catte sur Internet, mais je n'ai pas de source fiable permettant de vérifier sa réalité historique. La version stylisée dont on parle dans le roman est semblable aux représentations de dragons retrouvées sur les pièces de ferronnerie anglo-saxonnes.

Remerciements

Collaborer avec Alex Logan, mon éditrice, fut une expérience extraordinaire. Ses remarques judicieuses m'ont permis de nourrir l'intrigue en gardant le juste rythme. Les personnages de Matthew et Charlotte se sont ainsi pleinement développés au fil des pages. Voir mes protagonistes atteindre leur plein potentiel est la partie la plus gratifiante du travail d'édition.

Daniela Medina, graphiste chez Forever, a conçu une couverture magnifique. Chaque fois que je la regarde, cela me met en joie. Les détails charmants ont su donner vie à Charlotte et Matthew.

Je tiens aussi à remercier le reste de l'équipe Forever. Les indispensables relecteurs et correcteurs ont décelé les erreurs qui avaient échappé à mon attention. Et je n'aurais pas pu publier ce roman sans le travail formidable des équipes à la production, à la publicité et au marketing, grâce à qui ce livre a pu trouver son public.

Mon agent, Jessica Watterson, m'apporte son soutien indéfectible depuis des années. Elle a porté tous mes romans et m'encourage dès les balbutiements. Sans son aide précieuse dans les coulisses de l'écriture, mes histoires resteraient dans la mémoire de mon ordinateur au lieu de devenir de vrais livres.

J'ai aussi reçu de bienveillantes critiques qui m'ont permis de prendre du recul. Sarah Morgenthaler veille au rythme et m'empêche de tomber dans l'abus de figures de style et de métaphores. Scarlett Peckham m'a beaucoup aidée à consolider la psychologie des personnages.

Pour ceux qui ont apprécié la chanson paillarde du jeune forgeron, sachez que j'ai découvert cette pépite datant du XVIIe siècle grâce à mon amie la romancière Grace Adams.

Et comme toujours, je me dois de remercier The Rebelles, qui m'ont permis de ne pas devenir folle durant le travail d'écriture.

Ma sœur Deeann Polakovsky, infirmière de son état, est toujours prête à répondre à mes questions techniques concernant les plaies et blessures – même si elle décrète invariablement : « À l'époque, ils seraient morts. »

Je suis seule responsable des éventuelles erreurs et anomalies qui se seraient glissées dans mes descriptions.

Je remercie également mes lecteurs, ceux qui m'ont donné ma chance à mes débuts de jeune autrice, ceux qui ont aimé mes romans historiques centrés sur les femmes du début du XXe siècle, et ceux qui m'ont suivie dans la romance contemporaine, quand j'écrivais sous les noms de Laurel Kerr et Erin Marsh.

Enfin je veux exprimer ma gratitude à ma famille.

Mon mari m'a toujours soutenue dans mon désir d'écrire. Non seulement il m'a encouragée, mais il assure le quotidien et s'occupe de notre fille quand j'ai la tête dans mon manuscrit. Étant lui-même passionné par tout ce qui touche aux transports, il m'a fourni de précieux renseignements concernant la marine du XVIIIe siècle ou les équipements portuaires.

Ma fille est une super groupie, très fière que sa mère écrive des romans, même si elle est trop jeune pour les lire.

Ma mère, fan de la première heure, est toujours disponible pour me donner un coup de main chaque fois que j'en ai besoin. Et quand elle me relit, rien n'échappe à son œil d'aigle.

14217

Composition
FACOMPO

Achevé d'imprimer en Italie
par GRAFICA VENETA
le 2 septembre 2024

Dépôt légal : octobre 2024
EAN 9782290406939
OTP L21EPSN002646-632801

ÉDITIONS J'AI LU
82, rue Saint-Lazare, 75009 Paris

Diffusion France et étranger : Flammarion